Le Réveil des créatures

John et Carole E. Barrowman

Le Réveil des créatures

Traduit de l'anglais (américain)
par Raphaële Eschenbrenner

wiz
Albin Michel

Présentateur, chanteur, danseur et acteur, John Barrowman est avant tout connu pour son interprétation du Captain Jack dans les séries télévisées *Doctor Who* et *Torchwood*.
Carole E. Barrowman donne des cours d'écriture et de littérature à l'université Alverno du Milwaukee, dans le Wisconsin. Elle est également journaliste et intervient à la télévision en tant que critique littéraire. Carole et John ont déjà écrit deux livres ensemble, mais *Le Réveil des créatures* est leur premier roman pour la jeunesse.

Titre original :
HOLLOW EARTH
(Première publication : Buster Books, an imprint of
Michael O'Mara Books Limited, 9 Lion Yard, Tremadoc Road,
London SW47NQ, 2012)

Dans l'univers, il existe des choses que nous connaissons et d'autres que nous ne connaissons pas. Entre les deux se trouvent des portes.

WILLIAM BLAKE

À Clare et Turner, Kevin et Scott, Marion et John,
avec notre affection et nos remerciements.

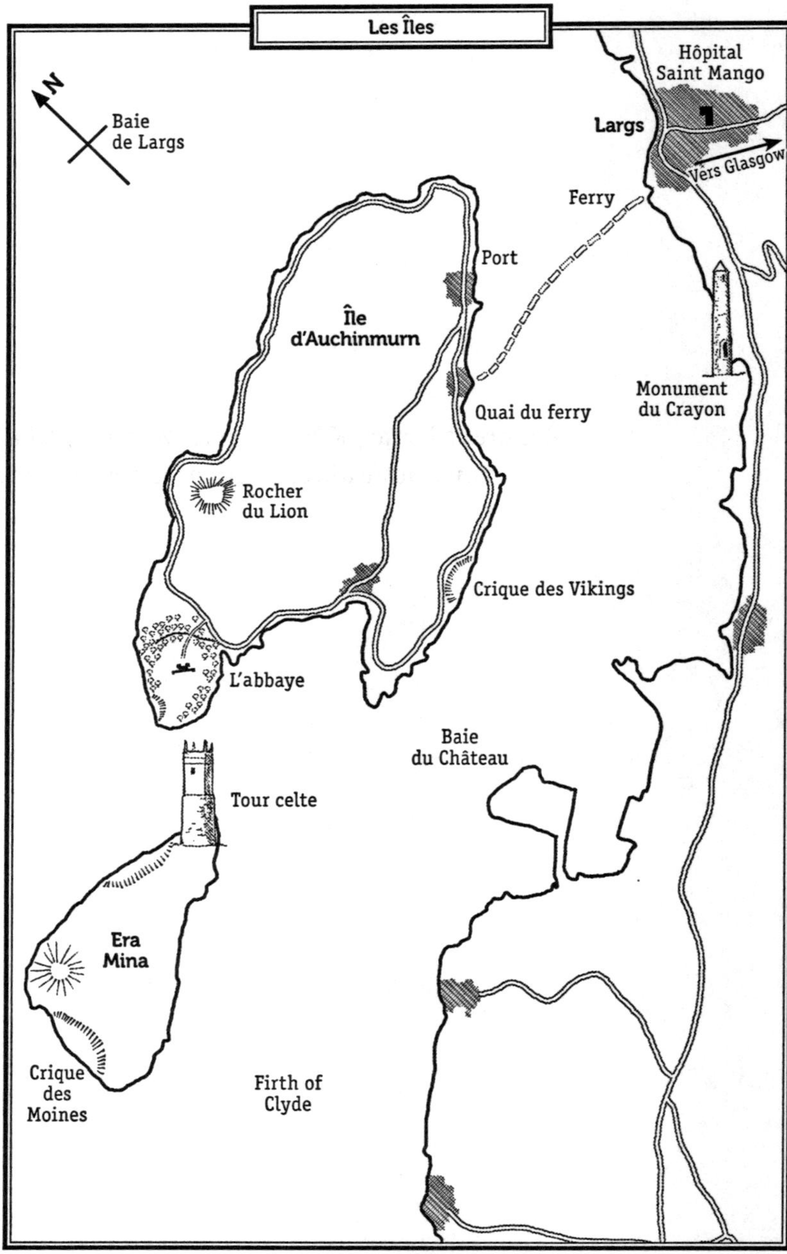
Les Îles
N
Baie
de Largs
Hôpital
Saint Mango
Largs
Vers Glasgow
Ferry
Port
Île
d'Auchinmurn
Quai du ferry
Monument
du Crayon
Rocher
du Lion
Crique des Vikings
L'abbaye
Baie
du Château
Tour celte
Era
Mina
Crique
des
Moines
Firth of
Clyde

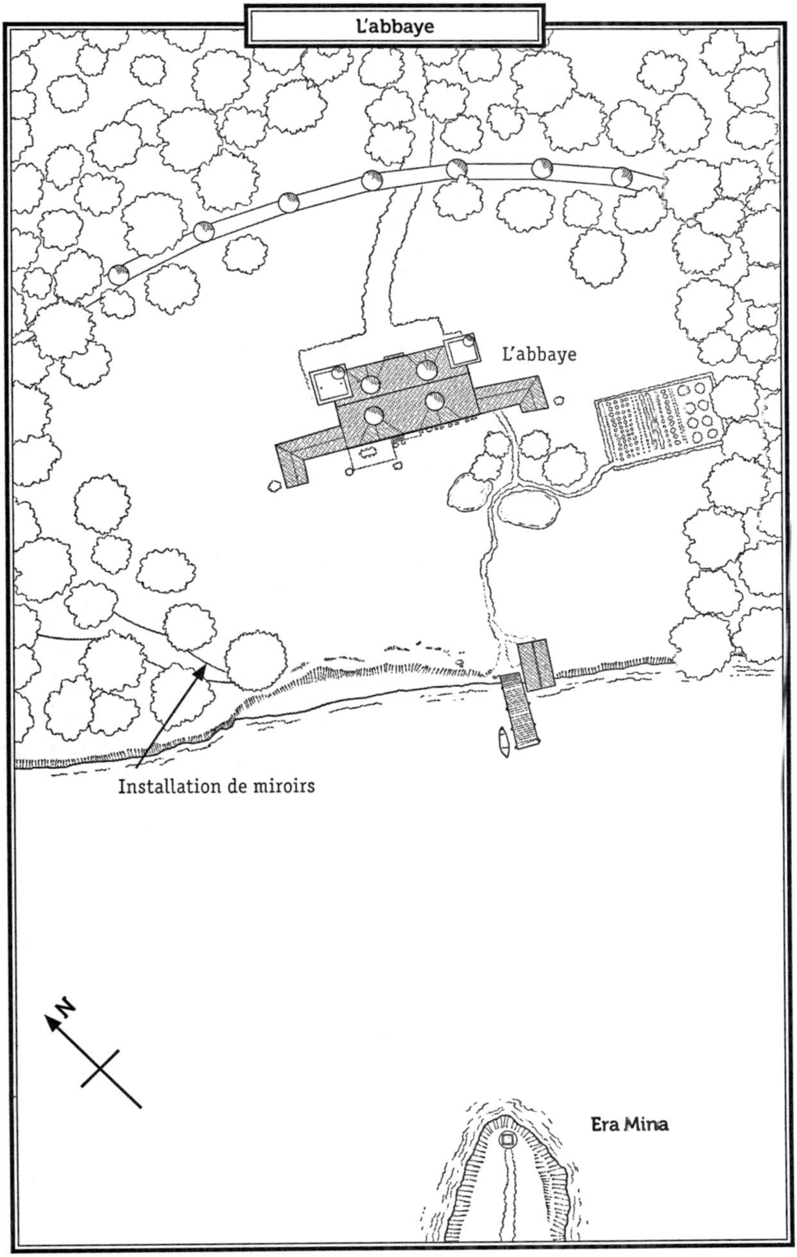
L'abbaye
L'abbaye
Installation de miroirs
N
Era Mina

PREMIÈRE PARTIE

Chapitre 1

Monastère d'Era Mina
Île d'Auchinmurn
Côte ouest d'Écosse
Moyen Âge

Cet ouvrage traite de la nature des bêtes.
Lisez-le à vos risques et périls.

C'est ainsi que commençait le livre que le vieux moine enluminait.

L'homme bâilla. Son menton tomba sur sa poitrine et ses paupières se fermèrent. Sa plume lui glissa des doigts, laissant sur le papier une traînée de minuscules larmes d'encre. Il venait de dessiner un griffon miniature dont les serres s'agrippaient à un « G » majuscule. Tandis qu'il s'assoupissait, le griffon bondit du coin de la page et fila sur le parchemin. Dans sa tentative d'évasion précipitée, la bête érafla de ses ailes coupantes les doigts du moine qui se réveilla et abattit aussitôt son poing sur la queue tranchante du griffon, le clouant au parchemin. Il le fusilla du regard. Le griffon poussa des grognements de mépris et lacéra la page de ses griffes. Le moine chassa sa fatigue, se concentra, et, dans une explosion de couleurs et de lumière, le griffon se retrouva au coin de la page, accroché derechef au « G » majuscule.

En jetant un œil derrière lui, le vieux moine repéra son jeune apprenti. Ses pieds nus dépassaient du cadre de bois où séchait une peau tendue servant à fabriquer le parchemin.

Il va falloir prendre une décision, songea le vieux moine.

Il s'assura que son illustration était bien fixée à la page, puis reprit sa plume en se maudissant. Son propre manque de vigilance lui faisait honte et il décida de se priver de souper. Il tapota son ventre rebondi. Il y survivrait.

Mais l'apprenti ? Qu'en faire après ce dont il venait d'être témoin ? Le vieux moine ne tenait pas à en former un nouveau. Il n'en avait ni l'énergie ni le désir. De plus, son apprenti avait déjà prouvé ses talents de parcheminier. Il savait d'instinct combien de temps il fallait tremper les peaux dans la chaux et les raclait ensuite soigneusement pour les nettoyer. Il possédait déjà une calligraphie élégante pour son jeune âge et un véritable don d'alchimiste avec les encres. Au cours des mois précédents, grâce à son aide, le moine avait presque réussi à terminer les dernières pages du *Livre des bêtes*. Le garçon et ses compétences allaient lui manquer.

L'apprenti sentit que le vieux moine s'interrogeait sur son sort. Il entendait résonner comme un battement dans sa tête tandis que son maître réfléchissait. C'était un son rond et plein, à l'image du moine.

La mère de l'apprenti était la seule autre personne dont il pouvait ainsi percevoir les pensées. Cela lui faisait un drôle d'effet. Non qu'elle lui manquât. Loin de là. Sa mère et ses frères et sœurs vivaient dans le village, à l'extérieur du monastère. Mais entendre sa mère l'avait aidé bien souvent à échapper à sa colère, justifiée ou non. Le garçon reprit son pilon et son mortier et acheva de broyer les sels métalliques et les noix de galle destinés à la préparation des encres.

Le vieux moine se redressa. Que devait-il faire ? Qu'allait-il se produire s'il s'endormait vraiment durant son travail ? Il n'osait même pas l'imaginer. Cela lui était déjà arrivé et les conséquences avaient été tragiques. Il était alors jeune et inexpérimenté. Dans ses cauchemars, il pouvait encore entendre les hurlements de l'apprenti. Et il y avait eu tant de sang.

Non, il allait devoir prendre des mesures. Il

regarda son apprenti de la même manière qu'il avait toisé le griffon.

Mais le garçon était courageux et intelligent. Il savait que c'était un moment important dans sa brève existence. Il aimait la vie au monastère et ne voulait pas en partir. Il aimait le vieux moine avec qui il avait travaillé pendant presque une saison complète, depuis que son père l'avait échangé contre un droit de pâturage sur une terre appartenant au monastère, située à l'extérieur du village.

Le garçon savait que sa famille accordait une valeur considérable à cet échange passé avec les moines. Pour lui aussi, ça valait plus que tout au monde. C'était une époque où hommes, femmes et enfants croyaient aux miracles et à la sorcellerie. Une époque où rois et reines défendaient leur couronne avec des armées dont ils achetaient la loyauté avec des terres. Une époque où l'espoir et le bonheur dépendaient de votre lieu de naissance et de qui vous protégeait.

Alors oui, le garçon devait rester à tout prix auprès du vieux moine au sein de l'ordre religieux. Il adopta donc la seule attitude de mise en pareille circonstance. Sans ciller, il soutint le regard de son maître avec une concentration égale à la sienne.

Le moine lui lança un regard noir.

Le cœur du garçon cognait dans sa poitrine. Le battement résonnait si fort qu'il avait l'impression qu'un étau lui serrait le crâne et que sa cervelle allait exploser. Son nez se mit à saigner, coulant au fond du mortier qu'il tenait entre ses mains. Derrière le moine, le garçon pouvait distinguer la queue du griffon qui balayait la page. Mais il garda les yeux rivés sur son maître.

Après une éternité, l'étau se desserra, le battement des pensées du vieux moine s'arrêta, et le garçon crut entendre un soupir à l'intérieur de sa tête. Les épaules du moine s'affaissèrent et il se détourna. Le garçon s'essuya le nez sur sa manche.

Ah, songea le moine. *Je n'aurai jamais la force ni le goût de me mesurer à la bravoure de ce garçon. Il va me falloir compter sur lui pour préserver les secrets du monastère.* Il reporta son attention sur la bête.

Avec un immense soulagement, le garçon se remit à ses mixtures. Quand il eut fini de préparer l'encre, il remplit l'encrier du moine et rangea le surplus. Puis il se tourna vers la peau de chèvre tendue sur le cadre et laissa courir ses doigts sur la surface afin de vérifier que la peau avait correctement séché pour absorber les encres. Il regarda de nouveau le vieux moine qui se trouvait à son écritoire, et dont la plume plongeait régulièrement dans l'encrier. Sa concentration était si grande que le garçon savait que rien ne pourrait le détourner de son ouvrage jusqu'aux touches finales.

Bientôt, la lumière baissa dans la pièce, et le vieux

moine sentit ses pensées dériver encore une fois. Il nettoya la pointe de sa plume et la rangea à l'intérieur d'une pochette en cuir contenant ses outils. Puis il reboucha l'encrier avant de recouvrir la page qu'il illustrait de deux fines couches de vélin. Il rangea le tout sur l'étagère d'un placard, auprès de ses enluminures du mois dernier, et disposa une pierre polie sur le coin de chaque page. Demain, il commencerait l'enluminure de la dernière bête – la plus terrifiante de toutes – le Grendel.

Le moine ferma le placard, laissa glisser la clé dans la poche de son habit. Avant de tirer les volets, il jeta un œil par la meurtrière du mur de pierre, surpris un instant à la vue d'une chouette et de son petit s'élevant d'un arbre proche. *Un signe*, songea-t-il. *De bon augure, j'espère.*

– Les prières et ensuite nous discuterons du problème qui nous attend.

– Oui, maître.

Le garçon se plia au rituel de son maître, nettoya ses outils, les enveloppa dans leur poche de cuir souple et les déposa sur une écritoire.

Le vieux moine jeta de l'eau sur la tourbe qui brûlait dans l'âtre et enfila sa cape en fourrure. Au sol, le garçon ramassa son écharpe et son chapeau, puis fixa des semelles de cuir à ses pieds et suivit son maître jusqu'à la lourde porte de chêne.

– Solon, tu ferais bien d'oublier ce que tu as cru

voir tout à l'heure. C'était simplement un tour de ta jeune imagination.

Le garçon le dépassa et lui tint la porte ouverte.

– Pardonnez-moi, maître, mais ce n'était pas plutôt un tour de la vôtre ?

Chapitre 2

National Gallery
Londres
Aujourd'hui

Matt et Em Calder, des jumeaux de douze ans, étaient assis sur le banc de bois inconfortable de la salle du musée. Celui-ci n'était pas encore ouvert au public et il y régnait un grand calme. Le frère et la sœur étaient dépités. Aller voir des tableaux ne faisait pas partie des choses que leur mère leur avait promises aujourd'hui. Ils posèrent leur sac au sol et la fusillèrent du regard.

– Tenez-vous correctement et ne vous avisez pas de quitter ce banc, les menaça-t-elle. Vous m'entendez ? Je vous laisse ici dix minutes, maximum. Je serai là-bas, précisa-t-elle en indiquant un homme blond et grand, en complet, les bras chargés de livres.

Ce dernier leur adressa son signe de tête habituel. Em lui sourit poliment, mais Matt détourna la tête pour observer une femme qui poussait un diable chargé d'une caisse en bois de la taille d'un tableau. Un gardien du musée la suivait de près. Il fit passer son badge sur le lecteur de l'ascenseur. Les portes s'ouvrirent. La femme refusa l'aide du gardien et poussa le diable à l'intérieur de la cabine. Les portes allaient se refermer quand le gardien les bloqua en avançant son pied, puis rejoignit la femme à l'intérieur.

– Matt ! cria la mère de celui-ci. Tu m'écoutes ?

Matt se vautra sur le banc, repoussant sa sœur à l'autre extrémité.

– C'est un tableau charmant à regarder pendant que vous patientez, reprit-elle. Peint par Georges Seurat. Il préférait les petits points aux coups de pinceau.

Les jumeaux froncèrent les sourcils simultanément.

– On sait, maugréa Em.

– Écoutez, ce n'est pas ce que nous avions prévu, j'en ai conscience, mais j'ai une affaire à régler avec... Et si nous allions nous baigner quand j'aurai fini ? Comme le garçon du tableau ?

Elle accrocha son sac de coursier en cuir à son épaule.

– Alors, c'est d'accord ?

Em acquiesça. Elle était toujours la première à céder dans ce genre de situation. Matt haussa les épaules.

– Comme tu veux.

Ils regardèrent leur mère se diriger vers le grand blond et s'installer sur un banc similaire au leur dans la salle voisine. L'homme se pencha vers elle comme s'il voulait lui faire une confidence. En retour, Sandie ouvrit le carnet de dessin qu'elle emportait partout avec elle et en sortit une feuille de papier coincée entre les pages.

Rien de passionnant, selon les jumeaux. Ils reportèrent leur attention sur le tableau. Em se pencha en essayant de voir tous les points sans quitter le banc pendant que Matt vidait son sac. Dans l'espace vide situé entre eux, il étala des feutres, la boîte en fer contenant des bâtons de craie et des fusains qu'il transportait toujours sur lui, son iPod, ses écouteurs, deux bandes dessinées – des *Captain America* – ainsi que des barres chocolatées, un paquet de chewing-gums, une canette de soda vide et un carnet de croquis dont il déchira une feuille. Il la tendit à Em avec des feutres. Elle secoua la tête.

– Ce serait super de se baigner, insista-t-il. Personne ne fait attention à nous.

Em accepta les feutres et ils commencèrent à dessiner. Soudain, ils se retrouvèrent dans le tableau, en train de barboter dans l'eau bleue de la Seine avec un garçon coiffé d'un chapeau rouge. Il leur expliqua en français qu'il s'appelait Pierre, qu'il ne lui restait plus que quelques minutes de baignade avant de retourner travailler et les jumeaux le comprirent.

– C'est ton chien ? lui demanda Matt, soucieux de ce qu'allait devenir le chien quand Pierre irait à son travail.

Mais Pierre ne lui répondit pas et Matt se mit à éclabousser les hommes qui se prélassaient sur la rive. Ces derniers l'ignorèrent.

Matt fit la planche un moment. À côté de lui, il pouvait sentir Em jouer avec l'eau. Il regarda le ciel, mais il avait disparu et il sut pourquoi quand ils se retrouvèrent trempés, gisant dans une flaque devant le tableau du musée. Deux gardes en colère se ruèrent sur eux. Sandie les talonnait. Le grand blond n'était pas avec elle.

Sandie rassembla les affaires des jumeaux et s'excusa auprès des gardiens.

– Je suis profondément navrée. Ils ont dû s'asperger avec leurs bouteilles d'eau. Il fait très chaud aujourd'hui.

Elle se retourna vers les jumeaux, l'air courroucé.

– Je vous avais demandé dix minutes. Dix minutes, c'est tout !

Elle les hissa brutalement sur leurs pieds.

– Mon Dieu, vous vous rendez compte de ce que vous avez fait ?!

Dans un élan de compassion envers les jumeaux, l'un des gardiens expliqua que, comme le musée n'était pas encore ouvert, ce n'était pas très grave : les employés auraient le temps de nettoyer avant l'arrivée des visiteurs. Il les escorta néanmoins tous les trois vers la sortie.

Une employée de l'équipe d'entretien de la National Gallery fut envoyée dans la salle postimpressionniste où elle épongea l'eau. Elle ne put s'empêcher de sourire en songeant que ses propres enfants auraient certainement fait pire si elle les avait laissés seuls et désœuvrés.

Tandis qu'elle essorait son balai dans le seau, quelque chose par terre attira son regard. Elle tendit le bras et saisit une feuille de papier froissée, sans doute oubliée par les gamins car elle n'avait rien remarqué plus tôt, en faisant le ménage. En la dépliant, elle s'aperçut qu'il s'agissait d'une esquisse des *Baigneurs à Asnières*. Les touches de couleur étaient un peu bizarres autour du garçon au chapeau rouge et les hommes qui se reposaient sur la berge étaient déformés, ainsi que le petit chien marron qui ressemblait à une grosse tache ; c'était malgré tout une excellente copie.

Elle contempla le dessin une nouvelle fois. De longs traits de pinceaux bleus figuraient la Seine, mais la moitié de la feuille était vierge. Pas de ciel.

Elle saisit son balai, son seau et sortit de la salle en roulant son chariot. Elle chiffonna le dessin et le jeta dans la poubelle la plus proche.

Elle aurait juré entendre un éclaboussement.

Chapitre 3

Arthur Summers n'en revenait pas. Lorsque Sandie s'était précipitée vers ses enfants, il avait filé dans la direction opposée. Essoufflé, il posa son badge sur le lecteur de l'ascenseur du personnel. Les portes s'ouvrirent aussitôt. Il fonça à l'intérieur et appuya trois, quatre fois sur le bouton du sous-sol, espérant ainsi accélérer la descente.

Son cœur battait à tout rompre. Il transpirait et ses cheveux blonds lui collaient au front. Il connaissait les jumeaux depuis leur plus jeune âge. Il était censé surveiller leur développement et s'assurer que la Société entende parler de l'évolution de leurs pouvoirs avant le Conseil des Gardiens. Jamais il n'aurait imaginé qu'on puisse atteindre ce niveau à l'âge de douze ans. Cela... modifiait les choses.

Il se faufila entre les portes dès qu'elles commencèrent à s'ouvrir et se hâta vers celles qui menaient au laboratoire de restauration du musée. Les employés appelaient ce sous-sol « la Morgue », car il avait été construit sur le site des catacombes situées sous l'église Saint Martin-in-the-Fields et la rue Charing Cross. Arthur avait toujours pensé qu'on aurait dû le surnommer « le Purgatoire ». Certes, le vaste laboratoire était un lieu où l'on ressuscitait les œuvres d'art, mais y travailler faisait l'effet d'un châtiment. Quoi qu'il en fût, personne à la National Gallery ne se préoccupait de l'opinion d'Arthur, ce qui lui permettait de conserver facilement ses secrets.

À l'entrée du laboratoire, Arthur se servit de nouveau de son badge puis essuya son pouce moite sur son pantalon avant de le poser sur un lecteur d'empreinte digitale.

Les portes s'ouvrirent sur un sas en verre à l'intérieur duquel il attendit qu'elles se referment et que l'air atteigne la température adéquate pour autoriser l'ouverture des portes suivantes.

Alors que les premières portes se refermaient, il aperçut une silhouette dissimulée sous un froc à capuche surgir de la cage d'escalier et filer dans la pénombre du couloir. Quand les deuxièmes portes s'ouvrirent, il pénétra avec inquiétude dans son purgatoire. L'intrus ne l'y suivrait pas. Il n'en avait pas la capacité. À moins que...

Le laboratoire était aussi vaste qu'un gymnase. Un équipement dernier cri – scanners, microscopes, ordinateurs à écran plat – côtoyait des pinceaux et des palettes sur les tables de travail des restaurateurs de tableaux. Des rangées de chevalets se dressaient devant les murs comme des sentinelles. Tandis qu'Arthur progressait dans l'allée qui divisait la salle en deux, il remarqua une série de peintures destinée à l'exposition *L'Horreur dans l'art* dont il était le commissaire.

Il était encore à dix pas de son bureau quand les lumières s'éteignirent. Arthur marmonna un juron et, d'une main tremblante, sortit sa lampe de poche, puis reprit sa route en jetant une fois de plus un œil derrière lui.

Il s'arrêta devant le dernier tableau de la série, le souffle coupé. Malgré la pertinence de l'image, il n'avait jamais demandé à présenter cette œuvre intitulée *Sorcière avec un enfant démon*. Seul le long nez crochu de la sorcière était visible dans l'ombre d'un châle en laine. Elle tenait, assis sur ses genoux osseux, un enfant nain avec une tête difforme, un teint cireux et des yeux comme des billes jaunes enfoncées dans un front bulbeux.

Ce qui angoissait Arthur, bien plus que le sujet répugnant du tableau, c'était son histoire. Cette œuvre était associée à plusieurs meurtres sordides commis au musée lorsqu'elle avait été exposée pour la première fois en 1840. Depuis, on disait qu'elle était maudite et le tableau avait été gardé sous clé à la National Gallery.

Jusqu'à aujourd'hui. Qui l'avait placé là ?

Arthur éclaira les mains noueuses de la sorcière et la créature hideuse perchée sur ses genoux. Quand le faisceau lumineux de sa lampe passa sur le visage monstrueux de l'enfant, Arthur se figea, horrifié.

Il savait que ce n'était pas son imagination qui lui jouait des tours.

L'enfant démon lui souriait.

Chapitre 4

Sandie prenait toujours le métro avec les jumeaux, et cela faisait longtemps qu'ils n'étaient pas montés à bord d'un taxi. Mais elle en avait hélé un et les avait poussés à l'intérieur dès leur sortie précipitée du musée. Après avoir donné l'adresse de leur domicile au chauffeur, elle s'installa sur un strapontin, en face des enfants. Sa colère l'empêchait presque de parler.

– Attachez vos ceintures. Immédiatement.

– Pourquoi tu nous en veux autant ? s'enquit Matt. On n'a rien fait de mal.

– Vous connaissez les règles ! Ce que vous avez fait était très risqué, vous le savez !

– Ce sont tes règles, pas les nôtres ! rétorqua Matt.

– Désolée, maman, intervint Em avant que la conversation ne s'envenime. On ne voulait pas te fâcher.

Depuis leur dernier anniversaire – que leur père avait encore oublié –, Matt cherchait sans cesse des noises à Sandie. Au fil des ans, il avait fini par se convaincre qu'elle était responsable de son départ. Em ne gardait aucun souvenir de lui. Elle n'était pas sûre qu'il lui manquait.

– Vraiment, maman, insista-t-elle. On n'est pas idiots. On sait qu'on ne doit pas dessiner en public. Mais on crevait de chaud. On ne recommencera pas. Promis.

Sandie soupira. Parfois, la panique lui faisait perdre son sang-froid. Elle tapota la jambe d'Em.

– Je sais que vous n'êtes pas idiots. Loin de là.

Elle tenta d'ébouriffer les cheveux de Matt, qui évita sa main.

– Le problème, c'est que vous grandissez et que les choses se compliquent...

– On avait chaud et on voulait aller se baigner ! aboya Matt. Ça fait deux jours de suite que tu nous traînes dans ce musée débile.

L'estomac noué, Sandie se pencha vers lui.

– Es-tu en train de me dire que vous êtes allés dans le tableau ? Em, je t'en prie, dis-moi que vous n'avez jamais fait ça avant.

Ne dis rien, Em.

En entendant la phrase de son frère résonner dans sa tête, Em hésita.

– On ignorait qu'on en était capables jusqu'à hier, quand c'est arrivé avec un tableau.

Sandie blêmit. La situation était pire qu'elle ne l'avait imaginé. Bien pire.

– Lequel ?

Tais-toi, Em !

– Une peinture de... ruines romaines. Facile à copier.

Voyant l'effroi de sa mère, Em ajouta :

– Personne ne nous a remarqués. On s'est montrés prudents. Je te le jure, maman.

Boucle-la, Em, ou je te réduis en bouillie.

Je n'aime pas mentir. Et même si tu essayais, tu ne pourrais pas me réduire en bouillie.

Avec son sac, Em le frappa à la poitrine et lui arracha un petit cri.

– Emily Anne Calder ! intervint Sandie. Qu'est-ce qui te prend ?

Ce n'était pas la première fois qu'elle sentait que quelque chose d'étrange se passait entre son fils et sa fille. Elle savait que les jumeaux étaient liés l'un à l'autre d'une façon que la science commençait à peine à comprendre, et qu'ils communiquaient entre eux d'une manière particulière. Mais sachant qui étaient ses enfants et ce qu'ils allaient devenir, Sandie avait de quoi s'inquiéter.

Elle s'empara du sac d'Em et le posa sur ses propres genoux. Elle avait besoin de réfléchir, de s'organiser.

– On en reparlera à la maison.

Matt mit ses écouteurs et augmenta le volume de sa musique. Em l'imita.

Sandie plaqua son front contre la vitre du taxi. À l'entrée du parc Saint James, une famille attendait que le feu passe au rouge pour traverser. La mère surveillait un bébé dans une poussette, le père tenait un gamin par la main. *Tout était tellement plus simple quand ils me tenaient par la main*, songea-t-elle. Elle se demanda si elle n'allait pas finir par perdre totalement le contrôle de ses enfants, comme le lui avait prédit leur grand-père, Renard, le jour où elle s'était sauvée avec eux pour les protéger.

Chapitre 5

Arthur détourna les yeux du sourire du démon. Il n'avait pas de temps à perdre. Quelqu'un d'autre avait été témoin de son échec à surveiller les jumeaux, et maintenant, la Société allait juger qu'elle pouvait se passer de lui. Il en savait trop. Il en avait trop fait. À l'entrée de son bureau, il chercha son badge qui lui glissa des mains. En se baissant pour le ramasser, il entendit un trottinement derrière lui. Il ouvrit la porte, puis la verrouilla aussitôt. Appuyé à la paroi de métal froid, il tenta de se calmer.

À l'intérieur du laboratoire, les bruits continuaient, comme si un intrus sautillait sur les tables.

– Tu as le temps, se rassura Arthur, les nerfs à vif. Tu as le temps.

Sandie ne pourrait ni contrôler ni modifier l'avenir des jumeaux, et ne pouvoir la préparer à ce qui l'attendait le chagrinait. Avec le temps, il s'était attaché à elle. Malgré la nature de leur tâche, ils avaient formé une bonne équipe. Arthur savait qu'elle lui faisait confiance – si tant est qu'on puisse avoir confiance en son geôlier.

Il soupira. Sandie Calder n'aurait jamais dû lui accorder sa confiance.

Comme il avait été naïf de penser que le projet de la Société pourrait continuer sans davantage de violence. Arthur n'était rien d'autre qu'un pion dans une partie d'échecs meurtrière qui durait depuis des siècles.

Il lui arriva alors une chose incroyable. Assis à sa table encombrée, la tête entre les mains, il trouva en lui suffisamment de compassion et de courage pour libérer Sandie des chaînes qui la maintenaient prisonnière.

Le moment de trahir la Société Hollow Earth[1] et de laisser le Conseil des Gardiens décider du sort des jumeaux était venu.

Il saisit le téléphone et, de ses doigts poisseux, composa un numéro. Au bout de quelques secondes, il tapa un code puis raccrocha. Aussitôt, le téléphone sonna.

– Que se passe-t-il, Arthur ?

– Sir Charles. Ce sont les jumeaux. Ils ont animé un tableau. Je savais que c'était possible, mais le voir m'a procuré un véritable choc. Ils étaient en train de dessiner sur un banc et soudain...

---

1. *Hollow Earth* signifie littéralement « terre creuse ». Ici, c'est l'endroit où toutes les créatures malfaisantes jamais imaginées sont enfermées.

– Arthur, je suis un Gardien. Je sais à quoi ressemble ce que vous décrivez.

Sir Charles se tut un instant et, à l'extérieur de son bureau, Arthur perçut des bruits de pas précipités.

– Merci, Arthur, reprit sir Charles Wren. À partir de maintenant, le Conseil se chargera des jumeaux. Si cela n'avait tenu qu'à moi, nous nous serions occupés d'eux depuis longtemps.

Arthur raccrocha. Même si le Conseil des Gardiens décidait d'entraver les pouvoirs des jumeaux, ils attendraient que les enfants aient seize ans. Sinon, il aurait au moins fait gagner un peu de temps à Sandie et aux jumeaux. Il lui restait encore un coup de fil à passer.

Arthur allait décrocher le téléphone quand celui-ci sonna de nouveau. Surpris, il le fit tomber au sol et, en le ramassant, distingua une ombre qui noircissait l'espace sous sa porte.

– Sandie est-elle informée des projets de la Société concernant les jumeaux ? demanda une voix qui n'était pas celle de sir Charles.

– Je... Je ne pense pas, bredouilla Arthur.

– Parfait. Oh, et... Arthur ?

– Oui ?

– N'ouvrez pas la porte de votre bureau.

Chapitre 6

Le taxi s'arrêta rue Raphael Terrace, une rue étroite du quartier de Knightsbridge où les demeures s'accrochaient avec dignité au faste de leur passé, même si la peinture de leurs façades s'écaillait et que leurs toits fuyaient.

Sandie et ses enfants descendirent du véhicule devant un manoir victorien appartenant à la famille Kitten depuis 1850. En 1960, les sœurs Kitten, Violet et Anthea, avaient réaménagé leur demeure afin d'y loger des artistes. Lorsque Sandie était arrivée à Londres, elles lui avaient loué le dernier étage, transformé en appartement depuis des années.

Violet et Anthea se trouvaient dans le hall avec leurs emplettes quand les jumeaux firent irruption. Afin d'échapper temporairement à leur mère et à ses remontrances, ils s'empressèrent de les délester de leurs sacs.

Le portable de Sandie sonna tandis qu'elle grimpait les marches. Elle répondit tout en ouvrant la porte de l'appartement

– Ils arrivent, annonça Arthur sans préambule.

Sandie s'appuya au mur pour ne pas flancher.

– Le Conseil des Gardiens ? Mais ils n'ont pas le droit de les emmener, ils sont trop jeunes. Quand je suis arrivée à Londres, sir Charles m'avait promis de me les laisser si je... si...

Depuis le rez-de-chaussée, la voix des jumeaux résonnait jusqu'à elle. De crainte qu'ils n'entendent comment elle les avait les protégés durant toutes ces années, elle reprit en murmurant :

– Matt et Em ne savaient pas ce qu'ils faisaient, Arthur. Vraiment. Combien de temps nous reste-t-il ?

– Pas assez, hélas. Je suis désolé, Sandie. Pour tout.

Paralysée, Sandie coupa la communication. Les larmes lui montèrent aux yeux. Elle adorait ce lieu et ne voulait pas le quitter, mais, depuis plusieurs mois, elle avait ignoré des signes de plus en plus alarmants, et maintenant, elle se retrouvait au pied du mur.

Si le Conseil s'emparait des jumeaux, ils décideraient d'entraver leurs pouvoirs. Et il n'y avait pas que cela qui les menaçait. La Société Hollow Earth avait ressurgi des catacombes.

Il ne lui restait plus qu'une chose à faire. Mais d'abord, elle devait placer les jumeaux en sûreté.

Elle passa un coup de fil puis consulta sa montre. Ils avaient dix minutes pour plier bagages. Elle avait répété cette scène. Elle espérait que ce délai serait suffisant.

Elle fila dans sa chambre, tira la valise rangée sous

son lit, vérifia en vitesse que celle-ci contenait ce dont elle avait besoin, y ajouta quelques livres et ses affaires de toilette. Son carnet de croquis reposait sur la table de nuit. Elle le fourra dans son sac, puis fit rouler sa valise vers la pièce principale au moment où les jumeaux, un sandwich à la main, entraient dans l'appartement, suivis de Violet.

Plus que sept minutes.

Frappé de stupeur, Matt dévisagea sa mère.

– Tu n'as pas le droit de nous abandonner !

Em s'élança vers sa mère et s'agrippa à sa taille en sanglotant.

– On ne dessinera plus, maman, c'est promis. Promis ! Pas vrai, Matt ?

Sandie lâcha sa valise et prit les deux enfants dans ses bras.

– Je ne vous quitte pas. Je ne vous quitterai jamais.

Après un instant, elle se dégagea et vérifia l'heure.

Encore six minutes.

– Mais nous devons partir. Tout de suite. Je vous expliquerai plus tard, allez chercher vos sacs à dos.

– On va où ? dit Em en reniflant.

Sandie regarda Violet qui paraissait plus vieille que son âge avec son allure débraillée.

– Ils arrivent, Violet.

À l'extérieur du manoir, des pneus crissèrent et des portières claquèrent. Les jumeaux se ruèrent à la fenêtre.

Violet pressa la main de Sandie.

– Préviens-moi quand vous serez en sûreté. On vous enverra tout. Prends notre voiture. Passe par le jardin.

Elle lui tendit des clés.

– Attends, dit Sandie en retournant dans sa chambre.

Elle revint avec un tube en aluminium qui ressemblait à ceux dont se servent les peintres pour protéger leurs toiles non encadrées.

Violet porta la main à sa bouche.

– Est-ce que c'est...

Em et Matt se détournèrent de la fenêtre pour observer Violet prendre le tube comme si on lui eût confié des explosifs.

– Bien sûr que non, répondit Sandie. Mais j'aimerais qu'ils le croient. Cela t'aidera à les retenir, et s'ils s'en emparent, ne les laisse pas penser que tu renonces facilement.

Violet coinça le tube sous son bras.

– Entendu, Sandie. Sois prudente. Nous les occuperons aussi longtemps que nous le pourrons.

Les deux femmes s'étreignirent.

– Merci pour tout, Violet. Sans ton aide et celle d'Anthea, nous n'aurions jamais pu survivre.

Sandie regarda l'horloge de la cuisine. Plus que cinq minutes.

De la fenêtre, Matt et Em virent un homme portant des lunettes noires, un jean sombre et une chemise blanche arrêter la circulation pendant qu'une blonde aux cheveux courts habillée d'une robe rouge vif, sensiblement de l'âge de leur mère, ouvrait la portière arrière du véhicule à un autre homme. Ce dernier était plus âgé, et sa façon de se comporter révélait clairement que c'était lui le chef. Il semblait se disputer avec la femme quand il descendit du véhicule. Lorsqu'il leva les yeux vers les fenêtres de l'appartement, Matt et Em se baissèrent en poussant un cri.

Tu as senti, Matt ?

Matt se massa les tempes.

Comme si on me grignotait la cervelle.

Qui sont ces gens ?

Aucune idée.

Sandie posa leurs sacs à dos contre la porte d'entrée.

– Pourquoi est-ce qu'on doit partir ? questionna Matt.

– Qui sont ces visiteurs ? demanda Em.

Sandie soupira. Elle aurait aimé que les choses soient plus simples. La vérité était effrayante à entendre, mais elle savait que Matt préférait cela aux secrets. Par ailleurs, elle avait vraiment besoin de leur coopération, et espérait que la peur les motiverait.

– Nous devons partir parce que ces gens ne viennent pas nous rendre visite. Ils viennent nous faire du mal.

Em afficha une expression horrifiée. Matt la dévisagea comme s'il pensait qu'il s'agissait d'une nouvelle ruse pour les obliger à obéir.

– Venez, reprit-elle. Nous devons monter dans la voiture de Violet et d'Anthea avant qu'ils entrent dans le manoir.

Les jumeaux regardèrent dehors et aperçurent le trio qui grimpait les marches du perron. Sandie les prit par le bras et les éloigna de la fenêtre. Matt se libéra de son emprise et retourna à son poste d'observation.

Plus que trois minutes.

– Em, prends ton sac, s'il te plaît, implora Sandie. Matt, je sais que tu m'en veux, mais là, ce n'est pas le moment de me tenir tête. Ces individus sont très dangereux et nous devons nous sauver.

Matt n'avait presque jamais vu sa mère pleurer, et en tout cas, ce n'était pas à cause de lui. Il lui en voulait – elle avait raison – mais pas au point de lui faire de la peine. Il entendit soudain un battement dans sa tête, qui lui indiquait qu'elle disait la vérité. Ils étaient en danger.

– C'est à cause de nos dessins ?

– Oui, répliqua Sandie en s'essuyant les yeux sur sa manche. Et une fois que nous serons en sûreté, je vous expliquerai. Je t'en prie, pour une fois, ne discute pas et fais ce que je te dis.

Encore une minute.

Chapitre 7

Arthur raccrocha d'un geste brusque et bondit de sa chaise. Appuyé à la porte, il tendit l'oreille. Le laboratoire était étrangement silencieux, mais Arthur ne se faisait aucune illusion : il s'agissait d'un simple répit avant le cauchemar à venir.

Il ouvrit le placard situé derrière son bureau et en sortit une boîte en bois de la taille d'un carnet de notes. Il frissonna en soulevant le couvercle. La boîte contenait un dessin sur une page de carnet froissée et abîmée par le temps. Au centre, un trou béant, comme une bouche en colère, semblait aspirer un tourbillon de spirales jaunes, noires et vertes.

Il entendit gratter à sa porte. Un bruit de petites serres lacérant la paroi de métal. De son mouchoir, il s'épongea le front et songea à Sandie. D'une certaine façon, il avait fini par l'aimer comme une fille, et trahir la Société afin qu'elle puisse s'échapper était le moins qu'il puisse faire pour elle. Il retourna le dessin et laissa courir ses doigts sur la phrase qui y figurait.

À nos fils et filles
N'oubliez jamais que l'imagination
est le monde du réel et de l'éternel.
C'est Hollow Earth.
Duncan Fox, Édimbourg, 1848

Arthur rangea le dessin dans la boîte, la referma, déchira une feuille de son carnet et se mit à écrire :

Chers Matt et Em,

Un cri perçant s'éleva du laboratoire. Terrifié, Arhur regarda le pourtour de la porte de son bureau devenir luminescent. Sans perdre une seconde, il termina sa lettre, s'empara d'une enveloppe à bulles à l'intérieur de laquelle il plaça la lettre et la boîte en bois.

Un halo de chaleur blanche entourait sa porte. Par une fente qui se formait, Arthur distingua le moine encapuchonné qu'il avait aperçu dans le couloir. Il remplit une étiquette, la colla sur l'enveloppe qu'il fourra dans un tube qui courait le long du plafond et disparaissait dans les entrailles de l'immeuble jusqu'à la salle de tri du courrier.

Sa porte s'était maintenant liquéfiée et formait une flaque argentée au sol. Le moine glissa un carnet de croquis dans la manche de son habit et entra dans le bureau d'Arthur.

– Je ne pensais pas que vous seriez seul, dit Arthur.

– Je ne le suis pas.

Quelque chose fila entre les jambes du moine et passa sous la table d'Arthur qui baissa la tête au moment où le démon souriant du tableau lacérait son pantalon de ses dents pointues comme des aiguilles. L'enfant démon parvint à se hisser sur la table où il renversa la tasse à café d'Arthur. Le liquide se répandit comme des larmes noires.

Chapitre 8

Marchant de long en large devant la maison des Kitten, le chef du groupe sonna une nouvelle fois. Inutile de se presser. Il pouvait sentir que les enfants étaient encore au dernier étage. Bien que Sandie soit moins facile à localiser, il savait qu'elle se trouvait non loin d'eux.

En haut, Matt et Em, leurs sacs à dos sur les épaules, effectuaient une dernière inspection des lieux.

– Nous ne pouvons rien emporter de plus, insista Sandie en ouvrant la porte d'entrée poussiéreuse de l'appartement. Venez !

Ils descendirent ensemble le vieil escalier du personnel situé au fond du manoir. Sandie ouvrit les portes qui donnaient sur le jardin, s'élança et percuta l'homme aux lunettes noires qui avait été envoyé pour surveiller l'arrière de la maison. Sa vitesse, au moment de la collision, les projeta tous deux contre le mur du jardin. L'homme se cogna la tête contre les briques tandis que Sandie atterrissait sur lui, sonnée mais indemne.

– Retournez à l'appartement ! cria-t-elle aux jumeaux.

Cette fois, ils s'exécutèrent sans hésiter et remontèrent l'escalier en courant. Prise de panique, Sandie suivit ses enfants. Tout en enjambant les marches, ils pouvaient entendre Violet et Anthea crier dans le hall qu'elles n'ouvriraient pas et que la police était en chemin.

Sandie ouvrit la porte de l'appartement, traversa la cuisine et balaya d'un geste tout ce qui encombrait l'une des tables. Des tubes de peinture et des outils tombèrent à terre. Elle grimpa sur la table, puis, dressée sur la pointe des pieds, essaya d'ouvrir l'un des vasistas.

Impossible d'atteindre la poignée.

– Matt ! Em ! Apportez-moi une chaise.

En bas, on pouvait entendre des objets se briser, du bois craquer, et les hurlements de Violet et Anthea.

– Je pense qu'on fait du mal à tante Violet et à tante Anthea, maman, sanglota Em.

– Elles vont tenir, ma chérie, assura Sandie d'une voix chevrotante. Elles sont solides.

Les jumeaux s'emparèrent d'une chaise en bois qu'ils soulevèrent à deux et la tendirent à leur mère. Sandie grimpa dessus, ouvrit le vasistas, dispersant une famille de colombes nichée sur le toit. En passant la tête par l'ouverture, Sandie s'aperçut que celui-ci était plus pentu qu'elle ne l'avait cru. En se montrant prudents, ils pourraient ramper jusqu'au toit voisin, de là, jusqu'au toit de l'ancienne écurie des Kitten qui abritait désormais de luxueux appartements, et, d'un saut, atterrir sur le toit de la voiture de Violet et Anthea garée dans la cour.

Elle ressurgit dans la cuisine. Les jumeaux avaient disparu. Hystérique, elle descendit de la table.

– Matt ! Em !

– Ici !

Soulagée, elle les vit sains et saufs sous la table, blottis l'un contre l'autre. Puis elle remarqua qu'ils étaient en train de dessiner dans un carnet de croquis, avec leurs feutres étalés autour d'eux.

Sandie tira Em par le bras et la hissa sur la table avec elle. Em se débattit.

– Non ! Je dois l'aider !

Elle gigotait dans tous les sens, empêchant sa mère d'avancer.

Arrête de résister, Em. Je vais essayer de le finir tout seul.

Et si tu n'y arrives pas ?

Je grimpe plus vite que toi, de toute façon.

En un instant, Em cessa de lutter et monta de son plein gré sur la chaise. Lorsque Sandie la rejoignit, on entendit une voix derrière la porte :

– Ouvrez-nous, Sandie, ça sera plus simple pour tout le monde.

– Je vais te faire la courte échelle, dit Sandie à sa fille.

Quand le pied d'Em fut calé, Sandie la hissa jusqu'au vasistas. Em s'assit sur le toit.

– Ne bouge pas ! ordonna Sandie.

Un cri de douleur jaillit de la porte.

– Mon Dieu ! glapit Em. Ils ont Matt !

Mais Matt grimpait sur la table pour rejoindre sa mère, et l'appartement entier tremblait tandis que leurs ravisseurs tentaient d'enfoncer la porte. Puis en aidant son fils, Sandie prit conscience que ce n'était pas la porte qui tremblait. C'était le mur.

Elle arracha le carnet de croquis des mains de Matt. En regardant le dessin, elle éclata de rire. Matt lui sourit.

Les jumeaux avaient dessiné le mur de l'entrée sans porte et les intrus tapaient violemment sur son ancien emplacement.

– Allons-y, maman, pressa Matt.

Sandie lui fit la courte échelle et le hissa près de sa sœur.

Un autre cri déchirant s'éleva. Sandie regarda le mur avec plus d'attention et s'assombrit. La main gauche d'un homme et son avant-bras surgissaient du plâtre. Les doigts inertes avaient pris une teinte bleu-gris.

Prise d'un haut-le-cœur, Sandie passa la tête à l'extérieur. Elle fit signe aux enfants de se mettre à quatre pattes, revint à l'intérieur, poussa la chaise par terre et referma le vasistas derrière eux.

Les cris de l'homme piégé dans le mur les suivirent à travers le toit.

Chapitre 9

Lorsque Matt et Em furent sur les pavés devant l'écurie, avec quelques égratignures aux mains et aux genoux comme uniques traces de leur évasion, Sandie déchira leur dessin en petits morceaux et le jeta dans la poubelle des voisins.

– Qu'est-ce que tu fais ? s'indigna Matt. Le mur va redevenir normal maintenant que tu as déchiré le dessin !

– On ne peut pas laisser Anthea et Violet avec un mur sans porte, répliqua Sandie. *Et il faut délivrer l'homme dont le bras est prisonnier*, songea-t-elle, estimant que sa blessure ralentirait suffisamment la traque.

– De toute façon, quand on s'éloigne, après une certaine distance, les dessins ne fonctionnent plus, déclara Em sans réfléchir.

– Tais-toi, Em ! siffla Matt.

– Combien de fois exactement vous êtes-vous amusés à cela ? questionna Sandie.

Em afficha un air penaud. Matt se renfrogna

davantage. Sandie s'affaissa contre le mur du jardin des voisins. Non, elle préférait ne pas connaître la réponse. Soudain, elle se sentit accablée par le fait que ses enfants devaient apprendre qui ils étaient. Elle n'y était pas prête. Pourtant, elle avait répété encore et encore ce qu'elle leur dirait le jour où ce moment arriverait. Elle avait même commencé à leur parler de leurs pouvoirs surnaturels dès leur plus jeune âge, alors que leur père faisait encore partie de leur vie. La leçon ne s'était pas déroulée comme prévu. Sandie n'avait pas réussi à employer le mot *Animare* : le terme ancien qui les définissait.

– Quand vous serez plus grands, avait-elle commencé, votre imagination et vos dessins vous permettront de modifier la réalité. Vous aurez le pouvoir de changer les choses dans le monde du réel.

Installés à la longue table de la cuisine de l'abbaye, les enfants griffonnaient sur une feuille.

– Est-ce que tu t'entends ? s'était moqué Malcolm. Ce sont des bébés, ils ne comprennent rien à ce que tu leur racontes.

Malcolm avait ensuite saisi une orange sur le comptoir de la cuisine.

– Qu'est-ce que tu fais ? avait demandé Sandie.

– Une petite expérience, avait répondu Malcolm en posant l'orange sur un rouleau de papier, devant les jumeaux. C'est tout à fait inoffensif, rassure-toi. Em, Mattie, pouvez-vous dessiner cette orange pour papa ?

– Ils sont trop jeunes, Malcolm. La plupart d'entre nous n'ont pas été capables d'animer un dessin avant l'âge de neuf ou dix ans.

Em avait gribouillé une orange carrée avec des jambes, Matt, une ronde avec un chapeau pointu et une queue.

L'orange véritable était restée la même.

Puis Em avait attrapé son crayon rose mâchonné et s'était mise à colorier le chapeau de Matt. Furieux, ce dernier lui avait arraché le crayon des mains pour gribouiller son coloriage. En quelques secondes, l'orange avait éclaté en pluie de pulpe sur les jumeaux.

En reprenant son souffle devant l'écurie, Sandie observa les enfants qui la regardaient avec inquiétude. Tous deux étaient de taille moyenne ; Matt dépassait légèrement sa sœur depuis une récente poussée de croissance. Il portait un tee-shirt élimé ayant appartenu à Malcolm – la seule chose que Sandie ait gardée en souvenir de lui. Matt l'avait porté presque toute l'année. Ses cheveux noirs, trop longs, bouclaient sur ses épaules et ses yeux bleus défiaient son autorité à la moindre occasion.

Sandie prit son portable et passa un coup de fil. À l'autre bout de la ligne, les mauvaises nouvelles l'affolèrent.

– Très bien, dit-elle aux jumeaux. Nous devons quitter Londres, mais avant, j'ai quelque chose à faire. J'ai besoin de votre coopération. Promettez-moi de ne plus dessiner.

– Promis, répondit Em.

Matt rangea son carnet de croquis dans son sac. *Pour l'instant, ça devrait suffire*, songea Sandie. Ils traversèrent le jardin en courant en direction du bout de la rue Raphael Terrace. En se retournant, Matt et Em remarquèrent que le long véhicule noir bloquait toujours une extrémité de la rue devant le manoir des Kitten, et qu'une voiture de police avec son gyrophare allumé bloquait l'autre. Un groupe de voisins curieux s'était rassemblé dehors.

Quand ils eurent quitté la rue Raphael Terrace pour s'engager dans une avenue, ils ralentirent et se mirent à marcher vers une station de métro le plus naturellement possible afin de ne pas attirer l'attention.

– Pourquoi est-ce qu'on n'a pas pris la voiture de Violet et d'Anthea ? questionna Matt.

– Nos ennemis s'y attendaient. Nous serons mieux protégés dans le métro : il y a du monde, ils n'essaieront pas de nous agresser.

– Pourquoi nous veulent-ils du mal ? s'enquit Em.

– Parce que vous êtes des enfants uniques au monde...

– Toutes les mères disent que leurs enfants sont uniques, coupa Matt, s'entêtant à ignorer les différences extraordinaires entre eux et les autres.

Une cacophonie de bruits emplissait l'avenue – coups de klaxons insistants, crissements de freins des bus, vacarme de marteaux-piqueurs, musique à plein volume s'échappant d'une boutique, notes de saxophone d'un musicien déboussolé... Se frayant un passage entre les flâneurs et les touristes de l'après-midi, Sandie laissa le brouhaha couvrir le marmonnement de sa réponse inadéquate. Son fils allait devoir attendre pour une explication.

– Tu nous emmènes où ? grommela Matt.

– En Écosse, chez votre grand-père.

Au milieu de la foule qui entrait et sortait de la station de métro, Matt s'arrêta net. Stupéfaite, Em dévisagea sa mère.

– Quel grand-père ? s'indigna Matt.

Chapitre 10

Au cœur du quartier de Covent Garden, l'homme avec une vieille sacoche marron de médecin était assis sous l'auvent d'un café. Des employés de bureau occupaient les tables voisines et trinquaient, attendant avec impatience la fin de leur vendredi, et à proximité, la place pavée et ses allées regorgeaient de touristes et d'adolescents. Un musicien dépenaillé, coiffé d'un feutre et portant une vielle, dépassa la table de l'homme et s'arrêta devant un couple pour proposer ses services.

Il retira son chapeau et s'inclina quand le couple rejeta son talent musical, puis lança un regard discret sur l'homme à la sacoche avant de s'éloigner d'un pas traînant.

Vaughn Grant avait remarqué le regard furtif du musicien. Il l'observa traverser la place animée. Comme il travaillait pour sir Charles Wren, sa paranoïa avait grimpé de plusieurs crans depuis l'incident avec les jumeaux à la National Gallery, ce matin. Le

Conseil des Gardiens en avait rapidement eu vent et à présent, le meurtre d'Arthur Summers défrayait la chronique. Cela signifiait que Sandie et les jumeaux étaient redevenus des fugitifs et Vaughn voulait les aider à quitter Londres en toute sécurité. Quand le joueur de vielle accepta les sollicitations d'une famille attablée au restaurant d'en face, Vaughn se détendit un peu. Le vielleur jouait bien. Des notes joyeuses s'échappaient de son instrument, pour le plus grand plaisir d'un auditoire enthousiaste.

Vaughn serra fermement sa sacoche entre ses pieds. Si on la lui volait après tant d'années, les conséquences seraient incalculables. Il sourit en son for intérieur. Pas si incalculables que cela, après tout, étant donné qui il attendait.

Vaughn fit signe à la serveuse de lui resservir du cidre. Quand elle s'approcha, il flirta un instant avec elle, afin d'injecter un peu de normalité à sa situation. Il s'était préparé à ce jour depuis longtemps, depuis le moment où Sandie et Malcolm lui avaient annoncé qu'elle attendait des jumeaux.

Vaughn sirota son cidre en se laissant envahir par le regret et les souvenirs. C'était l'été, après ses études à l'université qu'il était parti avec ses meilleurs amis, Malcolm et Simon, vivre en Écosse à l'abbaye. Sandie et Mara s'y trouvaient déjà. Vaughn avala une gorgée en se remémorant combien ils étaient tous unis et comment leur amitié avait changé à la naissance des jumeaux. Il aurait dû régler le problème avec Malcolm quand il en avait encore l'occasion. Cela aurait peut-être permis à Sandie de faire d'autres choix.

La musique de la vielle parvenait jusqu'à lui. En écoutant la mélodie enfantine, Vaughn se dit qu'il avait de la chance d'être en mesure d'aider Sandie et les jumeaux. Soudain, il les repéra. Ils se hâtaient vers le café où il se trouvait et, au lieu de rester dans la file de gens qui attendaient qu'une place se libère, ils passèrent sous le cordon et le rejoignirent.

Vaughn se leva et étreignit chaleureusement Sandie. Matt et Em déposèrent leurs sacs au sol et se perchèrent sur deux chaises vides.

– Dites bonjour à Vaughn, les enfants, déclara Sandie. Vous ne devez pas vous souvenir de lui, mais c'était... c'est un ami de votre père et de moi-même.

Sans laisser à sa sœur le temps d'ouvrir la bouche, Matt cracha :

– Alors vous voyez encore mon père ?

Vaughn lança un regard à Sandie.

– Non, Matt. Je suis désolé, je ne l'ai pas vu depuis longtemps.

– Est-ce qu'il sait au moins qu'on est vivants ? s'enquit Matt.

– Matt, ça suffit ! intervint Sandie.

Elle s'installa à côté de Vaughn et posa son sac sur ses genoux. Matt se mit à jouer avec la salière et versa du sel sur des serviettes en papier. Em observait avec attention l'inconnu. Pour un adulte, elle le trouvait plutôt cool. En plus, il avait des yeux bleus incroyables. Il était grand, bien habillé, vêtu d'un costume. Ses doigts effleurèrent le bras de sa mère et descendirent jusqu'à sa main où ils s'immobilisèrent.

Maman l'aime bien, je crois.

Elle aime tout le monde.

Je veux dire qu'il lui plaît, idiot !

C'est dégoûtant.

– Vous voulez commander un plat ? demanda Vaughn tandis que la serveuse se dirigeait vers eux. Des boissons ?

Sandie secoua la tête.

– Nous déjeunerons dans le train.

Elle arracha la salière des mains de Matt qui se rencogna sur sa chaise en boudant. Vaughn fit signe à la serveuse de s'éloigner.

– Je me sentirai mieux quand nous serons hors de leur portée, ajouta Sandie en se levant.

– Ils sauront que tu es retournée chez Renard.

– J'y compte bien. En bénéficiant de la protection de Renard et vu ta position au Conseil, nous devrions être tranquilles un moment.

Vaughn se leva également et l'attira à lui.

– Il n'est pas trop tard. Je peux encore vous accompagner.

– Mais tu me seras plus utile ici, répondit Sandie en se blottissant contre Vaughn. J'ai besoin de savoir quelle est l'ampleur des désaccords au sein du Conseil. Renard était la voix de la raison quand il s'agissait d'entraver les pouvoirs des *Animare*. J'ai bien peur que sir Charles et ceux qui soutiennent aujourd'hui sa manière moyenâgeuse d'agir ne se montrent moins accommodants que lui.

À la vue de sa mère et de Vaughn, Matt se renfrogna, passa sous le cordon et leur tourna le dos. À travers la place, il aperçut le joueur de vielle qui tendait son chapeau à la foule et hochait la tête avec reconnaissance en récoltant des pièces.

Sandie écarta une mèche de cheveux du front de Vaughn et murmura :

– Un jour, peut-être... Mais pour l'instant, je dois aider mes enfants à comprendre qui ils sont. Et j'aimerais que tu calmes nos ennemis jusqu'à ce que Matt et Em en sachent davantage.

– Je ferai tout mon possible, mais tu sais aussi bien que moi que les membres du Conseil sont de plus en plus divisés. Ils vont devoir décider de soutenir Renard ou sir Charles. Et quand ils apprendront que les jumeaux peuvent entrer et sortir d'une peinture, cela desservira Renard. Le Conseil se sentira menacé par leurs dons.

Sandie tressaillit. Vaughn lui prit la main.

– Et si la Société Hollow Earth s'est vraiment reformée, alors ils vont sûrement essayer d'enlever les jumeaux.

– C'est quoi, Hollow Earth ? questionna Em.

Les adultes sursautèrent comme s'ils avaient oublié sa présence. Sandie ne savait que répondre.

– Hollow Earth est un mythe, Em, expliqua Vaughn. Une fable. D'après la légende, il existerait un espace surnaturel à l'intérieur de la terre peuplé de monstres et de démons.

– Mais certaines personnes pensent que c'est vrai et que ce n'est pas une légende, ajouta Sandie. Il y a cent cinquante ans, un groupe de convaincus a suivi un artiste écossais dénommé Duncan Fox. Ensemble, ils ont fondé la Société Hollow Earth dont le but était de garder l'entrée de cet espace surnaturel afin que les monstres et les démons ne puissent jamais s'en échapper.

– Il faut être fou pour croire à un truc pareil, commenta Em d'un rire incrédule.

– Exactement, répliqua Sandie. Complètement fou, voilà pourquoi tu n'as aucune inquiétude à avoir. Tant que Renard sera en vie, précisa-t-elle en se tournant vers Vaughn. Car ses pouvoirs sont plus puissants que les nôtres. Si nécessaire, l'abbaye et l'île peuvent devenir impénétrables. Renard y veillera.

– Il sait que tu viens ? s'enquit Vaughn.

– Je l'ai appelé en quittant le manoir. Il m'a appris la mort d'Arthur. Tu n'approuvais pas ce que nous faisions ensemble, je sais. Néanmoins, sans Arthur...

– Arthur t'a utilisée, Sandie, s'irrita Vaughn. Il a sans doute réussi à ne pas révéler ton grand secret, quel qu'il soit, mais il t'a utilisée pour faire gagner beaucoup d'argent à ceux pour qui il travaillait, en se servant au passage.

Sandie saisit soudain le bras de sa fille.

– Où est ton frère ?

– Je ne sais pas. Il était là il y a une minute.

Affolée, Sandie passa sous le cordon et se faufila à travers la foule. La panique lui comprimait la poitrine. *Matt, je t'en prie – où es-tu ?*

Il y avait trop de monde pour repérer un enfant. Elle étouffa un sanglot. Sa peur se muait en terreur. Elle ouvrit son sac et sortit son carnet de croquis. À présent, elle se fichait des conséquences, elle devait retrouver son fils.

– Sandie ! Non ! avertit Vaughn. Pas en public. Nous allons le retrouver.

Les deux adultes se mirent à l'appeler et à demander aux passants s'ils n'avaient pas vu un garçon avec un tee-shirt élimé. Personne ne l'avait vu. Em se concentra.

Tu es passé où ? Maman est morte d'inquiétude.

Près du musicien.

– La dernière fois que je l'ai vu, improvisa Em, il a dit... En fait, il écoutait l'homme qui joue avec un instrument qui ressemble à un violon.

– Le vielleur, soupira Vaughn.

Sandie suivit la direction qu'Em lui indiquait. Vaughn regagna le café en entraînant Em avec lui. Ce faisant, il prit soudain conscience de deux choses graves. Un : il avait laissé sa sacoche sous la table, et deux, il avait eu raison de se méfier du joueur de vielle.

Le soulagement l'envahit tout entier quand il saisit la poignée de cuir de la sacoche qui n'avait pas bougé. Il la remit à Em.

– Reste là et tiens ça fermement, ordonna-t-il.

Puis il grimpa sur la chaise en fer forgé, bousculant la table et renversant les monticules de sel que Matt avait laissés sur celle-ci. À côté d'eux, un couple éructa une insulte. Les autres clients le dévisagèrent d'un air outré. Le patron et une serveuse se mirent à crier de l'entrée du café. Vaughn les ignora. Balayant la place du regard, il repéra le joueur de vielle, au centre. Matt était près de lui.

Vaughn siffla pour attirer l'attention de Sandie et lui indiqua d'un geste où se trouvait Matt. Le cœur battant, il descendit de la chaise, prit Em par la main, saisit la sacoche et fila à travers la foule. Sandie avait déjà rattrapé Matt qui se tortillait en couinant tandis qu'elle le retenait par un bras.

Le vielleur avait disparu.

– Lâche-moi ! glapit Matt. Je n'étais pas perdu et personne n'a essayé de m'enlever !

– Tu sais que nous avons des ennuis et tu pars sans nous prévenir ?! hurla Sandie.

– Comme si tu remarquais quand j'étais là, riposta Matt.

– Écoute, Matt, intervint Vaughn. Ta mère aimerait vous emmener en Écosse en un seul morceau. Vous allez partir ce soir. Je te demande de me faire une faveur, à moi mais aussi à ton père, en obéissant à ta mère.

Matt s'arracha à l'emprise de sa mère, ajusta son sac à dos et se redressa. C'était l'unique réponse qu'il avait à leur adresser.

Vaughn se tourna vers Sandie.

– Tu veux vraiment la sacoche ? Si son contenu tombe entre de mauvaises mains, elles auront le pouvoir de nous anéantir.

– Quand le moment viendra, son contenu sera peut-être mon unique moyen de pression.

Chapitre 11

Sandie avait laissé sa valise à l'appartement. Pendant qu'ils attendaient le train de Glasgow à la station Euston, elle acheta quelques affaires. Épuisés, les jumeaux se traînaient derrière elle. Ils avaient dîné tard, et une fois qu'ils seraient confortablement installés, avec un peu de chance ils se tiendraient tranquilles.

Exceptionnellement, les attentes de Sandie furent comblées. Quand le train traversa en filant la gare de Watford, les jumeaux dormaient déjà. Sandie piqua un somme près de Milton Keynes.

Une fois à Glasgow, elle décida de prendre le car jusqu'à Largs au lieu de louer une voiture. Tant que les jumeaux ne seraient pas en sûreté chez leur grand-père, se mêler à d'autres voyageurs était selon elle la meilleure stratégie.

Cependant, elle n'avait pas prévu la chaleur d'août. Tous les habitants de la ville faisaient la queue devant le car qui desservait le bord de mer.

Ils durent renoncer au premier car, faute de place, et montèrent dans le suivant. Matt s'installa au fond et se blottit dans un coin, ses écouteurs sur les oreilles.

– Tu penses que ton frère va m'en vouloir toute sa vie ? demanda Sandie.

– Jusqu'à vingt ans, peut-être, répondit Em en se lovant contre sa mère. Notre grand-père sera content de nous voir ?

– Il sera ravi, Em.

– Comment tu le sais ?

– Parce qu'à l'époque il était très triste quand nous sommes partis. *Triste, et furieux*, songea Sandie.

Triste parce qu'elle lui prenait les jumeaux, et furieux parce qu'elle s'opposait aux ordres qu'il lui avait donnés en tant que Gardien.

– Il est comment ? questionna Em.

– Charmant.

– Pourquoi est-ce qu'on est partis, alors ?

Sandie ne savait par où commencer.

– Quand vous étiez petits, un incident a provoqué une terrible dispute entre votre grand-père et moi.

– Pire que celles avec Matt ?

– Bien pire. Je lui ai dit des choses que je regrette, aujourd'hui. J'espère qu'il m'a pardonné.

– Tu lui as expliqué que tu regrettais ?

– Pas encore, Em, répondit Sandie en fermant les yeux. Mais j'ai l'intention de le faire.

Le voyage se déroula dans le calme. Quand le car surplomba Haylie Brae, Em secoua son frère qui écoutait toujours de la musique et se leva de son siège pour admirer le panorama de la côte d'Ayrshire qui s'étendait devant eux.

– On dirait une peinture, maman ! s'exclama-t-elle.

Em avait raison. Sous le soleil de la mi-journée, le Firth of Clyde, vaste étendue d'eau côtière, scintillait comme un ruban bleu tressé de voiliers blancs ; la péninsule de Kintyre et les îles d'Arran et de Bute bordaient l'horizon. Nichée dans la baie de Largs, telle une parcelle de terre déchiquetée détachée du continent, l'île verdoyante d'Auchinmurn abritait leur future demeure.

Matt enroula ses écouteurs autour de son iPod et jeta un bref regard sur la vue spectaculaire de la mer et des îles.

– Ça m'ennuie d'avance, grommela-t-il.

Sandie ne put s'empêcher d'éclater de rire.

Deux ferrys se croisèrent au milieu de la baie ; l'un se rendait à Auchinmurn, l'autre en revenait ; ils partaient toutes les demi-heures. Dans la file d'attente, Matt et Em observaient le front de mer de Largs, les kiosques sur le sable surmontés de ballons colorés, de cerf-volant géants et d'énormes jouets de plage, les myriades d'étalages de glaces et de friandises alléchantes. Des magasins de souvenirs et des terrasses de café bondées de clients en short et sandales jalonnaient la rue principale.

Matt adorait les glaces.

– J'ai le temps d'aller en acheter avant l'embarquement, déclara-t-il.

Sandie le dévisagea d'un air anxieux.

– Le kiosque est juste là, insista Matt. Tu ne risques pas de me perdre de vue, maman.

– S'il te plaît, implora Em. Elles ont l'air tellement... rafraîchissantes.

– Tu répètes ce qui est marqué sur l'enseigne publicitaire ! répondit Sandie. Bon, d'accord. Mais je ne te lâche pas des yeux, Matt, et si tu vas ailleurs, je te rattraperai illico, et crois-moi, tu m'entendras !

Matt prit les pièces de la main de sa mère, descendit le long de la file de gens, enjamba un muret et trottina sur le sable jusqu'au kiosque le plus proche.

Sandie ne cillait pas.

À son retour, voulant éviter des cars arrêtés sur le quai d'où descendaient des familles, Matt fit un crochet par la zone réservée aux véhicules montant à bord du ferry. Un conducteur de camion pila devant lui, aussitôt dépassé par une Peugeot, puis par une Mini Cooper. Il appuya si longtemps sur son klaxon que Matt crut qu'il était coincé.

Il s'approcha de sa mère et tendit les glaces. Leurs cornets dégoulinants à la main, ils embarquèrent et gagnèrent le pont supérieur. Au loin, on pouvait distinguer l'île d'Auchinmurn.

– Il y a d'autres personnes qui vivent sur cette île, à part notre grand-père ? s'enquit Em.

– Oui, l'été, il y a de nombreux visiteurs. Cette partie d'Auchinmurn est équipée de pistes cyclables et de sentiers de randonnée qui traversent des endroits abritant une faune extraordinaire.

Sandie se sentait comme un agent immobilier vantant à ses enfants les mérites de ce qui allait être, l'espérait-elle, leur nouveau lieu de vie pendant de longues années. Elle ne voulait pas qu'ils sachent qu'Auchinmurn allait également devenir leur prison.

– Une route bétonnée fait le tour de l'île, une autre la coupe en son milieu, poursuivit Sandie.

La passerelle d'embarquement du ferry se releva comme une mâchoire se refermant.

– Il y a un village charmant – Seaport – de l'autre côté de l'abbaye. Mais j'ai gardé le meilleur pour la fin : Auchinmurn a une petite sœur, une île appartenant à votre grand-père, qui regorge de grottes secrètes et de ruines.

– Quel est le nom de cette île ? demanda Em.

– Les autochtones l'appellent « la petite Auchinmurn », mais son vrai nom, c'est Era Mina, comme l'abbaye et le monastère dont les domaines s'étendaient jadis sur ces deux îles.

Du doigt, elle indiqua une tour celte, visible à l'horizon, dressée sur une parcelle de terre, derrière la pointe d'Auchinmurn.

– Votre grand-père habite là-bas, en face de cette tour.

Matt et Em ne semblaient pas très enthousiastes. Naturellement, les circonstances étaient loin d'être idéales.

Un instant après le départ du ferry, le chauffeur de camion courroucé fonça sur eux à travers le pont.

– Ce sale gosse a besoin d'une correction ! brailla-t-il en agitant une main menaçante au-dessus de la tête de Matt. À cause de lui, je me suis retrouvé coincé tout au fond. Vous devriez mieux surveiller vos enfants !

Puis, d'un pas furieux, il descendit vers le parking du ferry.

Une vieille dame élégante avec une mallette à ses pieds et un foulard bleu pour protéger sa coiffure des embruns s'éloigna de la rambarde et s'approcha de Matt.

– Ne l'écoute pas, mon garçon. Certaines personnes naissent méchantes. Al Swanson en fait partie. C'est un ours mal léché.

Quelques passagers de la région approuvèrent de la tête. Matt alla s'installer sur un banc vide.

– Des méduses ! s'exclama Em qui contemplait les remous de la mer. Viens voir, maman ! Il y en a des centaines derrière le bateau.

Sandie regarda. Dans le sillage du ferry, l'eau foisonnait de créatures translucides de différentes tailles, certaines aussi grosses qu'un ballon, d'autres aussi petites qu'un poing de nourrisson.

La vieille dame au foulard bleu rejoignit Em.

– On les appelle les méduses lunes, expliqua-t-elle. Sous les rayons de la pleine lune, elles brillent comme des étoiles, c'est spectaculaire. Mais ce n'est pas elles qui nous suivent, c'est le courant créé par le ferry qui les entraîne.

Sandie jeta un œil derrière elle. Matt était penché sur son sac à dos. Dessinait-il ? Peut-être. Quant à Em, captivée par les méduses, elle décida de laisser son frère tranquille.

La traversée dura une quinzaine de minutes. Dès que le bateau fut à quai, les passagers sans véhicule se ruèrent vers les cars, les commerces de location de vélos, ou leurs propres voitures garées sur le parking.

En débarquant, Sandie repéra aussitôt Simon Butler, le bras droit de Renard. Appuyé à un Range Rover, il lisait le journal. Ex-footballeur âgé d'une bonne trentaine d'années, séduisant et plein d'énergie, Simon correspondait exactement au souvenir qu'elle gardait de lui. En apercevant Sandie, il plia son journal et accourut vers elle.

La sacoche à la main, son sac de coursier accroché à son épaule, elle s'élança. Ils s'étreignirent avec effusion au milieu du parking. Les jumeaux les rattrapèrent et, consternés, observèrent les deux adultes rire et pleurer sans crainte du ridicule.

– Matt, Em, je vous présente Simon, annonça leur mère.

Em sourit et serra la main de Simon. Matt ne sortit pas la sienne de sa poche.

– Je suis ravi de vous voir, déclara Simon. Je travaille avec votre grand-père, je l'aide à diriger ses affaires. J'ai un fils, Zach, qui vit également chez lui. Il sera content d'avoir des amis de son âge.

Derrière eux, des coups de klaxon retentirent. Les deux premières rangées de véhicules débarquaient du ferry, mais les autres voitures restaient bloquées derrière le camion d'Al Swanson. Avec quelques membres de l'équipage, il regardait, stupéfait, une énorme méduse collée à son pare-brise.

Chapitre 12

Sur l'impressionnante grille en fer forgé, on pouvait lire « L'abbaye ». Simon appuya sur un bouton du tableau de bord et la grille s'ouvrit lentement. Ils empruntèrent une allée ombragée par des arbres. À leur gauche, on apercevait la baie de Largs ; à leur droite, une étendue verte et sauvage. Devant eux, les sommets d'une structure de brique dépassaient d'une muraille avec une entrée en forme d'arche. Quand le Range Rover s'arrêta, bouche bée, Matt demanda :

– Ça appartient vraiment à notre grand-père ?

Simon sourit.

– Bienvenue.

– Incroyable, marmonna Matt. Ça ressemble plus à un château qu'à une église.

Simon acquiesça.

– L'abbaye a été construite à partir des plus vieilles tours fortifiées d'Écosse.

Sur celle de droite, qui était plus haute que celle de gauche, deux drapeaux flottaient au vent. L'un, écossais, affichait la croix de saint André, l'autre, un majestueux cerf blanc ailé – les armoiries de l'abbaye. La structure centrale, reliée aux deux autres, comprenait trois niveaux et était surmontée de tourelles habitées, selon Em. Car à la fenêtre de l'une d'elles, une silhouette s'était profilée lorsqu'ils étaient entrés dans la cour. Au loin, perchée sur le promontoire d'Era Mina, une autre tour celte devait atteindre au moins trente mètres de haut, d'après Matt.

– Les premières parties de l'abbaye ont été construites au XIIIe siècle, expliqua Simon tandis que les jumeaux et Sandie descendaient du véhicule. Les moines avaient besoin d'un lieu de culte protégé. Auchinmurn était alors régulièrement attaquée par les Vikings, les pirates, et parfois par les nobles écossais qui voulaient s'approprier l'île. La tour d'Era Mina servait de poste de guet.

Les jumeaux observaient l'abbaye d'un air émerveillé. Sur une corniche, des gargouilles représentant des chiens à trois têtes retenaient l'attention de Matt.

– Et si je vous emmenais au bord de la mer pour que votre mère puisse discuter tranquillement avec votre grand-père ? proposa Simon.

– Bonne idée, approuva Matt.

– Oui, renchérit Em.

– Il est dans la bibliothèque, chuchota Simon à Sandie.

Le cœur palpitant, Sandie sortit la sacoche et son sac du véhicule, traversa la cour et franchit un imposant portail médiéval.

– Allons voir la jetée, lança Simon aux jumeaux.

Il les entraîna derrière l'abbaye, empruntant un sentier qui longeait des jardins potagers et des parterres de fleurs cernés par la même muraille.

– Vous aimez le jardinage ? questionna-t-il.

– On vivait dans un appartement à Londres, répondit Matt. On a fait pousser des herbes aromatiques dans un pot, une fois. C'est à peu près tout.

Simon rit.

– Notre cuisinière, Jeannie, vous recrutera tous les deux, j'en suis sûr. C'est elle qui s'occupe du potager, elle y cultive la plupart de ce qu'elle cuisine pour nous.

– Et si on a envie d'un steak haché ? questionna Em qui ne raffolait pas de légumes.

– Pour la viande, elle négocie avec le boucher du coin.

Ils quittèrent l'ombre du sentier et traversèrent une pelouse bien entretenue. À l'horizon, les îles que leur mère leur avait montrées depuis le ferry leur semblaient encore plus larges, et sur l'eau voguaient des bateaux de diverses tailles. Plus ils se rapprochaient de la mer, plus l'herbe se raréfiait, cédant la place à un sol rocheux puis à une plage de galets.

La jetée était moderne, bien qu'érodée par les éléments, et deux bancs marquaient son extrémité. L'abri sur pilotis qui y était relié avait été construit pour résister aux vents puissants et aux orages de l'Atlantique.

– Vous aimez la pêche ? s'enquit Simon.

Matt et Em échangèrent un regard puis haussèrent les épaules.

– Je n'ai jamais essayé, répondit Matt.

– Ce sera l'occasion, déclara Simon.

Les jumeaux étaient encore un peu abasourdis par la taille de l'abbaye, son domaine et ses vues panoramiques époustouflantes, mais Matt ne quittait plus des yeux la tour celte perchée à la pointe d'Era Mina.

Suivant son regard, Simon commenta :

– Elle est impressionnante, tu ne trouves pas ?

Ils marchèrent jusqu'au bout de la jetée.

– J'ai lu beaucoup de livres sur les ruines des châteaux et ce genre de trucs, confia Matt. Mais les voir en réalité, c'est tout autre chose !

– Il n'y connaît rien, coupa Em.

Matt ignora les sarcasmes de sa sœur.

– Pourquoi les moines ont-ils fait construire une tour de guet sur Era Mina et non sur cette île ? questionna Matt.

Simon hésita un instant.

– Durant une invasion, cette petite île est la première ligne de défense. On a une meilleure vue vers le nord de la tour, et c'est de cette direction que venaient la plupart des envahisseurs, en particulier les

Vikings. Vous apprendrez tout cela quand vous commencerez les leçons.

– Des leçons ? questionna Em d'un air incrédule. Nous allons suivre des cours, ici ?

– Oui. Et vous aurez comme professeurs votre grand-père et moi-même. On continue la visite ?

Surpris par cette information, les jumeaux hochèrent la tête en silence.

Em et Simon s'éloignèrent sur la jetée, mais Matt resta en arrière, les yeux rivés sur la tour d'Era Mina. Quelque chose ne collait pas. La première fonction d'une tour de guet était de servir à avertir les habitants du château et du village qui l'entourait de l'arrivée d'envahisseurs. En général, une sentinelle postée au sommet sonnait la cloche et si nécessaire, des flèches enflammées étaient tirées et des marmites de poix bouillante catapultées sur l'ennemi pour le ralentir. Et parfois, rarement, les tours servaient d'abri à la population en cas d'invasion. Or celle-ci, très étroite, ne pouvait accueillir que quelques personnes. De plus, son orientation et celle des rares meurtrières n'étaient pas bonnes s'il s'agissait de se défendre contre des ennemis.

– Matt, tu viens ? cria Simon.

Matt courut sur la jetée pour les rattraper, tout en se disant qu'il aimait bien cet endroit. L'arrière de l'abbaye ne ressemblait pas à une forteresse médiévale, mais était tout aussi impressionnant que la façade. Des vitres remplaçaient des pans de murs du bâtiment principal, et à l'ouest, des cloîtres avaient été réaménagés en ateliers d'artistes pour les étudiants de l'abbaye. Au-delà des cloîtres, une plantation de bouleaux s'étendait jusqu'à la mer. Un grand miroir de verre coloré était suspendu par un filet de chaînes argentées entre deux arbres de la première rangée. Des pièces identiques étaient accrochées dans les rangées de bouleaux suivantes, jusqu'au rivage.

Em tourna la tête vers l'abbaye. Les vitres lui semblaient étranges, mais elle n'aurait su dire pour quelle raison. Ils traversèrent la pelouse en direction de l'ancienne écurie qui servait désormais de garage. Em s'illumina à la vue d'un cloître abritant une piscine et une salle de gymnastique. De toute évidence, leur grand-père roulait sur l'or.

– Vous aimez nager ? s'enquit Simon, en ouvrant une porte vitrée coulissante.

Em regarda le bassin et l'équipement.

– J'adore ! s'exclama-t-elle.

Matt ne voulait pas avoir l'air épaté.

– Pas mal, marmonna-t-il.

La différence de niveau d'enthousiasme entre les jumeaux le fit sourire.

– Très bien, dit-il. La visite est terminée.

Il les guida jusqu'à une terrasse en pierre équipée de tables, de parasols et de chaises longues, bordée de portes ouvertes donnant sur une cuisine. Em examina les lieux. Quelque chose la perturbait. Tout le verre – celui des fenêtres, des portes, et même des cloîtres –

était sombre et fumé. De l'extérieur, personne ne pouvait voir à l'intérieur de l'abbaye.

Ce ne sont pas les moines qui l'ont installé, songea-t-elle.

– Vous êtes prêts à rencontrer votre grand-père ? demanda Simon.

Il les fit entrer dans une immense cuisine ; les jumeaux n'en avaient jamais vu d'aussi grande.

Chapitre 13

Matt et Em savouraient des yeux les plats alléchants disposés sur une table quand une femme replète, à la mine réjouie et aux cheveux grisonnants, traversa la pièce et les pressa tous deux sur son ample poitrine.

– Regardez-les ! s'attendrit-elle avec un fort accent écossais. Mon Dieu ! Comme ils ont grandi !

Elle les libéra enfin, et Matt put de nouveau respirer.

– Le sosie de leur père, commenta-t-elle.

Elle soupira, sortit un mouchoir de la poche de son tablier et s'essuya les yeux.

– Vous devez être affamés. Et assoiffés.

Elle se dirigea vers un réfrigérateur qui à lui seul était aussi grand que leur cuisine à Londres et donna un coup de torchon à Simon au passage.

– Tu ne leur as rien offert à boire avant de les emmener se promener ?

– Matt et Em, pouffa Simon, évitant un nouveau

coup de torchon, je vous présente Jeannie. Ils devraient aller voir leur grand-père avant de manger, ajouta-t-il.

– Non, répliqua Jeannie. Zach est prêt à déjeuner et ces gosses ont passé la nuit dans le train. Si Monsieur R. veut les voir, qu'il vienne ici.

Elle remplit trois verres de jus de fruit, puis agita les mains vers quelqu'un qui se trouvait derrière les jumeaux. Elle s'exprimait dans la langue des signes. Em se tourna et découvrit un garçon de la taille de Matt, aux cheveux blonds et ras, vêtu d'un tee-shirt, d'un short large et de vieilles baskets sans chaussettes.

Zach. Le fils de Simon.

– Il est sourd ? demanda Matt à Jeannie.

Sans laisser à Jeannie le temps de répondre, Zach saisit un tabouret et fit face à Matt. Em se tendit. Elle ne voulait pas de bagarre. Elle voulait vivre ici, elle s'y sentait en sûreté. Elle ne voulait pas que son frère se batte dès leur arrivée.

Zach indiqua la bouche de Matt.

– Tu lis sur les lèvres, répondit Matt, visiblement épaté. Super. Je m'appelle Matt.

Il serra la main de Zach et ajouta :

– Et c'est ma sœur jumelle, Em.

Zach sourit et agita les doigts rapidement en regardant les jumeaux. Jeannie traduisit.

– Qui est le plus âgé des deux ?

– Moi, répondit Matt.

– Mais de six minutes, seulement, précisa Em. On vivait avec notre mère à Londres, et on a eu des ennuis. Maintenant, on doit habiter ici. Enfin, je crois, dit-elle en regardant Jeannie.

Jeannie sourit en hochant la tête

– J'habite ici avec mon père, expliqua Zach en langue des signes. Ma mère est morte à ma naissance. Je ne me souviens pas d'elle.

Il arrêta de bouger les mains, vida d'un trait son verre de jus de fruit, remplit son assiette de sandwichs et marcha jusqu'à la terrasse. Avant de sortir, il se retourna et s'adressa brièvement aux jumeaux.

Une voix grave et mélodieuse retentit de l'autre côté de la cuisine :

– Zach vous a dit : « À plus tard. »

Les jumeaux pivotèrent sur leurs tabourets et découvrirent un homme de haute taille, majestueux avec son épaisse chevelure blanche.

Matt et Em s'étaient imaginé que leur grand-père ressemblait à leur père, qu'ils n'avaient vu que sur des photos de vacances prises quelques jours après leur naissance. Mais sur ces clichés, leur père était grand, brun, dépenaillé, et avait une boucle d'oreille.

Vêtu d'un jean, d'une chemise bleue aux manches roulées et de chaussures de randonnée en cuir luisant, l'homme qui se tenait devant eux était soigné. Sur son avant-bras droit, une cicatrice évoquait une ancienne morsure.

Renard sourit aux jumeaux. Em le trouvait beau et gentil. Matt, intimidant.

Il ne ressemble pas à papa.

– Alors, vous vous régalez ? lança Renard. Vous ne vous souvenez pas de moi, n'est-ce pas ?

La bouche pleine, les jumeaux secouèrent la tête.

– Vous étiez très jeunes quand vous êtes partis. Venez me rejoindre dans le jardin quand vous aurez terminé de déjeuner. J'aimerais voir ce que vous savez faire.

– Je ne sais pas si c'est une bonne idée, déclara Sandie.

– Si ces enfants sont placés sous ma protection et que je dois devenir leur tuteur, j'aimerais voir de quoi ils sont capables.

Matt et Em échangèrent un regard.

– Tu sais ce qui s'est passé au musée, répliqua Sandie. Et tu sais aussi que cela va changer les choses avec le Conseil. D'ailleurs, comment as-tu pu être au courant de cet incident avant même que je te prévienne ?

– C'est sans doute à cause de moi, répondit une femme de l'âge de leur mère en entrant dans la pièce. Elle venait du jardin.

– Je suis allée faire des courses à Glasgow, hier, reprit-elle. J'ai déjeuné avec l'ami d'un membre du Conseil. Il ne m'a parlé que de ça.

Vêtue d'une courte robe bleu marine, de sandales à talons compensés, les bras chargés de bracelets d'argent, elle avait l'air d'une reine. Malgré les lunettes de piscine qui retenaient en queue-de-cheval ses cheveux noirs soyeux, son nez fin et ses yeux noisette rappelaient à Em le portrait d'une princesse amérindienne. Tout le contraire de Sandie qui, avec ses cheveux clairs, ses taches de rousseur, son jean maculé de peinture, ses vieilles bottes de cow-boy et le tee-shirt qui lui avait servi de chemise de nuit, avait l'air de sortir tout droit d'un ranch.

– Mara ! Je ne savais pas que tu étais de retour à l'abbaye, dit Sandie, surprise.

Elle eut un instant d'hésitation avant d'étreindre la nouvelle arrivante.

– Oui, je suis revenue, répondit Mara en se dégageant. Quand Renard a transformé l'abbaye en école d'art, il y a quelques années, j'ai décidé de venir y enseigner.

Je crois que maman n'est pas contente qu'elle soit là, Matt.

Oh, tu exagères.

Simon fit les présentations.

– Em et Matt, je vous présente Mara Lin. Mara, votre mère, et moi...

– Et Malcolm, coupa Mara.

– Et votre père, reprit Simon, nous sommes allés à l'université ensemble. Mara est professeur, mais c'est aussi une artiste qui fabrique des vitraux et des miroirs magnifiques.

– Ce sont vos œuvres qui sont suspendues dans les arbres ? demanda Em en s'approchant de la terrasse.

Je les ai vues tout à l'heure. C'est... délirant et splendide.

– Je suis ravie que ça te plaise, répondit Mara en la rejoignant devant les portes vitrées. C'est la maquette d'une pièce bien plus grande que j'ai créée pour un hôtel aux États-Unis.

Simon s'approcha d'elles.

– Ce qui est intéressant, c'est que lorsqu'on traverse l'installation en allant vers la mer, les miroirs donnent l'illusion d'avancer dans ce qui se trouve derrière soi, expliqua-t-il.

– Vous pourrez m'apprendre à fabriquer un miroir, Mara ? demanda Em.

– Avec plaisir.

Mara posa sa main sur l'épaule d'Em. Sur ses doigts, son travail avait laissé de fines coupures et de minuscules brûlures.

Matt observait les sourcils froncés de sa mère qui regardait Em et Mara. Renard sortit un carnet de croquis et une boîte de pastels du tiroir d'un bureau.

– Matt, Em, vous venez ?

Quand Renard avait pris une décision, inutile de discuter. C'était d'ailleurs la raison pour laquelle, dix ans auparavant, lors de leur désaccord au sujet de l'avenir des jumeaux, Sandie avait préféré partir. Mais il n'était plus question de fuir et Sandie n'était plus en mesure de protéger seule ses enfants. Elle devait donc se plier aux volontés de Renard.

Les jumeaux dévisageaient leur mère, conscients que quelque chose de compliqué se passait entre les adultes. Jeannie essuyait le même verre pour la troisième fois. Finalement, Sandie déclara :

– Suivez votre grand-père. Faites ce qu'il vous dit de faire.

Chapitre 14

Em traînait derrière Matt et Renard tandis qu'ils traversaient la pelouse. Ils franchirent une autre arche dans la muraille, dépassèrent l'installation de Mara qui se balançait au vent, et s'enfoncèrent dans la forêt. Ils grimpaient. À un moment, entre des branches, ils aperçurent la mer, tout en bas, devant eux. Em avait sans cesse l'impression qu'on les suivait, mais elle se rassurait en se disant que c'était simplement le bruit du vent dans les feuilles. Matt peinait à suivre son grand-père qui avançait à grandes enjambées.

– Comment est-ce qu'on doit t'appeler ? demanda Em en accélérant l'allure pour les rattraper.

– Comment aimerais-tu m'appeler ?

– Quel est ton nom ? questionna Matt.

– Mason Renard Calder, mais on m'appelle Renard, sourit leur grand-père. Et parfois Monsieur R., enfin ça, c'est Jeannie.

– Je pense qu'on va t'appeler « grand-père », c'est plus simple, dit Em.

Le vieil homme pouffa.

– Si vous voulez. À présent, j'aimerais vous demander une chose. Parlez-moi de vos dons.

Ne lui dis rien, Em !

Ne sois pas stupide, c'est pour ça que maman nous a amenés ici.

Peut-être, mais je ne lui fais pas confiance. Dis-en le moins possible.

La forêt se clairsemait. Ils escaladaient une clairière rocheuse. Derrière eux, on pouvait distinguer les drapeaux de l'abbaye et, au-delà, les contours de la jetée de la tour d'Era Mina. La verdure semblait avoir été arrachée du sommet de la colline qu'ils grimpaient.

Leur grand-père s'assit sur le rebord d'un rocher et se tourna vers Em. Il avait compris qu'elle serait le porte-parole.

– Parfois, quand on dessine des choses qu'on imagine, en se concentrant, on peut réussir à leur faire prendre vie, confia Em. Mais il faut qu'on soit en train de faire le même dessin et qu'on se concentre ensemble.

– Vous devez donc dessiner ensemble, c'est important ?

– Oui, mentit Em.

Elle savait qu'elle finirait probablement par lui dire toute la vérité, mais elle avait davantage confiance en Matt, et son frère lui avait ordonné de garder certains de leurs secrets. Après tout, ce n'était qu'hier, dans l'appartement, avec le mur sans porte, qu'ils avaient découvert que lorsqu'ils se transmettaient une image par télépathie, il suffisait qu'un seul d'entre eux la dessine pour qu'elle se matérialise. La deuxième tentative avait eu lieu avec la méduse collée sur le camion.

– Que s'est-il passé au musée ? questionna leur grand-père. Vous étiez déjà entrés dans une peinture avant ?

– Une fois, bredouilla Em. Mais hier, on avait chaud et on en voulait à maman. On pensait tous les deux à se baigner pendant qu'on dessinait et soudain... plouf ! On s'est retrouvés dans l'eau.

Agacé d'entendre sa sœur répondre à toutes les questions, Matt expliqua :

– C'est étrange parce qu'on peut voir à travers le papier et nos traits de crayon, comme si on voyait ce qui se trouvait sous les couleurs et les formes et...

– La lumière, ajouta Em. On voit toujours la lumière.

– Ensuite, coupa Matt en fixant sa sœur d'un air irrité, ce qu'on dessine se crée autour de nous. C'est comme regarder une fleur éclore en une minute dans un film en accéléré. Dans ma tête, je peux sentir Em dessiner une image et inversement.

Le regard de son grand-père lui faisait l'effet d'une piqûre d'aiguille. C'était une sensation désagréable et il voulait que cela s'arrête.

– Tu es comme nous ? questionna Matt en détournant les yeux. C'est la raison pour laquelle maman nous a amenés ici ? Tu possèdes notre don ? Tes dessins peuvent devenir réalité ?

– Mes chers enfants, répondit leur grand-père. Votre mère ne vous a rien expliqué ?

Les jumeaux secouèrent la tête. Renard soupira.

– Vous êtes très différents de moi. Comme votre mère, vous êtes tous deux des *Animare*, mais de votre père, vous avez hérité des facultés de Gardien, ce qui vous rend uniques. C'est assez extraordinaire, en fait. Avez-vous déjà entendu ces deux termes ?

Em réfléchit.

– Peut-être, répondit-elle. Je ne sais pas.

Matt soulevait la terre de ses tennis, feignant l'indifférence, alors que sa sœur savait très bien qu'il mourait d'envie d'en apprendre davantage, au moins autant qu'elle, surtout à propos de leur père.

– Un *Animare*, reprit leur grand-père en étirant ses jambes devant lui et en orientant sa tête vers le soleil, est un artiste aux pouvoirs surnaturels dont l'imagination peut modifier la réalité lorsqu'il peint ou dessine. En bref, il peut choisir de donner vie à son art.

Songeuse, Em gardait le silence. Elle n'avait jamais rien entendu d'aussi étrange et pourtant elle n'était ni effrayée ni choquée. Tout cela lui semblait naturel.

– Néanmoins, poursuivit Renard, à cause des dégâts que les *Animare* peuvent provoquer dans le monde...

– Mais nous ne faisons rien de mal ! s'indigna Matt.

– Laisse-moi finir, dit leur grand-père. Imagine ce qui pourrait vous arriver, à toi et à ta sœur, si la télé ou les journaux apprenaient que vous possédez ce don.

Matt se tut un instant.

– On va vouloir se servir de nos dessins pour aider les gens, et on ne nous laissera jamais tranquilles, murmura-t-il.

– Ou s'en servir pour agir à mauvais escient, si vous ne tombez pas en de bonnes mains, souligna Renard.

Em songea à l'homme au bras coincé dans le mur et au chauffeur de camion.

L'homme que j'ai bloqué voulait nous attaquer, Em, ce n'est pas la même chose.

Et le chauffeur de camion ?

C'était pour rigoler !

– Car un *Animare* peut représenter un danger pour les autres ou pour lui-même, continua leur grand-père. Et parce que le monde risque de l'apprendre un jour, une ancienne société d'hommes et de femmes possédant leurs propres pouvoirs ont décidé de protéger les *Animare*. J'en fais partie. On nous appelle les Gardiens et certains d'entre nous sont plus puissants que d'autres. Les plus puissants de tous forment des Conseils destinés au maintien de la paix. Notre responsabilité sacrée a un double objectif : empêcher le monde de découvrir l'existence des *Animare* et des Gardiens, et protéger les Gardiens et les *Animare* du monde. Il y a cinq Conseils sur cette planète chargés de veiller sur ceux de notre espèce et, si nécessaire, les entraver.

– Comment ? demanda Matt en enfonçant la pointe de son tennis dans le sol.

– Tout d'abord, répondit Renard, un Gardien détient un éventail de dons parapsychiques lui permettant de manipuler l'imagination d'un *Animare*.

De son pied, Matt créa un nuage de poussière.

Ça ne me plaît pas !

Em lui jeta un regard noir.

Reste attentif, Matt.

Matt croisa les bras.

Les jumeaux se tournèrent vers leur grand-père, lequel avait arrêté de parler comme s'il savait qu'ils étaient en train de communiquer par télépathie.

– Désolée, fit Em, penaude.

Renard poursuivit sans commentaire.

– Deuxièmement, chaque *Animare* a son propre Gardien, un protecteur qui lui est assigné lors d'une cérémonie devant le Conseil.

– On n'a pas le droit de le choisir nous-mêmes ? s'enquit Em, en nouant son sweat-shirt autour de sa taille.

– Parfois, répondit Renard. Mais en principe votre Gardien est une personne qui a un lien particulier avec vous.

– Par exemple quelqu'un qu'on aime ? questionna Em.

Matt grimaça de dégoût.

– C'est plutôt en rapport avec la façon dont vous êtes liés toi et Matt parce que vous êtes jumeaux, expliqua Renard. Un Gardien et son *Animare* peuvent communiquer par télépathie et s'introduire dans l'esprit et l'imagination l'un de l'autre. Par exemple, Mara est une *Animare* et Simon, son Gardien.

– Alors Zach va devenir un Gardien ? demanda Em.

– Qui est celui de ma mère ? pressa Matt.

Renard rit et leva les mains.

– Une question à la fois, s'il vous plaît. Mon cerveau fonctionne moins bien lorsqu'il est surchargé. Oui, Em, Zach va devenir un Gardien. Nos dons sont héréditaires. Et ton père était..., ajouta-t-il en se tournant vers Matt, ton père est le Gardien de ta mère.

De nouveau, Em n'était pas étonnée que cette étrange information lui paraisse normale.

– Nous avons déjà des Gardiens ? interrogea-t-elle, trouvant l'idée de ce lien si particulier incroyablement romantique.

– Normalement, le Conseil choisit le Gardien d'un *Animare* ou approuve le choix de celui-ci lorsque les deux ont au moins seize ans.

Renard s'interrompit un instant pour contempler le bleu profond de la baie. Son fils et Sandie avaient vraiment compliqué les choses en décidant d'avoir des enfants. La Quatrième Règle avait été établie pour une bonne raison. Posséder à la fois les dons d'un Gardien et ceux d'un *Animare* était dangereux.

– Le Conseil n'a jamais vu de cas comme le vôtre, reprit Renard. Quand le moment sera venu, nous devrons peut-être les aider à choisir votre Gardien.

– Nous avons donc hérité à la fois des pouvoirs de notre père et de notre mère ? s'enquit Matt.

Cette conversation le captivait. C'était la première fois qu'un adulte le traitait comme une personne responsable et non comme un enfant.

Son grand-père acquiesça.

– Et nous sommes les premiers *Animare* qui sont aussi des Gardiens ? continua Matt en le dévisageant.

– Je n'en connais pas d'autres.

Matt soutint le regard de son grand-père un long moment.

– Tu ne nous dis pas toute la vérité, déclara-t-il en se levant.

Matt, ne sois pas agressif.

Renard décocha un sourire à son petit-fils.

– C'est parce que vous n'êtes pas encore prêts à l'entendre, Matt.

Em eut soudain peur. Elle n'avait jamais envisagé ce dont elle et Matt étaient capables aussi sérieusement que ne le faisait leur grand-père. Bien qu'ils aient toujours comparé leurs dons à ceux d'un grand chanteur ou d'un footballeur hors pair, ils savaient qu'ils étaient différents de la plupart des enfants. Ils avaient compris que leurs pouvoirs devaient rester secrets, mais ils n'avaient jamais pensé que leur imagination puisse poser problème. Et ce problème était si important qu'une ancienne société existait pour les protéger et les surveiller. Em ne savait pas si cela devait la soulager ou l'angoisser davantage.

Le grand-père fit quelques pas en les invitant à le suivre.

– Votre mère n'aurait jamais dû vous emmener loin de cette île. Je lui suis néanmoins reconnaissant d'être revenue avec vous afin que vous puissiez apprendre ce qu'est un *Animare*, comme elle l'avait appris. En fonction de l'évolution de vos facultés, on vous enseignera à vous servir de vos dons de Gardien de la même façon que votre père...

Il laissa sa phrase inachevée et contourna l'affleurement de rochers, au sommet de la colline.

– Assez de questions. Montrez-moi ce que vous savez faire.

Il leur tendit deux bâtons de pastel, ouvrit sur une page vierge le carnet de croquis qu'il avait trouvé dans la cuisine de l'abbaye et le remit à Em. Puis il pointa un roc dénommé le rocher du Lion.

– Animez-le pour moi, s'il vous plaît.

Chapitre 15

Dès que les jumeaux se mirent à dessiner, ce fut la catastrophe.

Pour commencer, Renard ne leur avait pas expliqué que le rocher devait ressembler à un lion. Après avoir examiné avec attention la formation rocheuse, ils décidèrent qu'il s'agissait d'un tout autre animal. Par ailleurs, ils savaient que c'était un test et que leur grand-père avait le pouvoir de leur interdire de rester sur l'île. Matt et Em tenaient à l'épater.

Le carnet de croquis posé sur une surface à peu près plate, ils commencèrent à dessiner tandis que Renard les observait.

– Je m'occupe de la tête, chuchota Em à son frère. Je les dessine mieux que toi.

– Si tu veux, répliqua Matt. De toute façon, j'ai une bonne idée pour la queue.

Les jumeaux allaient vite. En quelques secondes, un grondement s'échappa du sommet de la colline. Sous le regard médusé de leur grand-père, l'énorme rocher se mit à bouger. Une redoutable mâchoire en surgit, mais non celle d'un lion. Celle d'un reptile. À la place de la crinière du lion, Renard vit apparaître les larges écailles d'un tyrannosaure. Le monstre balançait la tête d'avant en arrière, essayant de se libérer de la colline. Avant que Renard n'ait le temps de réfléchir, de hurler, ou même d'éloigner d'un coup de pied le carnet de croquis des jumeaux, Matt termina la queue de la créature avec, à son extrémité, une lame de scie circulaire. Moitié dinosaure, moitié robot, le tyrannosaure était gigantesque.

Intuitivement, les jumeaux laissèrent une partie de leur créature fixée à la colline pour l'empêcher de s'évader. Accroupis, ils sourirent fièrement en contemplant la bête qui grondait vers le ciel en essayant de s'arracher de son promontoire. La queue pourvue d'une scie circulaire se détacha du rocher et frôla Renard. Affolé, il descendit la pente en criant aux enfants d'arrêter de dessiner. Trop tard. Ils avaient entièrement animé leur création. Comprenant ce qu'ils venaient de réaliser, leur fierté céda la place à la terreur. Surtout quand le tyrannosaure les menaça de sa queue tranchante.

– Déchire-le ! cria Matt à sa sœur.

La créature avança sa longue tête vers Em et l'envoya valdinguer avec son carnet de croquis... dans deux directions différentes.

Renard remonta la pente et s'arrêta, médusé. Caché parmi les arbres, le dos tourné au monstre, Zach creusait le sol. Il avait dû les suivre depuis l'abbaye. Le dinosaure le repéra au même instant que Renard et se dressa sur ses pattes arrière, laissant échapper une sorte de rugissement.

– Détruisez le dessin ! hurla Renard. Zach est là, la créature l'a vu !

Em cria. Matt déchira la page mais pas assez vite. Le tyrannosaure piétina les taillis où creusait Zach, puis explosa dans une pluie de lumière et de couleurs.

Matt et Em s'élancèrent vers leur grand-père. Zach avait disparu.

Soudain, ils entendirent un sifflement perçant derrière eux. En se retournant, quelques mètres plus bas, ils aperçurent Zach qui se relevait. Il courut se jeter dans les bras de Renard. Puis, gêné de montrer son émotion, il se dégagea et s'exprima en langue des signes.

Renard regarda tour à tour Em et Zach.

– Pourquoi remercies-tu Em ? demanda-t-il.

– Elle m'a crié de m'éloigner.

– Comment ?

– Là.

D'un geste, il désigna son front.

Chapitre 16

Pendant que Matt et Em animaient le rocher du Lion sur l'île d'Auchinmurn, six hommes et quatre femmes étaient assis autour d'une grande table en acajou à l'intérieur d'une suite privée de la Royal Academy de Londres. Deux sièges demeuraient vacants, l'un à une extrémité de la table, l'autre près d'une femme élégante portant une montre incrustée de diamants. Devant chaque place reposaient deux pièces de monnaie celtes d'or et d'argent, chacune frappée de l'empreinte d'une spirale sur une face et d'un cerf ailé sur l'autre. Depuis une demi-heure, le Conseil attendait l'arrivée de son président. Certains s'impatientaient et manifestaient leur mécontentement.

Des tableaux de styles et d'époques divers, aux cadres ouvragés, ornaient les hauts murs de la pièce. La plupart représentaient des créatures mythologiques de l'air et de la mer. Derrière la femme à la montre scintillante, on pouvait distinguer un oiseau monstrueux avec des ailes de ptérodactyle, une queue de serpent et un corps de coq, ainsi qu'une pieuvre géante aux tentacules capables de broyer un navire entier. Un autre mur exposait des sirènes et des serpents de mer. L'œuvre la plus impressionnante était une grande tapisserie accrochée près des doubles portes de bois. Bien qu'elle ait été réalisée au début du Moyen Âge, ses couleurs vives, étrangement, n'avaient rien perdu de leur intensité. La tapisserie représentait un Grendel, une sorte d'homme-singe géant s'élevant d'un marécage. Une armée de squelettes le suivait, guidée par un moine en froc chevauchant un étalon noir, avec dans son sillage des rubans de feu.

La femme blonde à la robe rouge qui avait pourchassé les jumeaux chez les Kitten marchait de long en large devant les fenêtres et vérifiait sans cesse la messagerie de son portable.

– Étant donné les dégâts créés par Arthur, je dois retourner à la National Gallery dans l'heure, annonça-t-elle.

– Blake, grinça un homme aux tempes argentées, si vous aviez été plus rusés au manoir des Kitten, les jumeaux seraient parmi nous aujourd'hui. Au lieu de cela, ils sont retournés chez Renard, hors de notre portée.

– Nous ne pouvions rien faire, répliqua Blake avec amertume.

Assis près des doubles portes, un homme au corps athlétique et aux yeux vert jade faisait tourner une chevalière autour de son petit doigt.

– Ce n'est pas la première fois que Renard se place au-dessus du Conseil, déclara-t-il.

– Tanan, intervint sir Giles. Vous savez aussi bien que nous que la querelle entre Renard et sir Charles concernant la présidence de ce Conseil n'a fait qu'empirer.

Tanan passa la main dans ses courts cheveux noirs et son beau visage prit une expression soucieuse.

– Vous pensez donc que c'est Renard qui provoque cette scission ? demanda-t-il.

– Qui d'autre aurait pu convaincre nombre d'entre nous de remettre en cause nos principes ? aboya sir Giles. Renard veut réformer des lois qui sont sacrées depuis des siècles – de quel droit ? L'indulgence de sir Charles envers Renard a atteint sa limite !

– Nous devons prendre une décision à propos des enfants Calder quel que soit le lieu où ils se trouvent actuellement, rappela la femme à la montre étincelante.

Elle se mit à griffonner sur un bloc-notes posé sur la table.

– Et que penser des rapports signalant la réémergence de la Société Hollow Earth ? ajouta-t-elle. Cette division dans nos rangs détourne notre attention d'une situation qui pourrait devenir grave.

Un malaise s'installa parmi les membres du Conseil.

– Henrietta, répondit une jeune femme menue dénommée Frida Adler. La Société a été dissoute il y a des années.

– Elle ne s'est pas reconstituée et ce n'est pas le sujet de cette réunion, s'énerva sir Giles. Nous sommes là pour parler des petits-enfants de Renard. Nous leur avons accordé un sursis à leur naissance, il est temps de reconsidérer cette décision.

– Si la Société Hollow Earth est de nouveau active, cela accroît la menace que représentent les jumeaux, souligna Luigi Silvestri, un Gardien corpulent venu d'Italie pour assister à la réunion. Mieux vaut entraver leurs pouvoirs immédiatement.

– Luigi, protesta Tanan en tripotant un crayon. Si vous laissez les rumeurs concernant la Société affecter le vote d'aujourd'hui, vous violerez notre loi la plus sacrée. L'imagination d'un enfant ne peut ni ne doit être entravée sur la foi de racontars. Les jumeaux Calder n'ont que douze ans, ne l'oubliez pas. Il serait répugnant de...

– Tanan, coupa Blake. Ce qu'ils ont fait au musée hier prouve qu'ils sont déjà plus puissants que n'importe quel *Animare*. Leur âge n'est pas un argument. Le Conseil les avait autorisés à rester avec Sandie car elle nous avait assuré qu'elle pourrait contrôler leur évolution.

– Sir Charles avait approuvé cette décision, commenta Henrietta en décochant un sourire à sir Giles.

– Pour ma part, j'ai toujours pensé qu'ils étaient dangereux, s'énerva Luigi. Les jumeaux Calder sont la preuve vivante que nous ne devons pas modifier nos traditions et nos règles. Ces enfants sont des monstres !

Des murmures d'assentiment s'élevèrent autour de la table.

– Je n'ai pas entendu parler de la Société depuis que j'étais étudiante, dit Frida d'un air absent.

– Hollow Earth est un mythe, insista sir Giles en frappant du poing sur la table, faisant trembler le service à thé situé au centre de celle-ci.

Frida se rencogna sur son siège.

– Nous savons tous que le dessin d'un *Animare* a une existence limitée, au-delà de son imagination, reprit sir Giles. Croire qu'il existe un lieu où sont enfermées des créatures de ce genre, ajouta-t-il en désignant la tapisserie, relève de l'absurdité !

Tanan traversa la pièce et posa sa main sur l'épaule de sir Giles. Mais il ne parvint pas à le calmer.

– Même si la Société refait surface toutes les décennies, s'enflamma sir Giles, ce Conseil n'a jamais obtenu la preuve que Hollow Earth n'était rien d'autre qu'une fable racontée autour d'un feu de camp. Comme l'a souligné Luigi, le vrai problème c'est que les jumeaux sont une abomination de notre espèce, un hybride d'*Animare* et de Gardien très dangereux. Voilà pourquoi il faut à tout prix entraver leurs dons !

Une cacophonie de cris et d'accusations suivit pendant que les membres du Conseil exprimaient leur désaccord au sujet des jumeaux. Blake glissa deux doigts dans sa bouche et laissa échapper un sifflement perçant pour rétablir l'ordre.

– Je vous en prie, leur dit Tanan. Reprenez-vous.

Grand et vêtu d'un costume gris impeccable, il imposait le respect.

– En tant que conseillers, vous devriez être au-dessus de ce genre de dispute. Le sort de l'imagination de deux jeunes *Animare* est entre nos mains. C'est un moment qui appelle plus de solennité.

– Où est sir Charles ? s'impatienta Henrietta, les yeux rivés sur le siège vide, en bout de table.

Les doubles portes s'ouvrirent et Vaughn Grant entra, transportant une boîte en ivoire sur laquelle étaient sculptés les mêmes symboles que ceux des pièces celtes. Il tendit la boîte à Henrietta de Court. Elle le dévisagea un instant avec étonnement, puis changea rapidement de place en allant occuper celle qui était vide. Vaughn installa un téléphone au centre de la table et sélectionna la fonction « haut-parleur ».

– Sir Charles, tout le monde est présent, déclara-t-il en s'asseyant sur le siège libéré par Henrietta.

– Très bien, répondit sir Charles Wren d'un ton froid. Mes amis, pour une raison indépendante de ma volonté, je ne peux me joindre à vous pour ce vote important. J'ai néanmoins donné procuration à Vaughn. Le siège de Renard restera vide, comme il l'est depuis la naissance des jumeaux en raison de la position qu'il avait alors adoptée face à nos règles. Il n'aura pas le droit de vote pour décider de leur sort.

L'assemblée murmura son assentiment.

– Je tiens également à vous dire que j'ai été fort surpris par l'assassinat d'Arthur qui m'accable autant que vous. J'ai demandé à mes associés, Tanan et Blake, de prendre en main cette affaire et de nous tenir tous informés.

Un nouveau murmure d'assentiment se fit entendre.

– Nous devons maintenant décider de l'avenir des enfants Calder.

– Sir Charles, objecta Frida, nous n'avons jamais voté sans la présence de l'*Animare* faisant l'objet d'une telle décision. C'est une violation de notre protocole.

– Les jumeaux sont déjà en Écosse, répliqua sir Charles. Nous voterons malgré leur absence.

À travers le haut-parleur, le Conseil entendit des voix assourdies et une sirène d'ambulance.

– Comme vous le savez, il y a douze ans, Sandie Butler et Malcolm Calder ont violé notre Quatrième Règle. Un *Animare* et un Gardien peuvent bien sûr s'aimer et se marier, mais ils ne doivent en aucun cas avoir d'enfants ensemble. La combinaison de leurs facultés peut devenir explosive et échapper à notre contrôle.

– Écoutez-le ! ordonnèrent quelques membres du Conseil à leurs confrères.

– Nous n'avons jamais entravé l'imagination d'un enfant depuis l'existence de notre Conseil, poursuivit sir Charles. Cependant, il n'existe aucun exemple d'*Animare* détenant une telle puissance à un si jeune âge.

– Sir Charles, coupa Tanan. Au lieu d'entraver les pouvoirs des jumeaux Calder, nous devrions les étudier, nous pourrions certainement apprendre beaucoup de choses. C'est la raison pour laquelle je propose un compromis. Ne pas voter avant leur seizième anniversaire et sans leur présence devant ce Conseil et tous ses membres. Cela éviterait également d'aggraver la scission entre nous.

– J'apprécie votre posture, Tanan, aboya sir Giles, mais ce n'est pas vous qui décidez.

– Ceux qui approuvent le compromis de Tanan voteront avec une pièce d'or, déclara Vaughn. Ceux qui veulent entraver les pouvoirs des jumeaux dès maintenant, avec une pièce d'argent.

Tanan et Blake s'éloignèrent pour bavarder près des fenêtres. Henrietta de Court poussa la boîte vers sir Giles, qui s'empressa d'y glisser une pièce d'argent. Luigi Silvestri fit de même. Frida choisit une pièce d'or. La boîte fit le tour de la table et lorsque tous les membres eurent voté, Vaughn y déposa la pièce d'argent de sir Charles. Il passa ensuite la boîte à Henrietta qui ouvrit la serrure en cuivre et répandit les pièces sur la table. Elle les compta.

– Cinq d'or et cinq d'argent, annonça-t-elle.

Elle regarda les deux pièces posées devant elle et saisit celle en or.

DEUXIÈME PARTIE

Chapitre 17

Monastère d'Era Mina
Moyen Âge

Si Solon avait été moins pressé en filant sur le sentier boisé qui menait de l'écurie au monastère, il aurait eu le temps de remarquer le calme étrange qui régnait dans la forêt. Aucun oiseau ne chantait. Aucun animal ne se mouvait. Aucun bruissement dans la cime des arbres. C'était comme si la forêt retenait son souffle en attendant que le danger soit passé.

Si Solon avait été moins pressé en grimpant l'étroit escalier de la tour nord de l'abbaye, il aurait pu apercevoir par la meurtrière de l'épaisse muraille la silhouette d'un navire amarré dans la baie. Un drakkar aux mâts courts et aux voiles carrées, à peine distinct sous la faible lueur de l'aube.

Mais Solon était très excité, car ce matin le vieux moine allait procéder à l'encrage de la dernière illustration du *Livre des bêtes*, quatre ans après l'avoir commencé. C'était également le treizième anniversaire de Solon et à cette occasion, le vieux moine l'avait invité à assister à cette dernière étape.

Au sommet de la tour nord, il s'arrêta devant une porte de bois sculptée, ornée en son centre d'un cerf blanc ailé, un péritio. De la bourse attachée à sa ceinture, Solon sortit une clé revêtue des armoiries de l'abbaye et l'introduisit dans la serrure dissimulée sous l'aile du péritio. L'oreille tendue, Solon tourna la clé dans le sens des aiguilles d'une montre, actionnant un mécanisme complexe de poulies et de contrepoids à l'intérieur de l'épaisse paroi de bois. Quand il entendit la dernière gâchette s'enclencher, il s'adossa à la porte et tira sur les poignées de bronze placées de chaque côté du péritio.

Aussitôt, la porte bascula, et il se retrouva la tête à l'envers de l'autre côté du mur. Sans hésiter, il lâcha les poignées et atterrit sur ses pieds après un saut acrobatique. Les poignées se bloquèrent et la porte bascula brusquement comme un pont-levis. Elle aurait écrabouillé contre le sol de pierre quiconque serait resté agrippé aux poignées.

Solon reprit son souffle. Il se trouvait dans une antichambre, obscure et pas plus grande qu'une cellule de moine. Les bras tendus devant lui, il avança jusqu'à atteindre une nouvelle porte. Celle-ci s'ouvrait sans piège et donnait sur la salle de la tourelle, emplie du sol au plafond de manuscrits et de rouleaux de parchemins. Il s'agissait du scriptorium du monastère, le lieu où les moines conservaient leur travail. La seule lumière filtrait par un vitrail, transformant la pièce en kaléidoscope dès que les nuages se déplaçaient dans le ciel.

Les moines avaient construit le scriptorium au sommet de la tour nord deux décennies plus tôt afin de protéger leurs manuscrits enluminés des ravages des incendies et des saccages des voleurs. La première fois que le vieux moine avait montré le scriptorium à Solon, le garçon n'avait pas pu tenir plus d'une minute. Submergé par la puissance des images que contenaient les ouvrages, il avait eu l'impression que sa tête allait exploser. Et c'était ce jour-là, quatre ans auparavant, que le moine avait compris qu'il avait affaire à un apprenti très particulier, doué de ses propres pouvoirs imaginatifs – quelqu'un à qui il pourrait dévoiler les secrets du monastère en toute confiance. C'était donc ce qu'il avait fait.

Le plus important secret que Solon avait appris était que les moines parvenaient à insuffler la vie à leur art, grâce à un pouvoir magique dont ils se servaient pour rendre leurs enluminures plus belles que toutes celles des autres enlumineurs d'Europe. La plupart des rois, des reines et des étudiants en possession d'un livre enluminé par les moines d'Era Mina se sentaient transportés dans un autre monde durant leur lecture. Les moines se faisaient appeler les *Animare*, ce qui en latin signifiait « animer, donner la vie », comme l'avait appris Solon.

Solon était toujours un peu abasourdi lorsqu'il ouvrait la porte du scriptorium. Bien que le vieux moine lui ait enseigné comment se concentrer pour apaiser l'explosion sonore et visuelle dans son esprit, son imagination ne pouvait s'empêcher de vagabonder lorsqu'il se trouvait en présence de ces livres. Parfois, quand il allait chercher un rouleau de parchemin, il lui arrivait de s'arrêter au milieu de la pièce, laissant les battements dans sa tête atteindre un rythme si rapide qu'en fermant les yeux, il pouvait voir défiler à toute allure les images des manuscrits, comme la succession de dessins sur les pages des petits carnets qu'il fabriquait avec le vieux moine pour distraire les enfants du village.

Il détacha les lanières d'un carton à dessin en cuir qu'il avait posé contre le mur la veille. Il y plaça les deux dernières pages du *Livre des bêtes*, prenant soin de les séparer avec du papier de soie.

Solon baissa les yeux vers la dernière illustration, la plus terrible de toutes. Il frissonna et ferma son esprit. Même le vieux moine avait résisté à cette page. La bête représentée était cauchemardesque, peut-être la plus redoutée des bêtes dans cette partie du monde : le Grendel.

Les chansons et les poèmes du royaume faisaient référence au Grendel en évoquant « la mort qui rôde » ou un « démon mort vivant », ou « le monstre des marécages », ou encore « le serf des Enfers » – un monstre condamné à ramper dans un royaume souterrain situé entre le paradis et l'enfer, pour se repaître des morts. C'était à cause du Grendel que les villageois déposaient des animaux égorgés sur les tombes de leurs proches, en espérant qu'il s'en emparerait et renoncerait à la dépouille enterrée, laissant les âmes de leurs chers défunts rejoindre les cieux.

Le vieux moine avait confié à Solon qu'il craignait de ne pouvoir maîtriser son imagination durant l'exécution du Grendel, ce qui entraînerait l'évasion du monstre qui irait s'enfouir profondément sous la surface de l'île. Même l'abbé, qui était le chef de la communauté religieuse du monastère et le Gardien du moine, avait tenté de le convaincre de laisser la page vierge.

Le carton à dessin calé sous son bras, Solon s'apprêtait à quitter le scriptorium quand la cloche de la tour sud sonna l'alarme.

– Des envahisseurs ! Des envahisseurs !

Pétrifié par la panique, Solon entendit le sifflement d'une flèche qui alla transpercer le guetteur. Il y eut une seconde de silence, puis des flammes et des cris.

Chapitre 18

Londres
Aujourd'hui

À l'intérieur de la suite privée de la Royal Academy de Londres, sir Charles Wren étudiait une ancienne carte d'Écosse. Derrière lui, la tapisserie du Grendel bruit tandis que les portes s'ouvraient sur Tanan et Blake. Sir Charles leur fit signe de s'asseoir et éloigna la carte de sa main droite bandée.

– Je sais que vous avez hâte d'accomplir votre mission déclara-t-il, mais il me semblait impératif de m'entretenir avec vous avant votre départ pour l'Écosse.

– Nous savons ce que nous devons y faire, sir Charles, répliqua Blake.

Vêtue d'un jean moulant et d'un blouson court, Blake Williams avait davantage l'air de partir chasser un paparazzi qu'un redoutable Gardien. Mais sir Charles ne s'y trompait pas. Il avait totalement confiance en Blake. Elle travaillait pour lui depuis longtemps et bénéficiait de la protection des Gardiens depuis son adolescence. Son père, un brillant artiste résidant à New York, ne parvenait plus à maîtriser ses pouvoirs, lesquels avaient été entravés par le Conseil américain des Gardiens. Comme Blake n'avait pas hérité des pouvoirs de son père, on lui avait laissé le choix entre deux possibilités : rester aux États-Unis chez une tante éloignée ou se mettre au service de Wren. Elle avait choisi la seconde.

Tanan, en revanche, était une récente recrue, dont sir Charles avait rapidement apprécié les talents. Il était photogénique et affable, deux atouts importants pour affronter les médias. Depuis le meurtre d'Arthur, Tanan avait habilement contrôlé la presse, aidant à créer et répandre l'histoire selon laquelle le tableau *Sorcière avec un enfant démon* avait été dérobé, et que la mort d'Arthur était une conséquence tragique de ce vol.

– Installez-vous, Tanan, je vous en prie.

Tanan fit tourner la chevalière qu'il portait au petit doigt.

– Je préfère rester debout, sir Charles, merci. Je serai assis durant toute la durée du vol.

– Très bien. Commençons.

Sir Charles s'empara d'une télécommande. L'éclairage baissa et un écran émergea du centre de la table. Une photographie des jumeaux et de Zach pêchant près de la jetée du domaine de l'abbaye s'afficha. Voilà un mois qu'ils étaient chez Renard et ils ne semblaient pas remarquer l'appareil photo braqué sur eux depuis un bateau de pêche, à travers la baie. Ils avaient l'air à l'aise dans leur nouvel environnement, pareils à de jeunes adolescents normaux profitant de la fin d'un après-midi d'été. Depuis qu'il avait quitté Londres, Matt avait beaucoup grandi. Lui et Zach dépassaient Em de quelques centimètres. Avec ses mèches coupées à hauteur du menton, celle-ci avait la coiffure d'une héroïne de dessin animé japonais. Matt avait conservé sa crinière ébouriffée et ses tee-shirts déchirés.

Sir Charles zooma sur les visages des jumeaux.

– Nous savons maintenant, sans équivoque, que ces enfants possèdent des dons d'*Animare* et de Gardien. D'après l'une de mes sources, un Gardien à Glasgow, la fille est plus réceptive aux émotions d'autrui que son frère. Le garçon est encore rebelle, paraît-il.

Au souvenir de son bras coincé dans le mur, ses doigts bandés tressaillirent.

– Le vote pour ne pas entraver leurs pouvoirs l'a emporté, mais je refuse de perdre ce que Sandie Calder m'a volé. Prenez soin de ne pas blesser les enfants quand vous les prendrez en otages et faites tout pour persuader Sandie d'échanger le contenu de la sacoche contre la vie des jumeaux.

Sir Charles pressa la télécommande et fit apparaître une nouvelle image. Cette fois, il s'agissait d'Em et de Matt perchés sur leurs bicyclettes en attendant le ferry. Sir Charles montra ensuite trois clichés de Zach et des jumeaux, tous trois faisant visiter une grotte sur la plage de l'île à un groupe de touristes.

– Le fils de Simon et les jumeaux ont trouvé un moyen de se faire un peu d'argent de poche en servant de guides, commenta-t-il.

Tanan s'impatienta. Sir Charles l'ignora.

– En quelques semaines, reprit-il, Renard a appris aux jumeaux qui ils étaient et ce qu'ils allaient devenir. Ne baissez pas la garde et n'échouez pas à me rapporter ce que j'attends depuis si longtemps.

Sir Charles traversa la pièce et se posta devant la tapisserie.

– Tanan, déclara-t-il, le dos tourné à la table. Ces derniers mois, votre travail m'a satisfait, mais ne prenez pas ma confiance pour de la faiblesse. Il me faut le contenu de cette sacoche. Et le Conseil ne doit pas en être informé. C'est clair ?

– Parfaitement, répondit Tanan.

Vaughn entra dans la pièce, muni d'une trousse de secours. Il l'ouvrit et en sortit deux ampoules de liquide clair et deux seringues. Sir Charles saisit la trousse et la remit à Tanan.

– On ne peut pas laisser ces jumeaux recommencer leurs prouesses.

D'un geste de sa main blessée, il chassa Vaughn, Tanan et Blake.

Chapitre 19

Île d'Auchinmurn
Une semaine plus tard

Em rêvait. Elle en était consciente, mais elle ne parvenait pas à s'éveiller. L'intensité de ses rêves avait augmenté depuis son enfance.

Elle escaladait une haute paroi rocheuse pendant que l'orage grondait et que la mer se déchaînait sur les rochers déchiquetés. Tremblant de peur, en nage, Em regardait le sommet sec de la montagne. Sous elle, les vagues engloutissaient hommes, femmes, enfants et animaux, les projetant contre les rochers. Em tenta à nouveau de se réveiller, mais elle avait la tête trop lourde. Elle essaya de poursuivre son ascension, loin de la mer vengeresse, mais ses bras et ses jambes s'engourdissaient.

Em connaissait l'histoire de l'arche de Noé, quand Dieu avait envoyé le Déluge pour nettoyer la terre de son mal, et elle savait que les artistes s'inspiraient de la Bible depuis des siècles. Elle avait rêvé qu'elle se trouvait à l'intérieur du tableau *Le Déluge*, vu lors d'une visite avec sa mère au musée.

Se détournant des corps ballottés par les vagues, Em se concentra sur un endroit du tableau où une jeune fille avait été écrasée contre un rocher plat. Un ange blanc étincelant volait au-dessus d'elle en pleurant.

Le sort de la jeune noyée la peina tant qu'elle se mit aussi à sangloter. Perdant prise, elle dégringola dans les ténèbres.

Ensuite, elle s'aperçut qu'elle était devenue la jeune fille sur le rocher et qu'elle regardait l'ange. Il s'approcha de sa joue et murmura : « Tu es un monstre. » Puis il se métamorphosa en démon et Em se rendit compte qu'elle ne rêvait plus.

Quelque chose lui comprimait la poitrine, cherchant à l'étouffer. Elle ouvrit les paupières et découvrit un gnome aux yeux jaunes assis sur sa gorge. Il bavait et approchait de sa joue ses dents pointues comme des aiguilles. Elle lui assena un coup de poing à la tête, mais il sourit davantage et posa sa main minuscule sur la bouche d'Em. Dans son esprit, elle poussa un hurlement.

Un instant plus tard, Matt surgit dans la chambre de sœur. Em était en train de se débattre avec une créature difficilement visible dans la pénombre. Cette dernière luisait au-dessus d'elle comme une marionnette démoniaque tandis qu'Em lui griffait le visage.

Il s'empara d'une raquette de tennis, mais lorsqu'il pivota pour défendre sa sœur, celle-ci s'était redressée et la créature avait disparu.

Matt s'assit au bord du lit et passa un bras autour des épaules d'Em.

– Ça va aller. Tu n'as rien. Respire un bon coup.

Il alla dans la salle de bains qui séparait leurs deux chambres et revint avec un verre d'eau qu'il lui tendit. Em sentit les battements de son cœur ralentir, but une gorgée et se rallongea.

– C'était le même cauchemar ? s'enquit Matt.

– Oui.

– Faudrait le dire à maman.

– Elle est débordée avec son exposition à Glasgow, je ne veux pas l'inquiéter. Je peux m'en sortir sans son aide.

Néanmoins, Em avait mal aux côtes. Elle devrait peut-être en parler à un adulte. Tout compte fait, elle ne s'en sortait pas si bien que ça.

– On devrait au moins le confier à Simon ou à grand-père, insista Matt. Ils nous ont prévenus que notre imagination risquait de nous dépasser à l'approche de notre treizième anniversaire.

Em hocha la tête et vida le reste de son verre d'eau. Quand elle se tourna pour le poser sur la table de chevet, la créature s'y trouvait, un sourire dégoulinant aux lèvres.

Em repoussa brusquement sa couette, bousculant son frère en se levant en hâte. Une fois debout, elle lorgna vers la table de chevet. La créature n'y était plus.

– Qu'est-ce que c'est ? marmonna Matt, les yeux rivés sur la monstruosité qui lui souriait depuis les oreillers de sa sœur. Em !

Em cria et se jeta sur la créature qui explosa en fragments de lumière blanche à travers la pièce, formant des étincelles au contact des murs avant de s'éteindre.

Couchée sur le lit, frustrée, épuisée, Em se remit à pleurer.

– Allez, dit Matt. Arrête. Tu as déjà imaginé pire. Ce n'est pas ta première panique nocturne depuis notre arrivée sur l'île. Grand-père a dit qu'en grandissant ça diminuerait et que tu parviendrais à mieux maîtriser ton imagination...

– Je sais, coupa Em. Ce n'est pas ça qui me met dans cet état.

– C'est quoi ?

– Ce n'est pas moi qui imagine cette créature, Matt. Elle est animée par quelqu'un d'autre.

Chapitre 20

Le lendemain, au fond de la cuisine, Matt et Zach travaillaient sur la maquette de l'abbaye telle qu'elle avait jadis été. Ils avaient déjà fabriqué l'extérieur de la structure et s'occupaient du village médiéval qui avait été reconstruit à l'intérieur de la muraille du monastère après une attaque de Vikings.

Quand Renard leur avait confié ce projet, Matt n'avait guère été emballé. Plus jeune, il avait aimé réaliser des maquettes, mais aujourd'hui, il avait du mal à rester concentré sans râler, taper sur un objet ou animer accidentellement quelque chose.

Au bout de quelques semaines, prenant conscience que sa concentration progressait, Matt comprit l'objectif de son grand-père : le travail de précision lui enseignait la patience et l'aidait à maîtriser son imagination.

Matt consultait d'anciens plans du domaine de l'abbaye tandis que Zach mesurait, coupait et collait du balsa pour confectionner les toits du village. De temps à autre, ils s'arrêtaient pour communiquer en langue des signes à propos du programme de la journée. À l'instar de sa sœur, Matt avait rapidement appris les rudiments de ce langage et s'était lié d'amitié avec Zach en seulement quelques semaines.

Ayant une réunion à Glasgow, Renard avait annulé les cours des enfants. Assis dans la cuisine, il terminait son café en compagnie de Jeannie avant d'aller prendre le ferry. Renard lisait le journal. Jeannie ajoutait des notes à une recette culinaire.

– Em dort encore ? s'étonna Renard en consultant sa montre.

– Elle a passé une mauvaise nuit, dit Matt.

– Un nouveau cauchemar ? fit Zach en fronçant les sourcils.

Matt haussa les épaules, préférant laisser sa sœur répondre quand elle se montrerait.

Son grand-père posa son journal.

– Je pensais que ses cauchemars étaient moins fréquents.

Zach comprit immédiatement que Matt ne disait pas tout. Mais lui non plus ne voulait pas trahir les secrets d'Em.

– C'est le premier qu'elle fait depuis longtemps, je crois, déclara Matt.

Simon les rejoignit. Il portait un jean délavé, un tee-shirt moucheté de peinture et un marteau à la main. Dans le jardin, Mara poussait un diable chargé d'un tableau bâché vers son atelier, situé dans les cloîtres rénovés de l'abbaye.

– Sandie avance bien pour son exposition ? demanda Renard à Simon. Mara l'aide ?

Simon accepta la tasse de café que lui tendit Jeannie.

– J'en doute. Pour l'instant, Sandie ne veut rien montrer à personne. Elle me laisse uniquement entrer dans son atelier parce qu'elle a besoin de monter des châssis et que je sais le faire vite.

Simon était en train de verser du lait dans son café quand Em fit irruption.

– Tu es encore à moitié endormie, remarqua-t-il.

Em se frotta les yeux, sans s'apercevoir que l'apparition scintillante de son imagination la suivait dans la cuisine.

– Quelle horreur ! fit Zach.

À son grand soulagement, Matt constata qu'il ne s'agissait pas de l'enfant répugnant de la veille, mais de l'acteur qui jouait un rôle de vampire dans le film préféré de sa sœur.

D'une grimace, Matt feignit le dégoût. Jeannie délaissa la boule de pâte qu'elle pétrissait pour s'approcher d'Em et l'étreindre.

Aussitôt, Em sortit de sa torpeur et l'apparition se volatilisa. Gênée, elle s'assit à la table en ignorant les garçons.

– Écoute, lui dit Jeannie, en lui servant un bol de céréales. N'aie pas honte, il leur est arrivé la même chose. Quand ton père n'était encore qu'un gamin, il avait été suivi par l'apparition de Robert Ier d'Écosse en descendant dans la cuisine, un matin, avec son cheval... Alors ne t'inquiète pas.

Elle ébouriffa les cheveux d'Em et retourna préparer sa tarte.

– Qu'avez-vous prévu de faire aujourd'hui pour remplacer mes cours ? questionna Renard. C'est le premier jour de beau temps depuis les vacances, l'île va être bondée de touristes.

On espère bien !

Em fusilla son frère du regard.

– Nous allons contourner la colline, au-dessus du port, expliqua-t-elle. Zach pense avoir déniché un nouveau site funéraire celte jamais exploré, comme si les tombes attendaient notre visite.

Zach leva le nez des toits du village de la maquette, conscient qu'Em avait parlé de lui, mais n'ayant pas saisi le principal. Matt le lui traduisit. Zach leva les yeux au ciel et Em lui sourit.

– Votre grand-père a raison, déclara Simon. Les routes vont être encombrées, soyez prudents à vélo. Ce qui me fait penser..., ajouta-t-il en leur présentant trois paquets. Je devais vous les offrir le jour de votre anniversaire, mais vous pourrez en faire usage dès maintenant.

Les enfants déchirèrent les emballages de leurs cadeaux.

– Une montre de sport ! s'écria Em. Merci, Simon !

Elle se pencha au-dessus de la table pour l'étreindre.

– Cela ressemble à des montres, mais c'est bien plus que ça ! répondit Simon.

Il s'approcha de celle de Zach et tapota sur le cadran. Aussitôt les montres d'Em et de Matt émirent un bip et un texto de Simon s'afficha sur leurs cadrans.

– J'en ai assez de remplacer les portables perdus de Zach, déclara Simon. Em et lui échangent par télépathie de plus en plus aisément, et avec Renard, nous avons pensé que, grâce à ces montres, Matt pourrait communiquer plus facilement avec Zach. Elles permettent aussi d'accéder à Internet et sont toutes connectées à la mienne.

Il montra son poignet.

– Riche idée, Simon ! commenta Matt en envoyant un texto à Zach.

TEMPS 2 PARTIR

Les garçons rangèrent le matériel de leur maquette pendant qu'Em terminait ses céréales.

– Vous reviendrez à l'heure du déjeuner ? s'enquit Jeannie en remplissant le lave-vaisselle.

Les enfants hésitèrent un instant de trop.

– On te préviendra, finit par répondre Em. Mais on va probablement acheter quelque chose au village.

– Bonne chance. Il va y avoir la queue partout. Je vous ai préparé ça, au cas où.

Jeannie ouvrit le réfrigérateur et en sortit trois sacs en plastique.

– J'ai mis un sandwich, une pomme et des biscuits au chocolat.

Em prit le sac et passa ses bras autour de l'ample taille de Jeannie.

– Tu es la meilleure, dit-elle.

Ils la saluèrent et sortirent par la porte de la terrasse. Simon et Renard les regardèrent piquer un sprint vers les écuries où se trouvaient leurs bicyclettes. Sandie surgit de son atelier et cria à travers la pelouse :

– Ne dessinez pas en public ! Respectez les règles !

– Promis ! braillèrent de concert les jumeaux.

Techniquement, nous n'allons pas dessiner en public.

Chapitre 21

– Ils manigancent quelque chose, vous ne croyez pas ? demanda Simon à Renard, tout en agitant la main en direction de Sandie qui lui fit signe en retour avant de retourner dans son atelier.

– Si, répondit le grand-père des jumeaux. Mais ils ont besoin de s'amuser un peu. Ils sont confinés ici depuis longtemps. Je suis sûr qu'Auchinmurn survivra à leurs jeux.

– Ce n'est pas Auchinmurn qui m'inquiète, répliqua Simon. Il y a des problèmes à Londres. Depuis que Sandie s'est enfuie avec les jumeaux, la scission s'est creusée entre les Gardiens. Sir Charles est fou de rage que sa proposition d'entraver les pouvoirs des jumeaux n'ait pas été votée, il a tenu plusieurs réunions à la Royal Academy récemment.

– Wren surveillera toujours les jumeaux. Fort heureusement, la majorité du Conseil a eu l'intelligence de préférer la valeur de l'éducation à l'approche moyenâgeuse de sir Charles.

Simon approuva et vérifia que sa montre lui indiquait bien la localisation des enfants. Sur le cadran, trois points bleus clignotaient sur une carte.

– Néanmoins, mieux vaut rester prudent, reprit Renard en se dirigeant vers la terrasse avec son journal. Malgré le vote du Conseil, je ne pense pas que Wren va les laisser tranquilles. À mon avis, il ne va pas intervenir tant qu'ils seront sur l'île avec moi, mais cela me rassure que vous ayez équipé leurs montres d'un GPS. Quand ils seront hors de ma portée parapsychique, vous pourrez les retrouver.

– Ce n'est pas tout, Renard, dit Simon. Les rumeurs à propos de Malcolm et de la Société Hollow Earth ont refait surface.

Renard posa son journal sur une table en fer forgé de la terrasse et passa la main dans son épaisse chevelure. Simon sentit qu'il avait pris une décision et allait lui en parler, quand Mara sortit de son atelier en se dirigeant vers eux ; Renard s'interrompit.

– Renard, si vous m'avez chargé de collecter des renseignements, c'est que je sais bien le faire, poursuivit Simon. Et ces rumeurs ont refait surface à cause des dons exceptionnels des jumeaux. S'ils arrivent à donner vie à des éléments d'une œuvre d'art à l'aide de leurs pouvoirs imaginatifs, alors Duncan Fox et la Société Hollow Earth d'origine n'avaient peut-être pas tort à propos du fait que ce monde est « réel et éternel ». Vous devez reconnaître que la transformation des jumeaux progresse à une allure sans précédent. Bientôt, ils seront capables d'exécuter des choses que nous seuls avions imaginées possibles.

– Continuez à tendre l'oreille et à m'informer, répondit Renard. Vous êtes le meilleur, j'en suis convaincu, mais tant que je serai vivant, Malcolm ne représentera pas une menace pour les jumeaux. Vous devez me faire confiance.

Simon secoua la tête d'un air insatisfait.

– Très bien, dit Renard en posant sa main sur l'épaule de Simon. Quand Matt et Em auront treize ans, je leur expliquerai ce que leur réserve peut-être l'avenir et leur parlerai des rumeurs concernant leur père et Hollow Earth. Cela vous convient-il ?

– Entendu, répondit Simon à contrecœur.

Renard lui cachait quelque chose. Mais il comprit qu'il n'arriverait pas à savoir quoi.

Matt pédalait en tête, suivi de Zach et d'Em, et s'éloignait de l'abbaye. Lorsqu'ils atteignirent la grille en fer forgé, Matt laissa sa bicyclette sous les arbres, à l'abri des regards.

– Tu es prêt ? demanda-t-il à Zach en scrutant son visage.

– Oui. Mon père est très intelligent, mais il ne sait pas garder un secret.

Zach sortit son ordinateur portable de son sac et se mit à pianoter sur le clavier. Au cours des dernières années, ses progrès en informatique avaient été aussi rapides que le développement de l'imagination des jumeaux. Il savait définir un algorithme et coder un programme à une vitesse stupéfiante. Bouche bée, Matt et Em regardaient son écran sur lequel défilaient des lignes de codes.

Tu as besoin de nous, Zach ?

Pas encore, Em.

Après quelques minutes, Zach leur expliqua qu'il était prêt à télécharger le programme correctif qu'il avait conçu. Maintenant son ordinateur en équilibre sur la selle de sa bicyclette, il leur indiqua sa montre.

À trois.

Em compta à voix haute :

– Un, deux, trois.

Ils touchèrent à l'unisson une icône sur le cadran de leur montre et Zach appuya en même temps sur la touche « retour » de son ordinateur. La barre de téléchargement se remplit sur l'écran de Zach et leurs montres émirent un bip à la fin de l'opération. Zach rangea son ordinateur dans son sac.

– Le GPS de mon père suivra maintenant un itinéraire autour de l'île que j'ai moi-même créé, fit-il. Quant à nous, nous ne sommes plus localisables et nous allons devoir nous débrouiller seuls.

Chapitre 22

En pédalant sur les sentiers de l'île, les enfants évitaient les encombrements de la route principale. Une fois arrivés au port, ils comprirent que leur grand-père ne s'était pas trompé. Malgré l'heure matinale, de longues files de touristes serpentaient jusqu'à l'office de tourisme. Les bus se remplissaient et il ne restait que quelques vélos disponibles devant le commerce qui les louait.

– Qu'est-ce que vous proposez ? demanda Matt en balayant la foule du regard.

– Essayons la famille américaine qui est en train de louer des tandems, là-bas, fit Zach.

– Comment sais-tu qu'ils sont américains ? questionna Em.

Zach tapota sa propre bouche.

– J'ai de bons yeux, dit-il en quelques signes.

– Il a lu sur leurs lèvres, déclara Matt en sortant une poignée de tracts de la poche de son sac à dos. Je vais aller à la crique avec Zach et on s'occupera de tout mettre en place. Préviens-nous quand tu approcheras.

Les garçons rebroussèrent chemin à bicyclette tandis qu'Em surveillait la famille américaine. Lorsqu'elle les vit s'engager sur la route de la plage, elle les suivit.

La route de la plage était étroite et lorsque deux véhicules se croisaient dans un virage en épingle, l'un des deux devait se serrer contre la paroi rocheuse ou s'arrêter au bord de la plage de galets pour permettre à l'autre de passer. Quand la famille américaine arriva au premier virage, un accident bloquait la voie. Une voiture tractant une caravane avait heurté un bus de touristes et les deux véhicules étaient immobilisés.

La majorité des conducteurs coincés derrière eux attendaient patiemment. La mer calme et les pics visibles des îles voisines formaient un spectacle trop beau pour se plaindre. Certains contournèrent l'accident en marchant sur la plage à marée basse, d'autres firent demi-tour. Em se trouvait juste derrière la famille américaine, qui hésitait à prendre une décision.

– Parfois, la dépanneuse met des heures à arriver, dit-elle en se mêlant à leur conversation. Si M. Ralston est au garage pour recevoir l'appel, bien sûr, car ce n'est pas toujours le cas. Et vu le temps qu'il fait, il est probablement allé pêcher.

– Tu es du coin ? s'enquit la mère.

Sur la selle arrière de son tandem se trouvait un gamin de cinq ans. Em se rapprocha d'eux.

– Cela arrive souvent, poursuivit-elle. Ce serait dommage de gâcher une journée à attendre. Il y a quelque chose de très amusant à voir pas loin d'ici, ajouta-t-elle en chuchotant.

Em sentit une chaleur émaner de la mère. Elle regarda le père, lequel partageait son tandem avec une fillette de sept ans et sentit la chaleur augmenter. Elle en déduisit qu'il s'agissait de parents heureux d'être en vacances et qui tenaient à faire passer un bon moment à leurs enfants.

Renard lui avait enseigné à être attentive à ce que les gens dégageaient. Un jour, cela lui sauverait la vie, lui avait-il expliqué. Elle savait que son grand-père ne faisait pas référence à ce genre de situation, mais elle savait aussi qu'elle en avait assez qu'on lui dise ce qu'elle pouvait faire ou non avec son propre cerveau.

Elle se concentra sur les enfants. Le garçon avait l'air à la fois distrait et agacé. Elle parvint seulement à définir ce qu'elle percevait de lui quand il descendit du tandem et se mit à se tortiller.

Em pouffa en son for intérieur. Il voulait aller aux toilettes.

La fille était disposée à suivre ses parents, mais Em décela un autre désir en elle. Elle avait faim.

Les autres enfants, deux garçons âgés d'une dizaine d'années, se tenaient à distance et étaient bien plus faciles à sonder. Ils s'ennuyaient et Em représentait l'événement le plus intéressant depuis le début de leurs vacances.

– Mes parents travaillaient à la télévision, à Londres, dit Em, répétant le mensonge élaboré avec Matt et Zach. Maintenant, nous habitons sur l'île, chez mon grand-père qui possède un grand domaine sur la côte. Chaque été, ma famille présente l'un des moments les plus célèbres de l'histoire de l'île. Le spectacle commence dans une heure si ça vous tente.

Em remit à la mère un des tracts qu'elle avait dessinés avec Matt.

– *La Bataille d'Auchinmurn*, lut la femme en regardant le bout de papier avec enthousiasme. Allons-y, Tom ! Nous soutiendrons une petite entreprise locale et je suis certaine que les garçons apprendront quelque chose qu'ils ignorent sur l'Écosse.

– J'ai faim ! couina la fillette.

– J'ai des sandwichs, annonça Em en se souvenant de ceux que Jeannie avait préparés.

– Allez, papa, insista l'aîné des garçons. On ne fait que des trucs nuls.

– Oui, renchérit son frère. Et tu nous conseilles tout le temps d'essayer de nouvelles choses. Allons-y !

– Je ne sais pas, répondit le père en regardant sa famille puis le tract.

Le dessin des jumeaux représentait un Viking en colère à côté de son drakkar.

Soudain, le Viking brandit son épée en direction du père qui se baissa en poussant un cri.

– Bon sang ! Louise, Lori, vous avez vu ?

– C'est un hologramme, mentit Em.

– Je pense que vous allez avoir des spectateurs, mademoiselle, déclara le père en riant.

Chapitre 23

Em guida les Nelson du Nebraska – Tom, Lori, et leurs quatre enfants – autour de l'île, jusqu'à la crique des Vikings qui se trouvait au sud-est d'Auchinmurn. Du ciel, la crique semblait avoir été créée par un géant qui aurait croqué un morceau de roche. En général, les visiteurs préféraient s'attarder sur les plages de sable de l'île que sur les roches calcaires de la crique des Vikings, laquelle n'était rien de plus que le point culminant d'un circuit touristique.

Je serai là dans dix minutes.

On est prêts.

Les Nelson suivirent Em sur la route de la plage, puis sur un sentier boisé en direction de la mer. Ils atteignirent une cabane de pêcheur délabrée où ils garèrent leurs bicyclettes et continuèrent à pied sur un plateau rocheux.

Ce promontoire offrait une vue époustouflante et M. Nelson s'arrêta pour prendre plusieurs photos de sa famille avec la tour celte en toile de fond. En descendant vers la crique, ils furent accueillis par une envoûtante musique gaélique qui s'échappait de haut-parleurs que Zach avait installés sous les rochers.

– Écoutez, les enfants, dit Mme Nelson en aidant les plus jeunes à descendre. Il y a peut-être un lutin caché dans cette grotte.

Qu'est-ce qu'il ne faut pas entendre, songea Em.

– Bienvenue sur le site où s'est déroulé l'un des plus célèbres moments de l'histoire d'Auchinmurn, déclara-t-elle. Si vous voulez bien vous asseoir, ajouta-t-elle en indiquant un banc de bois, à l'intérieur de la grotte. Je vais aller chercher les sandwichs. Le prix des places est de cinq livres par personne, gratuit pour les enfants de moins de cinq ans.

– Ah, bien sûr, rit M. Nelson. Tu as le sens des affaires. Tant mieux pour toi.

Il déposa vingt-cinq livres dans la paume d'Em. Elle le remercia, entra dans la grotte et en ressortit avec les sacs de Jeannie qu'elle leur remit en échange de quatre livres supplémentaires.

Lorsque les Nelson furent installés et leurs enfants rassasiés, Em tira un rideau devant l'entrée de la grotte. Elle plaça un cordon de séparation devant le banc et disparut derrière un écran noir que Matt et Zach avaient confectionné à partir de toiles de vieux tableaux. Une rangée de lumières fixées au plafond illuminait l'espace.

On entendit de nouveau la musique gaélique et une tache argentée apparut au centre de l'écran, s'élargissant comme si la chaleur d'un projecteur de films la faisait fondre. Les lumières s'éteignirent. Les enfants des Nelson poussèrent un cri d'excitation, sauf les plus jeunes qui se rapprochèrent de leurs parents.

Les lumières se rallumèrent progressivement, révélant sur l'écran l'étonnante peinture de la place d'un village. La tour du monastère se dressait dans le fond, et, au premier plan, des maisons aux toits de chaume entouraient la place. Au-delà, un drakkar voguait sur une mer étincelante.

Mais ce qui épatait Mme Nelson et ses deux grands garçons, c'était le fait que la peinture s'animait : des enfants pieds nus se pourchassaient en évitant un seau de liquide trouble jeté par une fenêtre ; des hommes pansus buvaient et braillaient devant une taverne ; deux femmes aux joues rouges s'agitaient et plaisantaient avec un moine qui riait ; un fermier nourrissait son cheval ; un groupe de musiciens entraînait le cortège d'un mariage à travers la place ; des poules grattaient le sol ; des chiens se battaient sous un arbre et un cochon tournait autour d'un piquet.

– On dirait une peinture de Bruegel, fit remarquer M. Nelson à sa femme. C'est vraiment bien fait.

– Chut ! dit Mme Nelson.

Je t'avais dit de copier autre chose.

Laisse-moi tranquille, Em.

L'éclairage baissa. Cette fois, quand les lumières se rallumèrent, l'une des paysannes aux joues rouges, enveloppée dans un châle, sortit de l'écran et vint se planter devant eux.

M. Nelson tapa dans ses mains. La paysanne fit une courbette et toute la famille applaudit avec entrain.

– Bonjour, étrangers, dit-elle avec un charmant accent écossais. Bienvenue au Moyen Âge.

La voix était celle de Jeannie. Em l'avait enregistrée en lui expliquant que c'était pour un projet sur lequel elle travaillait avec Simon, et Jeannie avait été ravie de l'aider.

Ils étaient tous trois cachés derrière l'écran noir. Avec son ordinateur, Zach s'occupait de l'éclairage, des sons préenregistrés et des dialogues tandis que les jumeaux animaient des dessins inspirés des histoires de l'île que leur avait contées Renard. Ils dessinaient sur un story-board installé derrière l'écran. Chaque case du story-board contenait l'esquisse d'une image. Tandis que Matt et Em se servaient de leur imagination pour remplir les cases, les images surgissaient de l'écran comme des hologrammes, donnant aux spectateurs l'illusion qu'un projecteur se trouvait derrière la toile.

– Je m'appelle Morag, déclara la paysanne. Il y a plusieurs siècles, j'habitais dans le village situé près du monastère d'Era Mina. J'aimerais vous raconter comment mon fils de treize ans a sauvé les enfants du village de l'esclavage pendant une attaque sanglante de Vikings.

– Elle est réelle ? questionna la fillette de la famille Nelson.

– Bien sûr que non, ma chérie, chuchota sa mère. Ce sont des effets spéciaux.

– Ce sont des images de synthèse générées par un ordinateur, expliqua un des garçons. C'est génial ! Taisez-vous et regardez.

Morag se plaça à côté de l'écran. Le village avait retrouvé son calme alors que l'aube approchait.

– Au lendemain du jour du marché, une bande de Vikings a envahi l'île. Ils ont incendié le village, nous forçant à nous réfugier derrière les murailles de l'abbaye.

Tandis que les jumeaux remplissaient la case suivante, une nouvelle peinture du village envahit l'écran, mettant en scène une horde de Vikings armés de torches et incendiant les chaumières sur leur passage. Les habitants fuyaient, terrifiés, et les flammes qui crépitaient sortaient de l'écran, donnant un instant à Mme Nelson l'impression de sentir leur chaleur.

Attention, Matt ! Tu vas lui brûler les sourcils.

En entendant sonner la cloche du monastère, les jeunes spectateurs sursautèrent. Zach appuya sur une autre touche de son ordinateur et les cris de terreur des villageois retentirent dans la grotte.

Bravo, Zach.

– J'ai peur, gémit la fillette des Nelson.

– Ce n'est qu'un film, ma chérie, la rassura sa mère en la serrant contre elle. Ces hommes ne peuvent pas te faire de mal.

Morag regarda M. Nelson droit dans les yeux.

– Après avoir mis le feu au village, les Vikings nous ont rassemblés sur la place pour nous massacrer. Puis ils sont allés chercher tous les enfants – tous, sauf Solon, mon fils, qui était apprenti au monastère et très courageux.

La cour du monastère apparut sur l'écran. Brandissant des épées aux lames ensanglantées, les Vikings commencèrent à rassembler les enfants du village.

– Mais les villageois n'allaient pas se laisser massacrer sans se défendre, ajouta Morag.

– Pourquoi est-ce qu'ils en veulent aux enfants ? chuchota la petite fille à sa mère.

La grotte s'emplit de gens armés de fourches et de couteaux, chargeant les Vikings pendant que les enfants leur jetaient du crottin.

On fait peur à la petite fille, Matt. On devrait arrêter.

Ah non ! Il reste encore le moment entre Solon et la bête, c'est la meilleure scène.

M. Nelson et ses fils savouraient chaque minute de la bataille qui se déroulait devant eux. Un Viking vola hors de l'écran et atterrit dans un coin de la grotte où il disparut dans une explosion de couleurs et de lumière. Le benjamin des Nelson était si excité qu'il se leva en poussant des acclamations. La pomme qu'il n'avait pas encore mangée glissa de ses genoux et roula jusqu'à l'écran. Il passa sous le cordon de séparation et alla la ramasser au moment où deux hommes armés de fourches sortirent de l'écran l'un après l'autre pour attaquer un Viking. Le deuxième s'en prit au petit garçon avant de s'évanouir dans l'obscurité.

Ce dernier laissa échapper un hurlement de douleur. À la vue du sang sur la jambe de son fils, la mère se mit à crier, affolant sa fille qui l'imita.

Lumière, Zach ! Vite. Lumière !

Chapitre 24

Quand Renard sortit de la gare, Largs abondait de touristes profitant du dernier soupir d'un jour ensoleillé d'août. Il avait quitté l'abbaye ce matin pour se rendre à la galerie Kelsingrove à Glasgow, peu de temps après le départ à bicyclette des enfants. Maintenant, il était de retour.

Il retira la veste de son complet, la plia sur son bras, et, évitant la foule flânant sur la promenade, marcha jusqu'au quai du ferry.

Une fois à bord, il s'installa sur le pont. Il s'apprêtait à lire son journal quand il sentit un poids lui comprimer la poitrine. S'accrochant à la rambarde, il ferma les yeux, laissant la vision prendre forme.

Lorsqu'il les rouvrit, un garçon âgé de quatre ou cinq ans se tenait devant lui, une pomme à la main. Il portait un tee-shirt de l'université du Nebraska et un pansement à la cuisse. En l'examinant avec attention, Renard remarqua que ses bras étaient couverts de purin.

– Vous vous sentez bien, monsieur Renard ? s'enquit un des membres de l'équipage en passant à travers l'apparition qui s'évanouit. Vous êtes tout pâle.

– Ça va, Jimmy, merci. C'est cette chaleur après une journée éreintante...

Renard sortit son portable de sa mallette et appela Simon. Pas de réponse. Il essaya Sandie. Idem. Mara. Rien. Les enfants. Pareil. Un silence de mort.

Où étaient-ils passés ? Pourquoi ne répondaient-ils pas ? Renard était furieux. S'il y avait eu un drame sur l'île, il l'aurait senti. Par ailleurs, la vision du petit garçon avec la pomme provenait d'Em. Elle n'avait pas encore conscience que Renard était connecté à son esprit, mais elle avait forcément vu ce garçon, ou pire, l'avait créé cet après-midi. Cela l'avait beaucoup affectée.

Renard descendit du ferry après avoir dépassé tous les gens de la file d'attente et courut jusqu'à sa voiture garée sur le parking. Lui, d'ordinaire si patient, klaxonna à plusieurs reprises sur la route qui menait à l'abbaye, obligeant les véhicules et les piétons à s'écarter de son chemin.

Il franchit la grille de son domaine qui était grande ouverte et remonta l'allée à toute vitesse. Lorsqu'il pila à l'intérieur de la cour, Mara se tenait devant l'entrée du monastère.

– Calmez-vous, Renard, lui dit-elle en le rejoignant. Un virus a infecté notre réseau de télécommunications, c'est la raison pour laquelle la grille est ouverte.

Simon est convaincu qu'il ne s'agit pas d'un piratage effectué par quelqu'un de l'extérieur. Il est en train d'essayer de résoudre le problème. La ligne devrait être rétablie bientôt.

– Ce n'est pas cela qui m'inquiète. C'est Zach et les jumeaux. Où sont-ils ?

– Ils vont bien, répondit Mara. Du moins, nous le pensons.

– Comment ça, vous le pensez ?

– Simon a reçu un texto de Zach à l'heure du déjeuner.

– À l'heure du déjeuner ? répéta Renard avec effroi. C'était il y a trois heures ! J'ai capté des visions d'Em. Des visions peu rassurantes.

Mara s'empara de la mallette de Renard qui se trouvait sur le siège arrière et le suivit à l'intérieur de l'abbaye en continuant à l'informer.

– Avant la panne informatique, Simon a vérifié le GPS qu'il avait installé. Le trio se trouvait sur les sentiers de randonnée, au nord de la vieille église du port. Probablement à la recherche du site funéraire qu'ils pensaient avoir découvert.

Renard inspira profondément avant de pénétrer dans la bibliothèque, en direction de fauteuils en cuir où il remplit deux verres de whisky pour lui et Mara.

Il eut à peine le temps d'en boire une gorgée. Simon se rua dans la pièce et posa brutalement son ordinateur portable sur le bureau de Renard qui faisait face à une fenêtre de laquelle on pouvait distinguer Era Mina et la baie.

– C'est Zach qui a créé la panne, révéla Simon.

– Quoi ?! s'exclama Renard.

Simon était blanc comme un linge.

– Il a réussi à modifier mon système GPS afin qu'on ne puisse pas les localiser. Mais ce petit monstre est moins malin qu'il ne l'imagine. En installant son programme correctif dans notre réseau, il a provoqué un bogue et quand il a essayé de réparer le problème, cela a affecté le fonctionnement de tout notre système de télécommunications.

Renard s'assit sur un canapé en cuir et se frotta le visage.

– Qu'est-ce qui lui a pris ?

– C'est tout de même très ingénieux, déclara Mara en tentant de réprimer un sourire.

– Ce n'est pas drôle, Mara, s'irrita Renard.

– Quoi qu'il en soit, Zach n'aurait jamais fait ça sans l'assentiment, voire l'aide des jumeaux, souligna Simon.

– Oh, j'en ai parfaitement conscience, Simon. Je ne sais pas non plus à quoi ils pensaient. Même s'ils sont encore en train d'apprendre, ils connaissent les règles.

Simon travailla sur son ordinateur une minute de plus puis l'éteignit.

– Bonne nouvelle, annonça-t-il. Les dégâts n'étaient pas trop importants. Tout devrait fonctionner normalement, à présent.

– Tant mieux, dit Renard en finissant son whisky. Il ne me reste plus qu'à m'occuper de ce garçon avec sa pomme et ses bras couverts de purin.

Renard était en train de leur décrire la vision qu'il avait eue sur le ferry quand Sandie entra dans la bibliothèque.

– J'ai raté une invitation pour boire un verre ? demanda-t-elle.

Remarquant aussitôt le regard furieux de Renard, elle ajouta :

– Que se passe-t-il ? Où sont les enfants ?

– Ça, ma chère, c'est la question que nous nous posons.

Chapitre 25

Le trio se trouvait exactement à l'endroit où la plupart des enfants auraient aimé être par une journée d'été : perché sur le muret bordant la plage et savourant des glaces. Derrière eux, la terrasse du café du port ne désemplissait pas.

Zach, Matt et Em regardaient un match de volley sans prêter attention au couple attablé sous un parasol. La femme blonde portait une robe blanche à col haut et l'homme heurtait la chevalière de son petit doigt contre sa tasse à café.

– Au moins, M. Nelson ne nous a pas demandé de le rembourser, déclara Em.

Matt lécha les restes de sa crème glacée au chocolat et jeta le bol en plastique dans une poubelle proche.

– Quelle idée de faire un cirque pareil pour une petite égratignure et un peu de crottin. Leur garçon n'avait rien de grave.

– Heureusement, Zach a réagi rapidement, commenta Em. S'il n'avait pas expliqué à M. Nelson qu'il était tombé contre l'écran et avait marché accidentellement avec ses chaussures à crampons sur son fils, qui sait ce qui serait arrivé.

– Tu aurais pu leur faire oublier ce qu'ils avaient vu, suggéra Matt. En t'introduisant dans leur esprit, comme grand-père nous avait dit. Tu te souviens ?

– Je n'ai jamais essayé, je ne sais pas comment on fait, répondit Em. Merci de nous avoir sauvés, Zach, reprit-elle en langue des signes.

Zach rougit. Pour cacher sa gêne, il s'empressa de prendre le bol vide d'Em et alla le jeter avec le sien dans la poubelle.

– On aurait dû se rendre compte que cette animation était trop effrayante pour de jeunes enfants, déclara Matt. Mais pour ceux de cette famille d'Édimbourg, c'était parfait. À ton avis, ils avaient quel âge, Em ?

– Le même que le nôtre, répondit-elle en riant. Et c'était assez facile de convaincre leurs parents de me suivre, surtout quand le père a compris qu'il pourrait boire une pinte à la plage pendant qu'on divertirait leurs enfants.

– On a gagné combien ? demanda Zach.

Em sortit une trousse de son sac à dos et, furtivement, se mit à compter les billets qu'elle contenait.

– Soixante livres. Pas mal.

Ils se félicitèrent en se claquant les paumes.

– Vous fêtez quelque chose ? demanda une femme en surgissant près de Matt.

Em sursauta.

– Oh, pardon ! Je ne voulais pas vous faire peur, dit la femme.

D'un geste, elle indiqua un homme assis à une table sous un parasol. Il leva sa tasse en les regardant.

– Un touriste nous a dit que vous présentiez un spectacle sur l'histoire de l'île, poursuivit la femme. Cela nous intéresse et, bien sûr, nous sommes disposés à payer le double du prix vu que nous sommes en fin de journée.

Elle sortit une épaisse liasse de billets de son sac.

Em se sentait mal à l'aise. L'inconnue lui semblait vaguement familière. L'avait-elle déjà rencontrée ? Elle examina l'homme assis à la table. Il paraissait inoffensif, mais quelque chose en lui inspirait la méfiance. Il agita la main. Cela ne fit qu'accentuer les soupçons d'Em. Peut-être était-elle simplement fatiguée.

Cette femme ne me plaît pas, Matt, ni son mari.

Matt l'ignora.

– Oui, répondit-il en se levant et en époussetant son short plein de sable. Je pense qu'on peut faire une représentation de plus avant la nuit.

Décelant le malaise d'Em, Zach suggéra de rentrer. Em savait qu'ils avaient passé la journée à enfreindre la Première Règle des *Animare* : ne jamais animer un dessin en public. Mais elle s'était convaincue qu'ils l'avaient fait sans que leur audience ait conscience que ce qu'ils voyaient était réel. Ce qui, à son avis, les disculpait.

Néanmoins, présenter une séance de plus alors qu'ils étaient épuisés et déconcentrés constituerait une infraction à la Deuxième Règle des *Animare* : toujours maîtriser son imagination.

Partons.

Em et Zach prirent Matt chacun par un bras et l'entraînèrent vers leurs bicyclettes.

– Un autre jour, peut-être ! lança la femme.

Puis, à voix basse, elle ajouta :

– Oui, définitivement.

Chapitre 26

– Tu crois que nous allons avoir de gros ennuis, Jeannie ? demanda Em.

Sandie les avait coincés dans l'écurie lorsqu'ils avaient garé leurs vélos et son visage était devenu livide quand ils avaient reconnu leurs méfaits.

– Je ne sais pas, répondit Jeannie. Ils sont dans la bibliothèque depuis votre retour et aucun d'eux n'est venu ici. J'ai pourtant préparé leur pudding préféré. D'habitude, Mara et Simon brandissent leurs cuillères avant même que je le serve, mais pas cet après-midi.

Jeannie versa des louches de soupe de pois cassés dans leurs bols en souriant avec compassion.

– On a dit qu'on était désolés ! aboya Matt en s'acharnant sur un petit pain. Qu'est-ce qu'ils veulent de plus ?

– Ce pain ne t'a rien fait, mon garçon, lui reprocha Jeannie en regardant les miettes sur son set de table.

– Pardon. Comment ont-ils découvert ce qu'on avait fait ?

– Il y a une chose que vous devez comprendre, toi et ta sœur. Sur cette île, rien n'échappe à votre grand-père. Rien.

– Maman m'a expliqué qu'il avait eu une vision du fils des Nelson parce qu'il était connecté à mon esprit, déclara Em.

Elle avait décidé qu'elle était prête à entendre quelle punition leur grand-père leur réservait. Elle avait également décidé qu'ils ne recommenceraient pas leur spectacle dans la crique des Vikings. Quand le petit garçon avait poussé un cri de terreur, elle avait eu l'impression que c'était elle qui recevait le coup de fourche. Elle ne voulait plus jamais ressentir cela. Ce qui s'était passé aujourd'hui ne se reproduirait plus.

– Je suis privé d'informatique pendant un mois, confia Zach en langue des signes.

– Tant mieux, approuva Jeannie. Je n'ai pas pu regarder mes émissions de télé cet après-midi. À cause de tes manipulations, il n'y avait rien sur l'écran.

Zach baissa la tête.

– Pardon.

Durant le reste du repas, ils prirent des expressions de pénitents, espérant que leur remords flagrant suffirait à atténuer le châtiment qui les attendait.

Quand ils eurent terminé leur pudding, ils se levèrent en silence et allèrent s'occuper de la maquette du monastère tout en conservant un air contrit.

Mara entra dans la cuisine et plongea son doigt dans la crème anglaise du pudding.

– Vous êtes vraiment doués avec cette maquette, déclara-t-elle en s'approchant d'eux.

Puis elle se baissa pour observer la place du village dans laquelle Matt peignait une charrue.

– C'est ce qui vous a inspiré pour votre spectacle ?

Matt acquiesça d'un air penaud.

– Em étudiait les peintures de Bruegel avec Simon, et Zach faisait une bande dessinée sur la bataille de Largs avec Sandie. On s'est servis des deux pour... euh... animer.

– Et grand-père nous a raconté l'histoire de Solon et des moines plusieurs fois, ajouta Em.

– Vous n'allez tout de même pas l'accuser d'être responsable, sourit Mara. Allez, venez, Renard veut vous voir dans son bureau.

Elle se tourna vers Zach.

– Ton père est à l'écurie, il t'attend, Zach. C'est à propos du nettoyage de l'abri de la jetée, je crois.

Chapitre 27

Le bureau de Renard se trouvait au deuxième étage de la tour nord de l'abbaye. Matt et Em prirent leur temps pour s'y rendre. Ni l'un ni l'autre n'était pressé de subir des remontrances. En marquant une pause devant sa porte, Em sentit les larmes lui monter aux yeux et Matt serra et desserra les poings. Ils entendirent la voix de leur grand-père.

– Je sais que vous êtes là. Entrez !

Planté devant la fenêtre, Renard regardait la tour celte sur le promontoire d'Era Mina.

– Matt, tu te souviens du jour de ton arrivée sur l'île ? questionna-t-il en pivotant vers eux.

Matt était déstabilisé. Il avait cru que son grand-père allait simplement les réprimander.

Pourquoi me demande-t-il ça, Em ?

– Laisse ta sœur tranquille, Matt, déclara Renard.

Matt et Em écarquillèrent les yeux d'étonnement.

– Pas de panique. Je ne vous entends pas quand vous communiquez par télépathie. Je peux simplement le sentir. Donc, Matt, te souviens-tu de ce premier après-midi ?

Matt opina du chef.

– Et de ce que tu as demandé à Simon quand il vous a fait visiter les jardins ? reprit Renard.

Matt fronça les sourcils et rejoignit son grand-père à la fenêtre.

– Oui ! La tour celte. Je ne comprenais pas pourquoi c'était une tour de guet alors que les meurtrières se trouvaient toutes du mauvais côté.

Renard se poussa afin qu'Em puisse aussi se poster devant la fenêtre.

– La tour fait face à l'île et non à la mer car elle n'a pas été bâtie pour servir de tour de guet comme Simon vous l'avait dit, mais de prison.

Matt et Em le dévisagèrent avec stupéfaction.

– Elle avait été érigée pour un *Animare*, poursuivit Renard. Un vieux moine fou qui, un jour, est devenu dangereux pour lui-même et pour les autres. Son Gardien, l'abbé responsable de la communauté religieuse d'Era Mina, savait qu'il fallait faire quelque chose pour que cela s'arrête. À cette époque, nous avions déjà instauré des règles que les *Animare* et les Gardiens devaient respecter.

– Certains des moines qui vivaient ici étaient des *Animare* ? questionna Em.

– En effet. L'abbaye représentait la première communauté qui s'était organisée pour protéger les *Animare* du reste du monde et soutenir leurs dons artistiques.

– Qu'est-ce qui est arrivé au vieux moine ? interrogea Matt.

– Les documents historiques sont incomplets, mais établissent que le moine a perdu le contrôle de son imagination en illustrant un manuscrit, animant un redoutable monstre qui a causé de terribles ravages sur l'île. Ses collègues l'aimaient bien et ne voulaient pas lui faire de mal. Ils ont donc décidé de construire la prison pour que ses animations ne puissent pas s'en échapper, et de l'orienter de manière que sa chère abbaye reste visible de sa fenêtre.

Matt s'affala sur un fauteuil à proximité.

– Comme c'est triste, soupira Em. Est-ce qu'il a pu continuer à travailler sur ses manuscrits ?

– Je ne sais pas, Em. Les moines devaient trouver un moyen de protéger l'abbaye et le village de son imagination. S'ils l'ont laissé continuer ses enluminures, ils devaient espérer que la hauteur de la tour et l'épaisseur de ses murs l'empêcheraient d'entretenir son imaginaire très longtemps et qu'il n'aurait plus l'énergie de le projeter très loin.

– Mais on est au XXIe siècle ! s'indigna Matt. Tu ne vas pas nous faire enfermer comme si nous étions dérangés à cause de ce qu'on a fait aujourd'hui, j'espère ?

Renard gloussa.

– Je n'allais pas suggérer cela, Matt. Je voulais simplement vous expliquer que les *Animare* étaient considérés comme des êtres dangereux à cette époque. Il existe, hélas, un nombre croissant de Gardiens qui sont prêts à vous emprisonner tous les deux. Parce que vous êtes des hybrides de Gardiens et d'*Animare*, on vous perçoit comme une menace pour notre espèce et pour le monde. Même si la majorité des membres du Conseil s'est opposée à brider vos pouvoirs, vous représentez toujours un danger aux yeux de certains.

– Que se passe-t-il quand on est bridé ? demanda Em avec inquiétude.

Renard ouvrit le tiroir d'une table, en sortit une clé, une paire de lunettes de soleil et des boules Quiès qu'il fourra dans sa poche.

– J'aimerais vous montrer quelque chose. Cela vous aidera à comprendre.

Un bouclier revêtu des armoiries de l'abbaye décorait un mur lambrissé perpendiculaire à une cheminée. Renard souleva légèrement le bouclier, révélant un pavé numérique. Il tapa un code, et un panneau du mur s'ouvrit sur un ascenseur presque aussi étroit qu'une cabine téléphonique.

Matt s'était douté qu'il existait des passages secrets dans l'abbaye, mais il ne s'était pas attendu à une telle modernité. L'ascenseur en acier chromé évoquait celui d'un immeuble de bureaux à Londres ou d'un hôtel de luxe.

Les portes se refermèrent derrière eux avec un sifflement assourdi et se rouvrirent avant même qu'il ait le temps de se plaindre d'avoir mal aux tympans. Ils aperçurent un couloir avec de chaque côté des rangées de lumières clignotantes installées sur le sol de pierre, dont l'éclairage allait en diminuant jusqu'à un petit rectangle sombre, au loin.

– Super, dit Matt, s'apprêtant à sortir. On est descendus jusqu'où ?

Renard le retint par le bras.

– Attends ! Je dois d'abord m'identifier.

Il appuya sa paume contre la paroi de l'ascenseur et une ligne rouge se forma autour de sa main. Le rouge vira au vert, puis au bleu, et les lumières du couloir se mirent à clignoter plus vite. Matt se plaqua au fond de la cabine car il eut soudain l'impression que l'ascenseur avançait en fonçant à travers le couloir.

– J'ai la nausée, gémit Em.

– Ferme les yeux, répondit Renard. C'est une illusion d'optique. En fait, nous ne bougeons pas.

– C'est génial ! s'exclama Matt.

Renard attira Em contre lui.

– La première fois, c'est un peu déconcertant, mais cela fait partie d'un système de sécurité ultrasophistiqué qui se sert des battements du cœur et de l'éclairage pour contrôler les accès. C'est Simon qui l'a conçu.

– Et si l'identification échoue, qu'est-ce qui se passe ? questionna Matt.

– Les portes se referment.

– Et ensuite ?

– C'est tout.

– Je vois.

Quand le clignotement des lumières adopta le rythme d'un cœur battant normalement, l'ascenseur parut s'arrêter. À présent, une porte se trouvait devant eux.

– Si je vous ai raconté l'histoire du vieux moine emprisonné dans la tour, ce n'était pas pour vous donner une leçon et encore moins pour vous effrayer, déclara Renard en ébouriffant les cheveux de Matt. Je vous ai parlé de vos ancêtres *Animare* afin de vous aider à comprendre ce que vous allez découvrir dans cette pièce, et pour que vous puissiez vous rendre compte de ce que vous allez devenir.

Renard tendit la paire de lunettes de soleil et les boules Quiès à Em.

– Mets-les.

– Pourquoi ? demanda-t-elle.

– Tes dons de Gardien se sont développés plus vite que ceux de Matt. C'est la raison pour laquelle tu es plus sensible aux émotions que lui et c'est ce qui te permet de communiquer par télépathie avec Zach. Cette pièce risque de t'affecter davantage que ton frère.

Em s'exécuta. Renard sortit sa clé et ouvrit la porte. Matt entra le premier.

– J'hallucine ! s'écria-t-il.

Devant lui, des tourbillons de jaune, de noir et de vert s'animaient sur une toile.

Em suivit son frère à l'intérieur de l'espace caverneux. Aussitôt, elle se sentit aimantée par une petite peinture dans un cadre ancien protégée par une boîte en Plexiglas.

Elle s'effondra au sol et perdit connaissance.

Chapitre 28

– Je t'avais pourtant dit qu'ils n'étaient pas prêts ! explosa Sandie.

– Je suis désolé, répondit Renard. Je pensais qu'ils l'étaient. Ils ont besoin de comprendre qui ils sont.

– Je me fiche de tes bonnes intentions ! Tu as mis ma fille en danger et...

Matt était assis au pied du lit d'Em. Cette dispute le fatiguait. Il avait été tellement déçu d'être obligé de sortir de la pièce quand sa sœur s'était évanouie.

Il savait que ce qui s'était produit n'était pas la faute d'Em. Elle avait eu l'air de recevoir une terrible gifle en entrant. Ses yeux avaient roulé dans leurs orbites puis elle était tombée dans les pommes.

Em remua.

– Elle se réveille, annonça Matt.

Lorsque ses paupières s'ouvrirent, Em eut l'impression d'avoir atterri dans la scène finale du *Magicien d'Oz*. Avec Zeke, Hank, tante Em et oncle Henry penchés sur Dorothée. Sauf qu'elle n'était pas au Kansas, mais dans la chambre spacieuse d'une abbaye médiévale, en compagnie de son grand-père, de sa mère, de Matt et de Zach.

– Où est Toto ? croassa-t-elle avec un faible sourire.

– Comment te sens-tu, ma chérie ? s'enquit Sandie en l'embrassant sur le front.

– Ça va.

Zach lui tendit un verre d'eau. Elle en but une gorgée et demanda :

– Qu'est-ce qu'il m'est arrivé ?

– Zach, descends et va prévenir les autres qu'Em est réveillée et qu'elle peut parler, ordonna Sandie.

– Vous aviez peur qu'elle ne se réveille pas ? questionna Zach en quelques signes.

Il surprit le regard hostile et presque imperceptible que Sandie jeta à Renard et décida ne pas insister. Il demanderait des explications plus tard à son père. Il regarda Em, agita la main, et sortit de la chambre en courant.

Sandie dévisagea ses enfants.

– Le lieu que Renard voulait vous montrer...

Les larmes aux yeux, elle marqua une pause.

– C'est un endroit où sont conservées les œuvres d'anciens *Animare*, reprit-elle en se tournant vers leur grand-père. Les voir modifie notre vision du monde, tu le sais très bien, Renard. Cela peut nous rendre méfiants, paranoïaques et même fous.

Renard lui pressa la main.

– C'est tout de même rare, Sandie. Cela n'a été le cas ni pour toi ni pour Mara.

Sandie retira sa main d'un geste brusque.

– Mais leur père n'a jamais été le même après avoir vu ces tableaux. Je ne veux pas qu'ils deviennent comme lui.

– Les laisser dans l'obscurité ne les aidera pas à vivre dans la lumière, suggéra Renard.

– Ohé ! interrompit Matt. Nous sommes aussi dans la pièce, nous pouvons vous entendre.

– Ce n'est pas grave, maman, dit Em. Ce sont simplement des peintures.

Sandie ferma les yeux.

– C'est bien plus que cela, murmura-t-elle.

Renard prit la main de sa petite-fille dans la sienne.

– Cet endroit est un caveau secret, inconnu du reste du monde, contenant des œuvres réalisées par des *Animare*, qui, à l'apogée de leur imaginaire créatif, ont refusé de se maîtriser ou ont perdu le contrôle de leurs dons. Quand le Conseil a décidé de les brider, leur imagination a été transformée en énergie rayonnante et emprisonnée dans l'une de leurs œuvres d'art par un Gardien et un *Animare* doués de puissants pouvoirs.

Em se redressa sur ses oreillers.

– Je ne comprends pas. Ces *Animare* sont morts ?

– Dans certains cas, brider leur imagination a entraîné la mort de ces artistes. Dans d'autres, la perte de leurs pouvoirs les a conduits à la folie ou même pire. Certains sont devenus des coquilles vides.

– À l'intérieur de ce caveau, j'ai vu *La Nuit étoilée*, de Van Gogh, confia Matt avec entrain.

– Van Gogh était un *Animare* ? questionna Em, emballée par ce lien à un artiste aussi célèbre.

Renard soupira, accablé à la pensée de tout ce qu'il allait devoir leur révéler.

Chapitre 29

– Le caveau regorgeait de tableaux, expliqua Matt à sa sœur, les yeux brillants d'enthousiasme. C'était comme s'ils irradiaient un halo de lumière. Et quand j'ai vu *La Nuit étoilée*, j'ai ressenti... je ne sais même pas ce que j'ai ressenti.

– Tu as éprouvé de la joie, Matt, intervint Sandie. De l'euphorie. Durant un bref instant, la peinture de Van Gogh t'a emporté hors de la réalité.

Troublée, Em regarda sa mère.

– Mais comment se fait-il que cette œuvre soit ici ? On a vu *La Nuit étoilée* dans un musée.

– Elle est dans le caveau car l'imagination de Van Gogh y est enfermée, répondit Renard. Il s'agit d'une copie. Quand le Conseil des Gardiens veut brider un artiste, en fonction des circonstances, il peut décider d'emprisonner simplement son imagination ou bien l'artiste lui-même. Ce dernier peut choisir la peinture à laquelle il sera lié. *La Nuit étoilée* qui se trouve dans le caveau est légèrement différente de l'original, mais c'est bien Van Gogh qui l'a peinte. Pauvre Vincent. Il est devenu fou avant que son imagination ne soit bridée. Son cerveau n'a jamais réussi à s'accorder avec ses pouvoirs d'*Animare*. Hélas, l'Europe du XIXe siècle ne l'appréciait guère.

– C'est ce qui est arrivé au moine enfermé dans la tour ? demanda Em.

Renard inclina la tête.

– Peut-être, mais je pense qu'il était simplement vieux. Son cerveau avait perdu sa vivacité et même son Gardien ne pouvait rien faire pour le stimuler.

– Tu nous as dit que certains Gardiens du Conseil voulaient nous brider, s'inquiéta Matt.

– Avec ta mère, nous les en empêcherons, répliqua Renard d'un ton ferme. Ce qui est merveilleux, c'est qu'un *Animare* peut aussi créer une magnifique œuvre d'art normalement, sans l'animer, et procurer à celui qui la regarde un bonheur identique à celui que Matt a ressenti dans le caveau. Pour la plupart des *Animare*, c'est suffisant, et ils sont heureux ainsi.

Sandie se rapprocha de sa fille.

– Quel que soit votre choix, nous voulons que vous puissiez vivre sans crainte, déclara-t-elle. Malheureusement, à votre naissance, certains Gardiens voulaient vous enfermer car votre père, comme Renard, est un Gardien.

Matt allait l'interrompre en l'assaillant de questions à propos de son père. Renard leva la main.

– Laisse ta mère terminer.

– Un Gardien, comme votre père, et un *Animare*, comme moi-même, n'ont pas le droit de procréer. Nous avons transgressé cette règle. Quand j'étais plus jeune, je suis venue ici pour suivre les cours de votre grand-père et avoir un lieu de travail...

La voix de Sandie se brisa.

– Et tu es tombée amoureuse de notre père, dit Em en pressant la main de sa mère.

Sandie acquiesça.

– Quand vous êtes nés..., bredouilla-t-elle.

Face à son désarroi, Renard prit le relais.

– Certains membres du Conseil ont proposé de vous séparer au lieu de vous brider. Ils craignaient que votre imagination ne devienne trop puissante si vous grandissiez ensemble.

– Un peu comme dans *La Guerre des étoiles*, commenta Matt.

Em roula des yeux, intentionnellement cette fois.

– Est-ce que notre père faisait partie des Gardiens qui voulaient nous faire du mal ? s'enquit Em.

Renard se figea dans son fauteuil.

– Bien sûr que non ! assura Sandie.

Petits, les jumeaux pensaient que leur père était mêlé à un grand projet qui le tenait à l'écart de son foyer. Mais à mesure que les anniversaires défilaient, ils avaient fini par se dire que cela ne pouvait justifier son absence totale de leur vie, et qu'il y avait autre chose. La version de l'abandon donnée par Sandie n'avait pas convaincu Matt lorsqu'il était plus jeune. À presque treize ans, son opinion demeurait la même.

– Un après-midi, peu de temps après notre arrivée à Londres, reprit Sandie, votre père a quitté l'appartement où nous vivions et n'est jamais revenu. Personne n'a eu de nouvelles de lui depuis.

Elle ment, Matt.

Comment tu le sais ?

Je peux le sentir.

– Donc, ce qui s'est passé dans le caveau peut de nouveau m'arriver ? demanda Em d'une voix ensommeillée.

– Pour un Gardien ou une Gardienne, l'intensité des émotions, la fascination qui émane d'une peinture-cage peuvent être dures à absorber, expliqua Renard. Matt n'a ressenti que le plaisir procuré par la peinture, tu as absorbé tout ce que Van Gogh a éprouvé en la peignant, Em – son chagrin et sa joie. Tu étais submergée, ton cerveau s'est enrayé.

– Mais pourquoi moi et pas Matt ? insista Em.

– Tes dons de Gardienne se développent ainsi que ton sens de la compassion, répondit Sandie.

– Est-ce qu'on pourra retourner voir les œuvres de ce caveau ? demanda Matt.

– Bien sûr, quand Em sera moins vulnérable, dit Renard. Mais admirer l'art d'un *Animare* en gouvernant son imagination peut être très agréable. Alors pour l'instant, nous nous contenterons d'aller voir des expositions ouvertes au public dans des galeries et des musées.

Renard porta la main d'Em à sa joue.

– Désolé de t'avoir mise dans cet état. Repose-toi. Demain matin, Simon vous emmènera faire des courses à Glasgow.

– Alors on ne va pas être punis ? questionna Em en se recroquevillant sous sa couette.

Sandie s'approcha de la table d'Em et ramassa la trousse remplie de billets.

– Pas si nous donnons cet argent à l'école primaire du port pour les fournitures d'arts plastiques. Dans ce cas, nous serons quittes.

– D'accord, bredouilla Em, simplement soulagée de pouvoir chasser de son esprit le petit garçon blessé.

Chapitre 30

Le dîner fut calme. Méditant les révélations de Renard, Matt parla peu. Il snobait Zach qu'il soupçonnait d'avoir rapporté les moindres détails de leur spectacle dans la grotte sans que les adultes aient eu à beaucoup insister. À l'autre bout de la table, Zach boudait après le savon que lui avait passé son père à propos du réseau bogué. Et Em l'inquiétait. Il l'avait trouvée terriblement pâle quand Renard l'avait portée jusqu'à sa chambre.

Ils furent soulagés d'aller se coucher. En route pour sa chambre, Sandie s'arrêta pour jeter un œil sur les jumeaux, et entrouvrit d'abord la porte de la chambre de Matt. Il était enfoui sous sa couette et Sandie tenta d'en rabattre le revers sans le réveiller, puis sortit et avança dans le couloir jusqu'à la chambre de sa fille.

Elle éclata de rire devant la scène qui l'attendait. Au-dessus du lit d'Em s'animaient une jeune fille de l'époque victorienne, deux adolescents armés de baguettes magiques, une sorcière gothique perchée sur un balai, un superhéros à la cape verte, une belle sirène chevauchant un kelpie[1].

Sandie s'assit au bord du lit et toucha le front d'Em. Les uns après les autres, les personnages explosèrent en laissant des traînées de poussière argentée dans leur sillage. Sandie attendit que la chambre se fût vidée de l'imaginaire d'Em pour se lever et sortir en refermant doucement la porte derrière elle.

Accroupi au coin du couloir, le monstre sourit, passa la langue sur ses lèvres fines et fissurées, perçant la pénombre de ses yeux jaunes.

Le lendemain matin, une atmosphère tendue planait sur l'abbaye. Matt fut le premier à descendre dans la cuisine. Il salua Jeannie en grommelant et renversa du lait sur le comptoir en se servant un bol de céréales. Il ouvrit le *Times* à la page des mots croisés et se mit à gribouiller. Il se remémora l'embarras qu'il avait éprouvé quand Em et Zach l'avaient arraché à ce couple qui voulait voir leur spectacle. Zach et Em se comportaient de plus en plus souvent comme ça avec lui. Cela ne lui plaisait pas. Il se mit à gribouiller avec davantage d'agressivité. Soudain, un des personnages de la boîte de céréales piqua un sprint à travers le comptoir, bondit sur l'évier, devant Jeannie qui poussa un cri avant de frapper la créature avec la

1. Cheval fantastique des lacs d'Écosse.

poêle qu'elle nettoyait. Quand le personnage se désintégra dans une explosion de couleurs, Matt hurla de douleur et enfouit sa tête entre ses mains. Il se massa les tempes, stupéfait d'avoir éprouvé la même chose que le personnage. Cela ne lui était encore jamais arrivé.

Renard, Simon et Sandie se ruèrent dans la cuisine. Zach et Em les suivaient.

– Qu'est-ce que vous avez tous, ce matin ? s'enquit Jeannie en frappant l'air de sa poêle. Heureusement que j'ai attrapé ce garnement alors qu'il s'apprêtait à filer dehors, ajouta-t-elle en regardant Matt. Les jardiniers sont arrivés !

– C'est incroyable, Matt ! se fâcha Sandie, tandis que Renard retirait la poêle des mains de Jeannie. Après tout ce que je t'ai dit hier, tu n'as toujours pas compris !

– J'en ai marre que tu m'ordonnes ce que je dois faire, ce que je dois penser, ce que je dois manger ! riposta Matt.

D'un geste brusque, il balaya la table, projetant son bol de céréales contre le mur.

– Arrête de crier ! intervint Em. C'est tout ce que tu sais faire.

– Quelque chose d'inquiétant se prépare, Simon, confia Renard, éloignant Sandie de son fils qui tremblait de rage. Quelque chose qui nous touche tous.

Sandie semblait honteuse d'avoir perdu le contrôle d'elle-même.

– Je me sens angoissée depuis que je me suis levée, Matt, s'excusa-t-elle.

Renard réunit tout le monde au salon. Mara étant restée seule dans son atelier, il avait envoyé Jeannie vérifier qu'elle allait bien.

– Qu'est-ce qui se passe, grand-père ? demanda Em, sentant la tension l'oppresser.

– Quelqu'un nous affecte psychiquement, je pense, répondit Renard. Simon, emmène les enfants à Glasgow comme prévu. Je vais voir si j'arrive à élucider ce mystère. Ce n'est peut-être rien. Nous sommes peut-être simplement trop les uns sur les autres, nous avons besoin d'air.

– Ça ne m'étonnerait pas ! lança Matt en sortant de la pièce à grands pas.

Craignant de perturber la paix fragile qui régnait entre eux, Matt, Em, Zach et Simon attendaient le ferry en silence. Parmi les passagers et les véhicules que le ferry recrachait, Matt repéra la femme qu'il avait vue au café de la plage le jour précédent. Elle était assise à côté de son mari qui conduisait une camionnette bleue. Matt s'apprêtait à dire quelque chose quand sa sœur le fusilla du regard.

Tant pis, songea-t-il, et il se tut.

Chapitre 31

Le voyage à Glasgow leur fit le plus grand bien. Quand le train en provenance de Largs s'arrêta à la gare centrale, Matt fredonnait, ses écouteurs sur les oreilles, et cela ne dérangeait même pas sa sœur.

Simon devait acheter des fournitures dans différentes boutiques, et Matt, Em et Zach avaient promis de rester sages et ne pas s'aventurer au-delà de la zone commerçante. À regret, Simon avait accepté de les retrouver quelques heures plus tard.

Tout le monde tint parole. Pour les récompenser, Simon les invita à dîner dans son restaurant préféré.

– Vous avez bien connu notre père ? lui demanda Em, en sirotant un milk-shake.

Simon acquiesça.

– Mara, ta mère, un couple d'autres étudiants et moi-même avons suivi l'enseignement de votre grand-père, à l'abbaye. Nous étions alors un peu plus âgés que vous. Mes dons de Gardien se sont développés et ta mère a découvert ses pouvoirs d'*Animare*. Ton père était déjà là, bien sûr. Nous sommes allés à l'université puis nous sommes revenus à l'abbaye.

– Est-ce qu'il existe d'autres endroits dans ce pays où les *Animare* et les Gardiens peuvent étudier ? questionna Em.

– Oui, répondit Simon. Et pas seulement dans ce pays. Dans le monde entier.

Durant le reste du repas, Simon parvint à les distraire avec des histoires de l'abbaye.

– Est-ce que vous êtes sorti avec ma mère, et Mara avec mon père ? questionna Em.

Simon rit.

– Pas vraiment. Mara et ton père étaient très intimes à un moment. Ils se sont vus quelques fois avant que ton père commence à sortir avec ta mère. En fait...

Simon porta soudain la main à sa gorge, puis s'affala sur la table.

– Il a avalé de travers, il s'étouffe ! avertit Em.

En langue des signes, Zach expliqua, paniqué, que son père avait mangé bien avant eux, qu'il s'agissait d'autre chose. Un homme attablé près d'eux fonça sur Simon et le redressa, tentant la manœuvre de Heimlich. Simon reprit connaissance et le repoussa.

– Je n'étouffe pas. Ça va.

– Vous êtes sûr ? Vous n'avez pas l'air bien, mon vieux.

– J'ai besoin d'air frais.

Au prix d'un effort considérable, Simon se leva et demanda à Zach de payer l'addition avec son porte-monnaie. Puis il se laissa guider dehors par Matt et Em.

– Hèle un taxi, Em, souffla-t-il en tressaillant de tous ses membres. Il y a un problème à l'abbaye, je peux le sentir.

Dans le taxi, Simon perdit plusieurs fois connaissance. Em essaya d'appeler Jeannie, mais tombait chaque fois sur sa messagerie. Sa mère ne répondait pas non plus, ni Renard dont la ligne basculait sur le répondeur de son bureau, pas plus que Mara.

– Je croyais que ton père avait réparé le réseau, Zach ! pesta Em.

– Oui, il fonctionnait, fit Zach.

À peine lucide, Simon semblait à l'agonie.

– Comment allons-nous faire monter mon père dans le train sans attirer l'attention ? s'enquit Zach. On ne peut pas appeler la police ou une ambulance !

On doit intervenir, Em.

Zach fit de son mieux pour détendre son père, fredonnant près de lui et lui caressant la tête, pendant que Matt et Em réfléchissaient à une solution qui ne serait pas un manquement aux règles des *Animare*, car ils avaient juré de s'y plier pas plus tard que la veille.

Ce sont des circonstances particulières.

Je suis d'accord.

Em sortit son carnet de croquis de son sac et l'ouvrit.

– Vous ne voulez pas que je vous dépose à l'hôpital ? s'enquit le chauffeur de taxi aux abords de la gare. Ce n'est pas loin.

– Quand les médicaments agiront, il se sentira mieux, mentit Matt. Vraiment. Merci.

Prête ?

Em hocha la tête en se concentrant pendant que Matt croquait une esquisse à toute allure. À l'aide d'un feutre argent, Em remplit son dessin.

– Arrêtez-vous là, ordonna Matt au chauffeur.

Zach régla la course avec l'argent que contenait le porte-monnaie de son père, tandis que Matt et Em installaient Simon dans un fauteuil roulant qui avait soudain surgi au coin de la rue. Les jumeaux trottinèrent à côté de Zach qui faisait rouler le fauteuil. Matt tenait son dessin chiffonné dans sa main. Ils filèrent à travers la foule massée sur le quai, et montèrent à bord du train de 7 h 05 en direction de Largs.

Quand ils eurent installé Simon, Matt alla ranger le fauteuil roulant dans un espace à bagages situé au fond du wagon. Il vérifia que nul ne l'observait et déchira le dessin. Le fauteuil se dissipa en fumée, laissant une marque de brûlure au sol.

Sur la route, tandis que le train franchissait de nombreuses gares, Simon accepta la bouteille d'eau qu'on lui tendit. Bientôt, il se redressa, lucide, bien que troublé d'être dans le train. À leur arrivée à Largs, il était redevenu lui-même. Sans leur demander d'explication, il les étreignit tous les trois.

– Vous nous avez dit qu'il y avait un problème à l'abbaye, s'inquiéta Em.

– Oui. Il faut faire vite.

Ils piquèrent un sprint depuis la gare jusqu'au quai du ferry où était garée la voiture de Simon.

À présent, il en était certain : son mauvais pressentiment s'était déjà réalisé.

Chapitre 32

Des tentacules de brume s'enroulaient autour de l'île comme de longs doigts, effleurant baies et crevasses, pentes et rochers. Quand le ferry arriva à quai, une odeur de moules et de marrons grillés flottait dans l'air du port, ralentissant la circulation dans les deux sens, tandis que chacun contemplait avec béatitude les barbecues dispersés sur la plage en prévision d'une fête en plein air.

Quand Simon franchit les grilles de l'abbaye, la pénombre avait masqué la brume et ils avaient tous la migraine. Simon essayait de dissimuler son anxiété croissante. Il éteignit les phares et roula dans l'obscurité. Quand la masse sombre de l'abbaye surgit devant eux, il se gara à la lisière de la forêt. Les branches griffèrent la carrosserie comme si elles cherchaient à entrer.

– J'ai peur, Matt, chuchota Em.

Moi aussi.

– Baissez-vous derrière les sièges, ordonna Simon. Je vous dirai quand vous pourrez sortir.

Simon descendit de voiture. À peine avait-il fait deux pas qu'il entendit les portières de son véhicule s'ouvrir, puis les enfants qui le rattrapaient. Il pénétra dans la forêt sans les réprimander. Il n'en avait pas le temps.

Tandis qu'ils progressaient à travers les arbres, une ombre s'éleva au-dessus des cimes, une sorte de singe gigantesque, avec des fentes en guise d'yeux et une bouche béante. Matt et Em poussèrent un cri. Zach entraîna Em à l'écart.

Quelqu'un est en train d'animer la forêt à partir de l'abbaye, songea Simon, terrifié. La bête chargea. C'étaient des proies faciles. Mais soudain, le singe se désintégra dans une explosion de jaunes, de bleus et de rouges sur le ciel noir. *Il aurait pu nous tuer*, pensa Simon avec étonnement. Quand un *Animare* animait un dessin, ce n'était plus une illusion. Cependant, avant qu'il puisse comprendre ce qui s'était passé, une sorte de hibou se posa au sommet d'un arbre, une lueur rouge allumée dans ses prunelles démoniaques. L'oiseau fondit sur l'arbre sous lequel ils s'abritaient, se déchira en deux, projetant des lances noires qui se métamorphosèrent en singes volant dans les branches.

Simon saisit Em.

– Ces créatures sont le fruit de ton imagination ! Elles représentent tes craintes !

– Pardon, sanglota Em. Je ne peux pas m'en empêcher. J'ai peur.

– Si, tu peux, fit Zach.

Il prit la main d'Em, la regarda dans les yeux et sourit. Puis il se tourna vers Matt.

– Toi, aussi, tu peux maîtriser tes craintes.

– Je vais essayer.

– Faites de votre mieux, ajouta Simon d'un air sinistre. Autrement, vous allez nous ralentir considérablement.

Ils atteignirent l'entrée de l'abbaye. Les jumeaux s'efforçaient de se détendre, mais le péritio sculpté sur la porte se détacha de son support. Une traînée colorée fila à travers la cour derrière eux, et Matt se retourna juste à temps pour distinguer un enfant démon voler sous une arcade vers l'intérieur du jardin.

Simon poussa les portes de l'abbaye. Un ouragan semblait avoir ravagé les lieux. Les tableaux gisaient sur le sol, les tables étaient renversées, les vases brisés. Des livres déchirés étaient éparpillés par terre depuis la bibliothèque jusqu'au pied de l'escalier, où Jeannie pleurait, la tête de Renard posée sur ses genoux. Agenouillée près d'eux, Mara saignait au front. Em eut l'impression d'être de nouveau dans le caveau, sauf que cette fois, c'était son cœur et non son crâne qui menaçait d'exploser. Elle se jeta sur son grand-père inanimé.

– Mara, dessinez quelque chose ! supplia-t-elle. Réveillez-le !

– Cela ne marche pas comme ça, Em. Nous ne pouvons pas animer les vivants. Nous avons appelé une ambulance. Elle ne va pas tarder.

Elle attira Em contre elle.

– Qu'est-ce qui s'est passé ? questionna Simon.

– C'était après le dîner, expliqua Jeannie, les paupières rougies. Monsieur R. a senti la tension augmenter à l'intérieur de l'abbaye. Il m'a envoyée chercher Mara. J'ai trouvé la malheureuse couchée sur le sol de son atelier.

– Quelqu'un m'a attaquée, dit Mara. J'ignore qui, je n'ai rien pu voir. J'ai tellement de remords. Si j'avais été avec lui, j'aurais pu intervenir, dessiner...

Simon tamponna l'arcade sourcilière de Mara avec l'ourlet de sa chemise.

– Ce n'est pas ta faute. Où est Sandie ?

– Je n'en sais rien ! s'écria Mara en ravalant ses larmes. Elle a disparu !

Chapitre 33

En dix minutes, le domaine de l'abbaye se remplit de véhicules. Un hélicoptère avait atterri sur la pelouse et emporté Renard et Jeannie à l'hôpital. Un infirmier aidait maintenant Mara à monter dans une ambulance.

Enveloppés dans une couverture, les jumeaux et Zach attendaient sur un banc de la cour. Derrière eux, des ombres mouvantes dansaient à travers les arbres. Diverses créatures jaillissaient des ténèbres – une jeune fille triste au cri lugubre, un zombie, un fantôme –, puis se volatilisaient dans la lumière de la cour. Les gargouilles se tortillaient sur leur promontoire, essayant de s'arracher à leur tourelle.

Simon sortit et prit la mesure du chaos que les peurs des jumeaux provoquaient. S'il n'intervenait pas, un policier ou un ambulancier n'allait pas tarder à en faire les frais. Il alla s'asseoir à côté de Matt et passa un bras autour de ses épaules. Zach tenait la main d'Em. Le calme se fit graduellement dans la forêt. Les ombres s'estompèrent.

Le préfet de police d'Ayrshire et de la région ouest de l'Écosse était une grande femme élégante dénommée Clarissa Bond. Elle était arrivée sur les lieux dix minutes après avoir appris que Renard avait été agressé. Toute atteinte à sa vie était considérée comme un crime particulièrement grave, car Renard était apprécié et renommé en Écosse pour sa philanthropie. Clarissa Bond faisait partie des rares personnes occupant un poste de pouvoir et d'influence qui connaissaient les *Animare* et les Gardiens.

Elle marcha jusqu'au banc et s'accroupit devant les jumeaux.

– Je suis navrée. Mais votre grand-père est un homme robuste, il va s'en sortir.

– Où est notre mère ? demanda Matt en se dégageant du bras de Simon. Elle n'est pas là.

– Elle ne serait jamais partie sans nous prévenir, gémit Em.

– Ceux qui ont attaqué notre grand-père l'ont probablement enlevée ! s'affola Matt.

– C'est hélas aussi ce que je soupçonne, répondit le préfet. Nous allons fouiller l'île, au cas où elle serait encore à Auchinmurn. J'ai averti les autorités du continent. Nous avons prévenu tous les aéroports et les gares le long de la côte. J'ai envoyé deux policiers enquêter sur le quai du ferry au cas où quelqu'un aurait remarqué quelque chose d'inhabituel ce soir.

Malheureusement, la fête qui se déroule sur la plage ne va pas nous aider. L'île est envahie de touristes.

Elle est peut-être blessée, Matt. Autrement, elle aurait pu dessiner quelque chose pendant l'attaque. Sinon, pourquoi n'a-t-elle pas aidé grand-père ?

Mais si elle souffrait, Simon le sentirait, tu ne crois pas ?

C'est le Gardien de Mara, pas celui de maman. Papa était son Gardien.

Le préfet se leva et pivota vers Simon.

– Puis-je vous parler en privé ?

Tandis qu'ils s'éloignaient dans la cour, Matt demanda à Zach de lire sur leurs lèvres et de rapporter leurs propos par télépathie à Em afin que Simon ne se doute de rien.

Zach se pencha.

Tu m'écoutes, Em ? Le préfet explique à mon père que les responsables de l'agression cherchaient quelque chose. Elle veut que mon père l'emmène faire le tour de l'abbaye avec un de ses policiers pour voir si des objets ont été volés.

Em transmit ces informations à Matt et se concentra sur la suite des propos de Zach. Entendre deux voix dans sa tête était étrange. *Le préfet veut savoir si Simon pense que ta mère a dessiné pour contrer les agresseurs. Mon père lui demande où elle veut en venir. Le préfet lui répond... que si Sandie avait dessiné pour défendre tout le monde, elle serait encore ici. Si ce n'est pas le cas, alors cela signifie qu'elle était peut-être impliquée. Mon père n'est pas d'accord.*

– Il a raison ! s'indigna Em.

– À propos de quoi ? questionna Matt.

Em informa son frère qui serra les poings, sentant de nouveau la colère le saisir. Il appliqua les techniques sur le souffle que Renard lui avait enseignées pour se calmer. Au-dessus des portes, la gargouille rétracta une griffe.

Zach se concentrait toujours sur la conversation, à l'autre bout de la cour. *Simon dit que si Sandie a été droguée ou assommée, comme Mara, elle n'a pas pu dessiner.*

Le préfet héla un de ses officiers, qui descendit d'un fourgon de police pour lui remettre une pochette en plastique contenant des indices. Clarissa Bond la tendit à Simon. *Elle demande à papa s'il reconnaît un objet que les techniciens de la scène de crime ont trouvé dans l'atelier de Mara.*

– C'est quoi ? s'enquit Matt. Je n'arrive pas à voir.

Qu'est-ce qu'il y a dans la pochette, Zach ?

Je suis trop loin, Em. Papa répond qu'il ne l'a jamais vu.

Les enfants observèrent Simon remettre la pochette d'indices à un policier.

Tu as vu ce que c'était, cette fois, Zach ?

Une trousse de secours, je crois.

L'aube se levait quand la police quitta les lieux. Ils n'avaient toujours reçu aucune nouvelle de Sandie. Jeannie avait appelé de l'hôpital vers minuit pour leur rapporter que les nombreuses blessures de Renard, superficielles, allaient guérir rapidement, mais que le traumatisme crânien était sérieux. Les médecins l'avaient plongé dans un coma artificiel en attendant une amélioration.

Simon leur avait distribué des tasses de chocolat chaud et leur avait ordonné d'aller dormir.

Zach venait de grimper sur son lit quand il reçut un texto de Matt sur sa montre.

RV dans la cuisine ne préviens pas Em.

Pourquoi ? tapa Zach.

Je dois enfreindre de nouvelles règles.

Chapitre 34

Emprunter l'escalier de service était le meilleur moyen pour Matt et Zach de ne pas éveiller les soupçons d'Em ou de Simon. Jeannie était restée à l'hôpital avec Renard et on continuait à soigner Mara aux urgences.

La lumière provenant des jardins leur permit de naviguer facilement à travers la pénombre de la cuisine. Matt ouvrit le réfrigérateur et servit à chacun un verre de jus de fruits. Zach prit une poignée de biscuits au chocolat dans une boîte en fer posée sur le comptoir.

– Si on savait ce que les intrus cherchaient, cela nous aiderait peut-être à comprendre pourquoi Sandie a été enlevée, dit Zach en langue des signes, avant de tremper un biscuit dans son jus de fruits.

– Allons dans son atelier, proposa Matt. Grand-père garde un double de ses clés dans le tiroir de sa table, à la bibliothèque.

L'obscurité du hall rendait leurs déplacements

moins aisés que dans la cuisine. Presque aussitôt, les garçons trébuchèrent sur des chaises cassées que la police avait calées contre le mur. Leur maladresse résonna à travers la vaste pièce. Craignant d'avoir attiré l'attention, ils se figèrent et tendirent l'oreille. Rien. Après quelques secondes, Zach enjamba une chaise, mais Matt le retint en l'empoignant par son tee-shirt.

– J'entends un bruit dans la bibliothèque.

– Les intrus sont peut-être revenus, s'inquiéta Zach. On devrait aller chercher mon père.

– Attends. Je veux d'abord vérifier ce qui se passe, répondit Matt.

S'efforçant de ne pas penser à Renard lorsqu'ils dépassèrent les taches de sang au pied de l'escalier, le duo fila vers la bibliothèque.

– Alors ? fit Zach.

– C'est bizarre, répondit Matt. On dirait un chat qui gratte.

– Allons réveiller mon père, insista Zach.

La porte de la bibliothèque était fermée.

– D'habitude, elle est ouverte, reprit-il dans sa langue visuelle. Jeannie l'a peut-être fermée après être passée ranger.

– Ça m'intrigue, déclara Matt.

Il plaqua son oreille contre la paroi de bois. Le grattement assourdi persistait.

Une main s'abattit sur l'épaule de Matt. Les deux garçons sursautèrent, terrifiés.

Dessine, génie !

C'était Em. Elle frappa Zach à son tour.

Qu'est-ce que je t'ai fait ?

Tu ne m'as pas réveillée !

Em sortit un petit carnet et un crayon à papier de la poche de sa chemise de nuit et se mit à l'ouvrage. Elle esquissa les portes de la bibliothèque tandis que Matt se concentrait, imaginant qu'il guidait son dessin. Quand elle eut presque terminé, il commença à remplir les contours qu'elle avait tracés. Les portes se mirent à scintiller. En un instant, Matt fut capable de coller son œil contre un trou qui s'était matérialisé dans le bois.

Qu'est-ce que tu vois ?

Je ne sais pas trop... quelqu'un, c'est sûr. On dirait un moine !

– Un moine ? répéta Em, oubliant de se taire et poussant son frère pour prendre sa place.

Elle distingua un moine encapuchonné qui fouinait sur la table de Renard.

C'est peut-être un fantôme, Zach.

Zach fronça les sourcils. *Ça n'existe pas.*

C'est toi qui le dis.

Le moine inclina la tête de côté, comme si leurs pensées avaient filtré dans le bureau, et regarda en direction de l'œilleton. Em fit un bond en arrière.

– C'est un moine, dit-elle d'une voix chevrotante, mais quelqu'un l'anime.

Zach s'étonna :

– Comment le sais-tu ? fit-il.

– Quand j'anime un dessin avec Matt, on peut voir un halo briller tout autour. Soit c'est ce moine, soit quelque chose d'autre dans cette salle a été animé.

Zach prit la place d'Em. Au lieu de distinguer un moine, il aperçut une créature grotesque et difforme ramper vers les portes de la bibliothèque.

Zach recula. *C'est un genre de gnome ou de gobelin. Je vais prévenir mon père.*

Matt et Em échangèrent un regard tandis que Zach fonçait à l'étage. Paniqué, Matt s'approcha de l'œilleton. La créature lui souriait.

C'est une de tes terreurs nocturnes, Em.

Em risqua un œil et blêmit. *Arrête de dire ça ! Ce n'est pas moi qui imagine ça, je n'arrête pas de l'expliquer à tout le monde !*

Matt se remit à observer la créature qui grimpait le long de la porte, lacérant l'œilleton de ses griffes. Il arracha le carnet des mains de sa sœur et déchira le dessin. Une onde lumineuse envahit la porte et la créature poussa un cri tandis que l'œilleton disparaissait, absorbé par le bois. Les jumeaux filèrent vers l'escalier. Derrière eux, de l'autre côté de la porte, les grattements et les cris s'intensifiaient.

Simon dévala l'escalier avec Zach sur ses talons. Au même moment, le bras en bandoulière, Mara franchit le seuil du hall.

– Que se passe-t-il ? demanda-t-elle. Que faites-vous tous ici en pleine nuit ?

– Les jumeaux pensent qu'une animation a lieu dans la bibliothèque, répondit Simon.

Mara regarda le carnet des jumeaux.

– La leur ?

– Pourquoi personne ne me croit ? ragea Em. Ça ne vient pas de mon imagination !

– Quoi donc ? questionnèrent Mara et Simon de concert.

– La chose dans la bibliothèque ! s'écria Em, au bord des larmes. Elle vient me voir dans ma chambre, pénètre mes rêves, mais ce n'est pas moi qui l'invente.

– On pourra en reparler plus tard, décréta Simon. Occupons-nous d'abord de ce qui se trouve derrière ces portes. Comment es-tu rentrée ? demanda-t-il à Mara. Il n'y a plus de ferry à cette heure.

– Un ami pêcheur m'a déposée, répondit Mara en posant son sac sur le sol.

Elle en sortit un carnet de croquis, s'installa à une table du hall, prête à dessiner avec sa main valide. Elle fit un signe de tête à Simon qui ouvrit les portes.

La pièce était vide.

– Vous êtes sûrs que vous n'avez pas rêvé ? lança Mara.

Les trois enfants hochèrent vigoureusement la tête.

– Regardez ! dit Em en indiquant les profondes entailles laissées par des griffes dans la paroi de bois.

Chapitre 35

Épuisés, mais trop perturbés pour dormir, Simon, Mara et les trois enfants décidèrent d'aller inspecter la bibliothèque, en faisant plus attention que lors de la première visite de Simon en compagnie du préfet. Espérant dénicher un indice qui pourrait éclairer la disparition de Sandie, ils s'activèrent dans la pièce, à la recherche d'objets qui auraient été déplacés. Les jumeaux ramassèrent des livres qu'ils remirent sur les étagères pendant que Simon et Mara examinaient la table de Renard.

C'est injuste, Zach, Simon et Mara pensent que mes craintes animent cette créature.

Non, Em. Ce n'est pas toi qui inquiètes mon père, c'est autre chose.

– Renard ne conservait aucun objet de valeur ici, déclara Mara en s'installant dans le canapé en cuir.

Em s'assit à côté d'elle.

– Vous avez vu grand-père avant de quitter l'hôpital ?

– J'étais aux urgences et j'ai peu parlé aux médecins. Il n'y a pas de changement, Em. Et il n'y en aura peut-être pas pendant plusieurs jours.

– Vous vous souvenez de ce qui s'est passé ? J'aimerais tellement savoir ce qui est arrivé à ma mère.

Em se blottit contre Mara.

– Je travaillais dans mon atelier, j'ai vu clignoter la lumière d'alarme de l'abbaye, puis j'ai perdu connaissance. Ensuite, je me souviens de Jeannie, penchée sur moi pour m'annoncer que Renard était blessé.

– Quel foutoir, soupira Simon. J'ignore ce qu'ils cherchaient, il ne manque rien, ici. J'ai trouvé les portes qui donnent sur le jardin ouvertes, mais c'est moi qui ne les avais pas fermées pour la police, je crois.

Allons à l'atelier de maman sans eux.

– Quelqu'un a inspecté l'atelier de ma mère ? demanda Em, ignorant son frère.

– Oui, la police, précisa Simon. Il n'y avait pas de désordre, en fait, c'était comme si...

Il s'interrompit.

– Autant le leur dire, Simon, suggéra Mara.

– Nous dire quoi ? questionna Matt.

Simon demanda à Zach d'arrêter de ranger les livres et de venir les rejoindre.

– Quand la police a perquisitionné l'atelier de Sandie, ils ont trouvé une ampoule et une seringue vide ayant contenu, selon eux, un anesthésique puissant.

– Ils ont drogué maman ? s'enquit Em.

Perché sur le bras d'un fauteuil, Simon haussa les épaules.

– La police ne peut rien affirmer, Em, mais le préfet et son équipe pense que le désordre qui y règne est dû à une lutte et non à une fouille.

– Ils seraient donc venus pour enlever maman ? Pourquoi ?

Matt passa la main dans ses cheveux d'un air frustré.

– Ce n'est pas comme si on roulait sur l'or.

– Un otage ne s'échange pas toujours contre de l'argent, Matt, souligna Mara. Ta mère est une *Animare* aux pouvoirs convoités. C'est peut-être l'une des raisons qui expliqueraient son enlèvement.

– Ses ravisseurs sont donc des *Animare* ou des Gardiens, avança Em d'une voix lasse. Ce sont les seuls à connaître notre existence.

Simon hocha la tête.

– Quand le jour se lèvera, je mettrai en place une équipe d'investigation, annonça Simon.

– C'est-à-dire ? demanda Matt.

– Clarissa Bond est officiellement chargée de l'affaire de la disparition de ta mère, mais ton grand-père dispose de son propre réseau de Gardiens. Ils travailleront pour nous.

Mara soupira.

– Retrouver Sandie serait tellement plus facile si leur père était là.

Simon la fusilla du regard.

Cette réflexion de Mara était aussi inattendue que la réaction hostile de Simon. Les jumeaux les observèrent tour à tour, espérant une suite. Leur mère et leur grand-père leur avaient promis de leur fournir davantage de détails plus tard, mais l'une étant absente et l'autre, dans le coma, ils se demandaient si les secrets de leur père leur seraient un jour révélés.

– C'est vrai ! s'entêta Mara. Au moins, en tant que Gardien de Sandie, Malcolm aurait pu sentir si elle était encore en vie.

– Mara !

– Vous savez où est notre père, Mara ? pressa Em en ignorant Simon. On ne pourrait pas le contacter pour lui demander de nous aider ?

Matt se redressa sur son fauteuil.

– S'il savait qu'elle avait des ennuis, je suis sûr qu'il voudrait intervenir.

Simon s'approcha des jumeaux.

– Je retrouverai Sandie, je vous le jure. Nous n'avons pas besoin de Malcolm. Mara ? ça suffit, ajouta-t-il en caressant la main de celle-ci du bout des doigts.

– Le problème, c'est que nous n'avons encore reçu aucune demande de rançon ou d'échange, dit Mara d'un ton radouci. Mais Simon a raison, nous la retrouverons.

Simon est un Gardien habile, Matt. Il a apaisé Mara.

Peut-être. Ou bien elle ne veut pas se disputer avec lui devant nous.

– Les ravisseurs de Sandie doivent avoir une stratégie, reprit Mara en flânant devant les étagères de livres. Par ailleurs, tu sais aussi bien que moi, Simon, que ce genre de situation est presque sans précédent.

– Comment ça ? fit Zach.

– Au cours de l'histoire de notre espèce, il existe seulement quelques cas de Gardiens ayant violé les règles pour leur propre profit, en manipulant un *Animare*, expliqua Mara.

– Ils ont réussi ? questionna Matt.

Il s'approcha de la porte pour examiner les marques de griffes de plus près. Mara effleura les reliures en cuir des livres et s'empara d'un volume qu'elle apporta jusqu'au canapé.

– Il y a plusieurs siècles, Grace Fortescue, richissime mécène d'artistes et Gardienne, a reconnu dans ses écrits avoir manipulé son *Animare* durant des années. Cela lui a permis d'acquérir une immense fortune en le forçant à créer des œuvres d'art d'une valeur inestimable.

– C'est effrayant, commenta Em.

– En effet, répondit Mara en tendant l'ouvrage à Em. Mais cette relation a peut-être aussi profité à son *Animare*, qui sait ? Quoi qu'il en soit, cette histoire est un excellent livre de chevet.

– Il y a deux ou trois autres exemples de ce genre, mais Mara a raison, c'est assez rare, déclara Simon.

Bon sang ! C'est presque l'aube. Je vais devoir affronter la colère de Jeannie si vous dormez debout, demain.

Il ferma les portes de la bibliothèque et, avec Mara, suivit les enfants à l'étage.

– Tu sais qu'il existe une autre hypothèse pour l'enlèvement de Sandie ? chuchota Mara à Simon.

– Laquelle ?

– Sandie a pu tout mettre en scène elle-même.

– C'est ridicule ! s'indigna Simon à voix basse. Sandie n'abandonnerait jamais Matt ni Em, ni ne chercherait à faire du mal à Renard.

– Elle ne s'est pas privée de faire souffrir Malcolm, riposta Mara.

Simon observa Zach et les jumeaux s'éloigner dans le couloir qui desservait leurs chambres avant de répondre :

– Ton amertume envers Sandie a toujours été déplacée, et je n'ai pas une minute de plus à accorder à ton fiel.

Il enjamba les marches deux à deux, laissant Mara seule sur le palier.

Chapitre 36

Le lendemain matin, un orage venu de l'Atlantique se déchaînait sur la côte, rendant les voyages périlleux. Jeannie avait réussi à prendre le premier ferry juste avant que l'orage n'éclate, et à présent, de retour à l'abbaye, elle avait du mal à réveiller les enfants. Tandis qu'elle cognait à leur porte, un motard solitaire parcourait la colline avec prudence en direction de Largs. Sur la route principale de Glasgow, des inondations partielles avaient fait déraper sa Harley à plusieurs reprises, et il avait dû rassembler toute son énergie pour éviter un accident fatal. Quand il atteignit le port, trempé jusqu'aux os, il fut déçu d'apprendre que le service du ferry était interrompu en raison des mauvaises conditions météorologiques. Il gara sa moto à l'intérieur d'une allée, derrière un salon de thé dans lequel il entra. Cela faisait des années qu'il attendait de retourner à Auchinmurn. Il pouvait bien patienter quelques heures de plus.

Les garçons descendirent à la cuisine et se jetèrent sur les tranches de pain qui restaient sur la table.

– Tu ne te souviens pas de qui était Zeuxis ? demanda Matt à Zach. Grand-père nous l'avait expliqué.

Zach vida son verre de jus de fruits d'un trait.

– Le maître de l'Olympe ?

Matt s'exprima plus lentement en langue des signes.

– Non, pas Zeus – *Zeuxis.*

– La sœur de Zeus ?

Matt ricana. Il se dirigea vers le fond de la cuisine où, à l'intérieur d'un placard, il prit son ciré et ses bottes en caoutchouc. Assise près de l'âtre, Em peinait à enfiler les siennes.

– Héra était la sœur de Zeus, répondit-elle. Et également son épouse.

Zach et Matt eurent une grimace de dégoût.

– Grand-père nous a raconté que ce Grec, Zeuxis, était peut-être le premier *Animare*, reprit Matt. Il est mort de rire après avoir effectué une peinture très drôle d'une femme.

– Le pauvre, sanglota Jeannie en s'essuyant les yeux avec son tablier. Dès que je pense à lui, ça me fait de la peine.

Matt et Zach échangèrent un regard perplexe.

– Bande de crétins ! leur lança Em en les gratifiant d'une tape sur le crâne. C'est grand-père qui la rend triste, pas Zeuxis ! Vous voulez une tasse de thé, Jeannie ?

– Volontiers, mon petit. Si j'étais montée me coucher moins tôt, le soir de l'agression, j'aurais pu aider.

Em lui apporta son thé.

– Simon a dit qu'on pourrait aller rendre visite à Renard, ce soir. Ils vont bientôt le sortir du coma, j'en suis sûre, et il pourra nous raconter ce qui est arrivé à maman.

Matt et Zach ouvrirent la porte qui donnait sur la terrasse, s'apprêtant à partir.

– Où allez-vous par un temps pareil ? s'écria Jeannie. Vous allez attraper la mort !

Em rejoignit les deux garçons avant que Jeannie n'ait le temps de la retenir.

– On a besoin d'aller se promener, Jeannie. Tout ira bien. Promis.

Dehors, une pluie torrentielle tombait, les forçant à marcher courbés tandis qu'ils progressaient sur la pelouse. En se tenant tous trois par le bras, ils se dirigèrent vers l'atelier de Sandie. Les rafales de vent rendaient la conversation impossible. Em choisit la télépathie.

Pourquoi est-ce que tu parlais de Zeuxis, Matt ?

Je crois savoir comment la créature s'est introduite dans la bibliothèque. Cela a un rapport avec Zeuxis.

Comment cela ?

Quand Renard nous racontait l'histoire du caveau secret, il disait que les Animare *étaient prisonniers de certaines de leurs œuvres et que cela leur donnait beaucoup d'intensité. Ta terreur nocturne – je veux dire la créature – elle s'est peut-être échappée d'une peinture-cage ?*

Lorsqu'ils atteignirent l'atelier de Sandie, ils enjambèrent les marches du perron et s'abritèrent sous la corniche de pierre.

Matt essaya d'ouvrir la porte.

– Fermée ! grommela-t-il. Je m'en doutais.

Em jeta un œil à travers une épaisse paroi de verre.

– On ne peut rien voir. Il faut entrer.

– Dessine une clé, suggéra Zach.

Matt sortit son carnet de croquis de la poche de son ciré et s'exécuta tandis que Zach le protégeait de la pluie.

Imagine la serrure, Em.

Em hocha la tête et ferma les yeux. La main de Matt s'anima sur la page, comme guidée. Quand il eut fini, Em prit son dessin et ajouta des dents à la clé. Puis elle traça le contour de la serrure que Matt termina. Une lueur bleue surgit sous la poignée de la porte dont la serrure se désintégra et, en un éclair, une clé d'argent apparut dans la nouvelle serrure rutilante.

Zach ouvrit la porte. Em retint son frère.

– Attends. Maman ne nous en voudrait pas de fouiller dans son atelier ?

– Si on veut la retrouver, on n'a pas le choix, répliqua Matt.

Les jumeaux hésitèrent, puis suivirent Zach à l'intérieur.

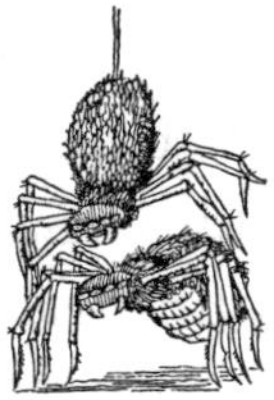

Chapitre 37

– Attention ! cria Matt en plaquant Zach au sol, tandis qu'une gigantesque vague s'engouffrait par la fenêtre de l'atelier de Sandie.

Derrière eux, Em éclata de rire.

Abasourdis, les garçons levèrent la tête et se rendirent compte qu'ils se tenaient devant une peinture murale. Un trompe-l'œil si bien réalisé qu'on croyait vraiment que la mer déferlait dans l'atelier. L'orage qui sévissait dehors le rendait encore plus réaliste.

Matt resta par terre un moment, s'accoutumant aux images étonnantes qui l'entouraient.

– Chaque peinture a l'air d'être en trois dimensions, remarqua-t-il. Comment s'y est-elle prise ?

– En employant une technique qui sert à créer une illusion optique, expliqua Em. Et avec les talents d'*Animare* de maman, c'est d'autant plus impressionnant.

Matt eut envie d'applaudir. Néanmoins, les trompe-l'œil tapissaient les murs et le plafond, si bien qu'il était difficile de distinguer les vrais objets des faux.

– C'est trop déroutant, se plaignit Matt. On devrait attendre que Simon et Mara reviennent de Largs pour fouiller cet endroit. Et il ne faut surtout pas qu'ils sachent que nous sommes venus ici à leur insu.

– Explorons chacun une partie de l'atelier, suggéra Em. De cette façon, ce sera moins perturbant.

Zach commença à inspecter la partie qu'il avait choisie. Sans réfléchir, il avança la main vers une soupière emplie de bonbons et ses doigts heurtèrent le mur.

Em fut brièvement captivée par un coin de l'atelier regorgeant de magnifiques fleurs dont elle pouvait presque humer les senteurs de jasmin, de lilas, mêlées au parfum délicat de sa mère. Ravalant ses larmes, elle se tourna vers une longue table sur tréteaux chargée de pots de peinture et de bocaux pleins de pinceaux. Sur le mur, au-dessus de la table, elle laissa courir ses doigts sur des clés anciennes accrochées à des crochets de cuivre peints. Il y avait une pyramide de casiers contenant des rouleaux de parchemin enrubannés ainsi que le tableau d'une femme de l'époque victorienne coiffée d'un chapeau de velours noir ressemblant à une araignée. Mais ce que préférait Em, c'était la rangée de fausses fenêtres peintes au-dessus de la table de travail de sa mère, avec des vues de Londres dont Em se souvenait : la volée de marches à l'extérieur de la National Gallery, la sculpture d'Henry Moore à Westminster, la place pavée de Covent Garden, l'étang du parc de Kensington.

– Regardez ça ! cria Matt du coin de la pièce.

Em donna un coup de coude à Zach et ils se retournèrent. Une pile de bagages peinte composée d'un vieux coffre, d'une valise noire, d'un sac rouge boursouflé et d'une sacoche marron semblait en équilibre précaire sur un chariot. Le trompe-l'œil était de la taille de la porte d'entrée. Ils passèrent les dix minutes suivantes à examiner les autres peintures de l'atelier et commencèrent à ressentir de plus en plus douloureusement l'absence de leur mère.

Elle me manque.

À moi aussi.

Tu crois qu'elle va bien, Em ?

Je ne sais pas. Je n'arrive pas à capter ses pensées.

Et c'était ce qui inquiétait le plus Em.

Au bout de vingt minutes, Em perdit espoir. Son esprit semblait plongé dans l'ombre. Elle percevait les pensées de son frère, identiques aux siennes, et se dit que leur mère était peut-être morte.

Une araignée velue de la taille d'un chat sauta de la peinture de la femme au chapeau. L'insecte bondit d'un pot de peinture à un autre, descendit le long d'un tréteau et fila vers les jumeaux.

Em poussa un cri. Matt saisit un tabouret et écrasa l'araignée qui disparut en bouffée de poussière noire. Em cria de nouveau tandis qu'une colonie d'araignées jaillit du chapeau de la femme, comme sortant d'un nid.

Avec leurs gros abdomens et leurs énormes yeux, elles formaient un flot qui coulait sur la table et se répandait au sol. Une épaisse liane se détacha d'un trompe-l'œil de plantes exotiques et vint s'enrouler autour de la cheville d'Em, la serrant si fort qu'elle la fit basculer et tomber à genoux.

Trois araignées bondirent de la table et atterrirent sur les épaules de Matt. Leurs pattes velues lui éraflaient la peau du cou comme des brosses métalliques. Matt les écrasa de ses mains, emplissant la pièce de nuages de poussière noire.

Zach vint secourir Em alors que les araignées continuaient à affluer du chapeau peint. Roulée en boule, les bras couvrant son visage, elle hurlait tandis qu'une araignée emmêlée dans ses cheveux lui écorchait le cuir chevelu.

– Vous détestez les araignées, intervint Zach en langue des signes. Vous créez ces images à cause de la disparition de votre mère, vous perdez le contrôle de votre imagination.

Noyée sous des araignées hostiles, Em répliqua :

– Je ne peux pas les arrêter !

– Zach, aide-moi à la sortir d'ici, demanda Matt.

Ignorant les insectes qui rampaient sur leurs bras, les deux garçons entraînèrent Em vers la porte, mais la liane la retenait, lui coupant la circulation sanguine.

Zach courut vers leurs cirés, plongea la main dans la poche de celui de Matt, en retira un carnet de croquis et un crayon. Matt était également recouvert d'araignées, mais il continuait à chasser vaillamment celles qui s'attaquaient à sa sœur. L'air était saturé de poussière de charbon.

Je suffoque.

Zach donna le carnet et le crayon à Matt.

– Dessine quelque chose ! Elle n'arrive plus à respirer.

Ignorant la marée d'araignées qui le submergeait, Matt se mit à dessiner à toute allure pour sauver sa sœur.

Chapitre 38

Matt dessina la première chose qui lui vint à l'esprit. Une hache avec une lame rouge vif plantée dans le plancher, à côté d'Em. Puis il s'en empara et trancha la liane qui retenait sa sœur prisonnière. Libérée, Em parvint à se traîner dehors, suivie des deux garçons. Dès que Matt eut refermé la porte de l'atelier, les araignées éclatèrent les unes après les autres, formant des bouffées noires.

– Tu pensais à *Jack et le haricot magique* ? demanda Em en s'essuyant la figure de sa manche.

– Si j'avais dessiné une tronçonneuse, je ne sais pas si elle aurait fonctionné sans électricité.

Em eut un rire chevrotant.

– Ton imagination aurait été une source d'alimentation suffisante, j'en suis sûre.

Zach attira leur attention.

– Matt, fit-il. Tu te rends compte de ce que tu viens de faire ?

– J'ai cassé le plancher de ma mère ?

Em comprit.

– Tu as dessiné la hache sans mon aide ! Je ne l'ai pas imaginée. Je pensais simplement que maman me manquait.

Matt haussa les épaules comme si cela ne l'étonnait pas, tâchant de dissimuler son excitation, et rappela :

– J'ai animé seul cette hache, mais grand-père avait dit que ça pourrait arriver... à tous les deux.

Zach leur tendit leurs cirés et répondit en langue des signes :

– Oui, mais en principe, les pouvoirs des *Animare* se développent quand ils sont adultes. Tu n'as même pas treize ans. S'ils continuent à évoluer de cette façon, tu imagines ce que ça va devenir ?

Les trois enfants traversèrent la pelouse mouillée en direction de la jetée, laissant dans leur sillage une traînée de poussière grise aussi nauséabonde que des gaz de pots d'échappement. La pluie avait cessé, l'orage s'éloignait. Zach et Em se posèrent sur un banc, au bout de la jetée, pendant que Matt s'amusait à faire des ricochets avec des galets pour cacher sa joie et sa nervosité.

– Quoi qu'il en soit, mes pouvoirs ne nous ont pas permis de retrouver maman, finit-il par déclarer en les rejoignant.

– Non, répondit Em. Mais nous avons découvert que maman était une grande artiste et... et... La sacoche ! s'écria-t-elle soudain. Pourquoi n'y ai-je pas pensé plus tôt ?

Elle se leva et fila vers l'atelier de Sandie.

– Attends ! cria Matt. Tu ne peux pas y retourner ! Tu vas peut-être tomber sur quelque chose de pire qu'une marée d'araignées, cette fois !

Zach les rattrapa et demanda :

– Quelle sacoche, Em ?

– La sacoche en haut de la pile de bagages peinte. Comme celle des gentils docteurs dans les vieux films d'horreur. C'est la même que celle que maman avait apportée de Londres quand on est venus sur l'île.

– Oui, je m'en souviens ! s'exclama Matt.

– Il faut que je l'examine de plus près, déclara Em.

– Dessinez de nouveau la serrure et la clé, ordonna Zach en langue des signes. Mais on ne peut pas prendre le risque d'animer l'atelier avec vos peurs. Cette fois, j'irai seul à l'intérieur.

Chapitre 39

Zach laissa les jumeaux à l'extérieur de l'atelier, derrière la porte close. Ils étaient censés guetter le retour de Simon et de Mara, mais préféraient regarder à travers la paroi de verre sombre les progrès de Zach.

L'orage passé, des rayons de soleil illuminaient l'atelier, rendant chaque peinture plus vivante qu'auparavant. Naviguant à travers la brume de poussière charbonneuse, Zach s'approcha de la pile de bagages en trompe-l'œil.

Tu y arrives ?

Tu seras la première à le savoir, Em. Fais le guet au lieu de me distraire. Je n'ai plus le droit de me servir d'un ordinateur, je ne tiens pas à ce qu'on m'impose une privation supplémentaire.

Zach était trop petit pour atteindre le haut de la pile. Il grimpa sur un tabouret et tenta d'attraper la sacoche.

Ils sortent du garage ! Il te reste deux minutes pour la récupérer. Dépêche-toi !

Zach sentit un picotement dans ses doigts en touchant la peinture murale. Comme de l'électricité.

Trente secondes.

Il palpa quelque chose de dur sous la sacoche peinte, une étagère en Plexiglas camouflée par le trompe-l'œil, sur laquelle reposait une vraie sacoche.

Je l'ai, Em ! Et la peinture dégage une sorte de courant.

Matt dit qu'il faut laisser la sacoche, sinon on va se faire prendre avec. On ne peut pas en parler à ton père et à Mara tant qu'on ne sait pas ce qu'elle contient.

Zach sortit et referma la porte. Ils piquèrent un sprint vers la jetée pendant que Mara et Simon sortaient du garage. Matt déchira leur dessin.

Mara entra dans l'atelier et Simon descendit les rejoindre.

– Qu'est-ce que vous avez fait ce matin ? s'enquit-il. Vous êtes couverts de suie comme des petits ramoneurs.

– Le conduit de cheminée s'est animé dans la chambre d'Em. On l'a aidée à nettoyer.

– On pensait marcher jusqu'au port, maintenant, annonça Em. Pour voir ce que l'orage a laissé sur le rivage.

– Bonne idée, approuva Simon.

– Est-ce qu'on va pouvoir rendre visite à notre grand-père, ce soir ? demanda Em.

– Je pense que oui, répondit Simon. Après le dîner. Le préfet m'a appelé ce matin. Selon l'enquête menée au port, un couple est arrivé à Auchinmurn en début d'après-midi, hier, mais ne serait pas retourné à Largs en ferry.

– Alors ils sont peut-être encore sur l'île, avança Matt. Et ce sont peut-être les ravisseurs de maman.

Simon se leva.

– La police a interrogé tous ceux chez qui ils auraient pu louer une chambre à Auchinmurn. Aucune trace du couple. Bien sûr, ils ont pu rejoindre le continent à l'abri des caméras de télésurveillance, mais j'en doute, surtout avec l'orage. Je pense qu'ils sont encore ici. La police surveille tous les quais et bateaux, et ce matin, votre mère a été officiellement portée disparue. Cela signifie que tous les commissariats et gendarmeries du pays vont être alertés.

– C'est une bonne nouvelle, je suppose, dit Matt sans conviction.

Simon acquiesça et fut interrompu par la sonnerie de son portable. Il s'éloigna de quelques pas sur la plage pour prendre l'appel.

Em donna un coup de coude à Zach afin qu'il lui transmette ce qu'il lisait sur les lèvres de son père.

Il discute avec quelqu'un qui est à l'hôpital.

Zach n'ajouta rien d'autre. Simon ferma son portable et traversa la pelouse jusqu'à la cuisine. Zach ferma son esprit à Em tout en réfléchissant à ce qu'il venait d'apprendre. Son père lui avait appris à rendre ses pensées inaccessibles en lui expliquant que cela serait parfois nécessaire avec Em. Zach avait protesté qu'il n'avait pas de secret à lui cacher, mais il comprenait maintenant que Simon avait raison.

– Qu'est-ce qu'il y a ? pressa Em. C'était qui ?

Zach répondit avec prudence.

– Le préfet, je crois. Elle lui parlait de marques sur les jambes et les chevilles de Renard.

– Et c'est tout ? s'énerva Matt.

– Je l'ai deviné en fonction de ce que répondait mon père, je ne sais pas ce qu'elle disait elle. Ce que j'ai compris, si je ne me trompe pas, c'est : « Bon sang, des morsures ! Vous savez ce que ça signifie ? » Puis il a raccroché.

– Et qu'est-ce que ça signifie ? s'enquit Em.

– Que la créature que tu as vue à la bibliothèque a attaqué grand-père, répondit Matt. Les marques sur le bois de la porte ressemblaient à des morsures.

Em eut un haut-le-cœur.

– Si cette horrible créature a attaqué grand-père, cela veut dire que quelque part sur cette île, un *Animare* lui commande de faire bien plus que hanter mes rêves ou se promener dans la bibliothèque, gémit-elle.

Chapitre 40

Sachant qu'ils devaient attendre avant de revenir récupérer la sacoche, Matt, Em et Zach décidèrent de profiter de la marée basse pour faire exactement ce qu'ils avaient dit à Simon.

Tandis qu'ils foulaient le sable, le vent soufflait encore assez fort et la mer était agitée. Le soleil brillait, mais on sentait l'automne arriver à grands pas. Parcourant le rivage en silence, ils s'arrêtaient de temps à autre pour ramasser quelque chose de brillant et le jetaient si cela n'avait pas de valeur.

– S'il y avait un *Animare* inconnu sur l'île, déclara Em pensivement, tandis qu'ils retournaient vers la jetée, grand-père l'aurait su. La créature était dans ma chambre bien avant qu'il se fasse attaquer.

– Il l'aurait senti, reconnut Matt.

Zach désigna un skiff obliquant sur la mer.

– Qui est-ce ? demanda-t-il dans sa langue.

L'homme aux avirons avait le visage dissimulé sous la capuche de son ciré sombre.

– Il doit venir du port, dit Em. Pourquoi est-il si pressé ?

– Il va peut-être pêcher à Era Mina ? suggéra Matt. Grand-père dit toujours que les conditions idéales, c'est quelques heures avant ou après un orage.

– Il se déplace vite pour un pêcheur, fit remarquer Zach, avant de courir vers la jetée. *Viens, Em !*

Em le rattrapa. Matt piqua un sprint.

– Attendez-moi !

À l'intérieur de l'abri de la jetée, Zach décrocha des jumelles accrochées à la porte. Le rameur à bord du skiff avait ralenti et inspectait la côte d'Era Mina. Zach passa les jumelles à Em.

– Tu l'as reconnu ? demanda-t-elle.

– Non. Et j'ignore s'il s'agit d'un homme ou d'une femme.

– D'un homme, assura Em. Et il cherche à accoster.

De l'abri, ils regardèrent l'homme s'approcher de la plage, à la pointe sud d'Era Mina, descendre de son skiff dans l'eau peu profonde et hisser son embarcation sur le sable. Puis il contourna la pointe d'Era Mina et les enfants le perdirent de vue.

– Il se dirige vers les grottes, dit Matt. Qu'est-ce qu'il va faire s'il découvre notre matériel ?

– Il ne le trouvera pas, répondit Em. Il y a plusieurs grottes. Il faudrait qu'il trouve la bonne, qu'il aille tout au fond, puis qu'il décide quel mur escalader avant de pouvoir repérer l'autre niveau de grottes. S'il en est capable, alors là, il tombera sur notre trésor.

Mais la marée monte. Il ne va pas prendre le risque de se retrouver piégé et de se noyer.

– Tu as sans doute raison, dit Matt en se détendant. Mais qui est cet homme ? Il a l'air de bien connaître l'île.

Ils se passèrent les jumelles et observèrent Era Mina jusqu'à ce que l'inconnu ressurgisse dans leur champ de vision, marchant à travers la plage en direction de la tour celte. Arrivé tout près de celle-ci, il s'arrêta soudain et s'accroupit.

– Il inspecte le sable, dit Matt. Et cette tour a l'air de vraiment l'intriguer. On devrait le suivre, voir ce qu'il cherche.

– On devrait d'abord récupérer la sacoche qui est dans l'atelier de maman, avertit Em.

– On n'a pas le temps, répliqua Matt en consultant sa montre. Ce type n'a pas traversé toute la baie à la rame, il vient du continent, c'est sûr. Et il retournera au magasin de location de bateaux et repartira à bord d'un ferry. En prenant un raccourci à travers la forêt, on pourra arriver à un endroit depuis lequel on sera bien placé pour voir où il va.

– Et la sacoche est mieux protégée à l'atelier qu'entre nos mains, au moins pour quelques heures, ajouta Zach en langue des signes.

Cependant, Em sentait que récupérer la sacoche était une priorité. Mais les garçons avaient déjà pénétré dans l'écurie, enfourché leurs bicyclettes et s'éloignaient maintenant dans la forêt. Il ne lui restait pas d'autre choix que les rejoindre.

TROISIÈME PARTIE

Chapitre 41

Monastère d'Era Mina
Moyen Âge

La cloche d'alerte de la tour du monastère s'était tue, mais, plus bas, une cacophonie d'ordres s'élevait de la cour. Posant le manuscrit du vieux moine au sol, Solon rampa jusqu'à la meurtrière du scriptorium. Ce qu'il vit l'ébranla.

Profitant de la tombée de la nuit, une horde de Vikings avait assailli le village, pillant la baie depuis le nord. Cela faisait des siècles que les attaques des Vikings étaient fréquentes mais ces dernières années elles avaient diminué, en particulier à Auchinmurn. Horrifié, Solon regarda les survivants se précipiter vers le monastère, en quête d'un abri. Postés sur les parapets, des moines archers tiraient avec adresse et précision pour repousser les Vikings mais, trop peu nombreux face à l'ennemi, ils perdaient la bataille. Ceux qui manœuvraient la lourde herse à l'aide d'un treuil n'allaient pas tarder à la laisser tomber, livrant les rescapés du village à leur sort.

Solon regarda les moines qui maintenaient courageusement la herse levée. Tous ses amis et professeurs. Certains d'entre eux étaient des *Animare*, mais étaient opposés à l'idée de se servir de leur imagination pour vaincre l'envahisseur. Pas alors que le monastère d'Era Mina était le seul endroit du royaume où les *Animare* étaient protégés et non considérés comme des abominations ou traqués comme des monstres. En échange, on leur demandait de mettre leurs pouvoirs au service exclusif d'une quête spirituelle.

Solon avait appris qu'il s'agissait de la Première Règle. Si un *Animare* l'enfreignait, il était passible d'emprisonnement ou même de peine de mort. Cela n'avait pas toujours été le cas, mais le monde n'était plus la planète enchantée dans laquelle il avait grandi. Un monde où la magie et les miracles se trouvaient désormais entre les mains d'hommes puissants, et où une imagination sans entraves constituait un blasphème.

Solon repéra sa mère qui se hâtait vers la herse. Puis il poussa un cri. Margaret, sa sœur aînée, portait sa fille Mary et la suivait. Margaret cherchait à franchir les portes avant que les moines ne laissent tomber la herse.

Cours, Margaret ! Tu peux y arriver !

Solon savait que seul le vieux moine pouvait capter ses pensées, mais il n'avait pu s'empêcher de soutenir sa sœur. Il retint son souffle jusqu'à ce que sa famille fût en sûreté derrière la muraille de l'abbaye.

Le long de celle-ci, des moines remplissaient des seaux de poix fumante, attendant l'ordre de l'abbé.

Mais où était l'abbé ? Et où était le vieux moine ?

Solon inspecta le chaos de la cour. Dans la marée de visages paniqués, il lui était de plus en plus difficile de distinguer qui que ce fût. Les moines abaissèrent la herse et s'empressèrent de fermer les portes. Armé de fourches et de pioches, un groupe de villageois assaillit les Vikings qui s'étaient introduits dans la cour.

Solon rassembla en vitesse les pages du *Livre des bêtes* étalées sur le parquet et les rangea sur les étagères. Il avait l'intention de partir à la recherche du vieux moine et d'aider à préparer le monastère au siège inévitable. Il fallait faire des réserves de vivres et d'eau, trouver des abris pour les femmes et les enfants. Mais quelque chose lui perça le tympan et le noir se fit.

Quand Solon quitta la tour, le vieux moine et l'abbé étaient poussés dans la cour par un deuxième groupe de Vikings. Ces derniers avaient envahi le monastère par l'arrière, en escaladant les murs à l'aide d'échelles, pendant que les portes et la sûreté des villageois retenaient l'attention des archers. À l'intérieur de l'abbaye, ils avaient trouvé leurs deux otages facilement et leur présence créait maintenant la stupeur dans la cour. Un jeune combattant viking se détacha du rang et atteignit en grimpant le coin d'une tourelle. De là, il sortit une corne d'ivoire d'un étui en peau de chèvre et souffla deux fois, interrompant la bataille.

Le chef s'avança au centre de la cour. Ses pieds et ses jambes étaient enveloppés de cuir de porc et il était revêtu de peau de renne et d'une cotte de mailles ; son casque en or luisait. Poussant les deux otages aux yeux bandés et aux poignets ligotés, il leva son épée à deux mains et la maintint au-dessus de sa tête.

– Je suis Rurik le Rouge, fils de Logmar le Berserkr, petit-fils d'Erik le Féroce. Déposez les armes ou vous périrez tous !

Sous son bandeau, le visage de l'abbé prenait un teint crayeux. Le vieux moine grimaça. Une blessure à la tête que Rurik lui avait faite avec la poignée de son épée continuait à saigner. Chaque homme, femme et enfant laissa tomber son arme au sol. Les archers baissèrent leurs arcs et s'éloignèrent de la herse, laissant les Vikings qui se trouvaient à l'extérieur entrer triomphalement.

Solon ! Solon ! Tu m'entends ?

Le vieux moine savait que Solon se trouvait à l'intérieur du scriptorium de la tour nord.

Tu m'entends ?

Il était agenouillé avec l'abbé, tandis que les hommes de Rurik encerclaient les villageois terrifiés.

Quatre ou cinq guerriers s'infiltrèrent dans la foule et s'emparèrent des enfants qu'ils traînèrent jusqu'au centre de la cour. Quand un père ou une mère protestait, une lame tranchante ou une lanière de cuir les faisait taire.

Je vous entends, maître. La voix de Solon était faible, endormie.

Quand tous les enfants du village furent rassemblés près du moine et de l'abbé, Rurik s'avança de nouveau et, couvrant les sanglots des petits et de leurs familles, déclara d'une voix tonitruante :

– Un siècle plus tôt, mes ancêtres régnaient sur ces îles. Les moines se sont acquittés de leur dette en nous volant une relique sans prix. En ce jour et au nom d'Odin, je suis venu récupérer ce qui m'appartient. Si vous refusez de me le rendre, cela vous coûtera la vie des enfants.

Chapitre 42

Île d'Auchinmurn
Aujourd'hui

Arrivés au port, essoufflés par un pédalage effréné à travers la forêt, Em, Matt et Zach firent un signe de tête à l'homme qui vérifia leurs billets à l'entrée de la passerelle d'embarquement du ferry.

– Je vais voir si l'inconnu se trouve à bord, dit Matt en grimpant l'escalier conduisant au pont. Gardez un œil sur la baie.

Matt revint quelques minutes plus tard.

– Rien. J'ai même vérifié les toilettes.

De la poupe, ils surveillèrent tour à tour la baie à l'aide des jumelles. Le ferry se trouvait à cent mètres du port de Largs quand Em repéra l'inconnu sur les vagues, à la pointe sud d'Era Mina.

– Qu'est-ce qui a bien pu lui prendre autant de temps ? demanda Matt. Même Jeannie aurait fait le tour de l'île plus rapidement.

– Il a dû faire une escale, suggéra Em. Il n'a pas l'air de se diriger vers les commerces de location de bateaux de Largs. Où est-ce qu'il va ?

Les trois enfants descendirent en premier du ferry, avec leurs bicyclettes, faisant de leur mieux pour ne pas assommer les passagers qui se trouvaient derrière eux. S'arrêtant près de la file de voitures qui s'apprêtaient à embarquer sur le ferry qui repartait, Matt prit les jumelles des mains de Zach. L'inconnu suivait maintenant la côte, guidant son skiff vers le sud. Ils enfourchèrent leurs vélos et roulèrent le long de la promenade noire de monde, dans la même direction que le rameur. Tout le monde était sorti pour profiter du retour du soleil et la foule ralentissait leur progression.

– On ne peut pas le laisser nous échapper, dit Matt en s'énervant.

– Attention ! cria Em.

Matt allait se faire renverser par un car en voulant éviter une famille sur la promenade. Il fit un écart et en profita pour lancer sa bicyclette au-dessus des marches de la plage et effectuer un atterrissage parfait dans le sable. Derrière lui, le chauffeur se déchaînait sur son klaxon.

– Qui lui a appris à conduire ? brailla Matt, tandis que sa sœur et Zach le rejoignaient.

– Tu exagères, c'était entièrement ta faute, répliqua Em. Tu aurais pu mourir !

Matt la fusilla du regard.

– Tu n'es pas ma mère.

– On va le perdre de vue, fit Zach.

Matt jeta sa bicyclette dans le sable.

– Bravo, commenta Em en s'écartant d'un bond. Quel bébé !

Matt se mit à marcher de long en large.

– Il faut dessiner, déclara-t-il.

– Il y a trop de monde, objecta Zach dans sa langue.

– Il faudrait dessiner quelque chose qui nous permette de le suivre plus aisément, marmonna Matt, ignorant l'avertissement de Zach. Et qui n'attire pas l'attention sur nous.

– Un hors-bord ou un réacteur dorsal, proposa Zach, ne plaisantant qu'à moitié.

– Et si on laissait nos vélos ici et qu'on prenait un taxi dans un endroit plus calme ? suggéra Em.

Zach n'avait pas d'argent sur lui. Matt comptait utiliser les cinq livres en sa possession pour autre chose. Il attacha sa bicyclette près d'un stand. Pus il sortit un carnet de croquis et trois crayons mordillés de son sac et s'avachit contre un muret pour dessiner.

Maman a besoin de nous, pressa Em. *Ses ravisseurs, si elle a été enlevée, sont peut-être en train de nous surveiller.*

Tant pis. Je vais quand même dessiner.

Zach et Em attachèrent leurs bicyclettes près de celle de Matt. Zach grimpa sur le muret et surveilla l'inconnu avec les jumelles. Assise à côté de son frère, Em observait la main de Matt qui volait à travers la page. Elle comprit ce qu'il esquissait et se concentra sur les traits de son croquis. Peu lui importait de savoir s'il avait besoin d'elle, leurs efforts combinés permettraient de donner plus de pouvoir à l'animation de Matt.

Zach sauta du muret.

– Il a disparu, fit-il. Il n'est pas venu vers le rivage à la hauteur du site funéraire. Il est allé plus loin le long de la côte.

Il regarda le dessin de Matt. Un oiseau de la taille d'un balbuzard avec des yeux bleus perçants et une tête de mouette émergeait.

– Qu'est-ce que c'est ?

– Un caladrius, répondit Matt en langue des signes. Un oiseau mythique qui prédit l'avenir. Renard m'en a parlé.

Matt ombra les ailes de l'oiseau.

– Tu penses qu'un oiseau qui prédit l'avenir peut nous aider à savoir où va cet inconnu ? s'exclama Em.

Matt sourit. Zach secoua la tête.

– Frimeur. Non, sérieusement. Comment cet oiseau va nous aider à pister cet homme ?

Matt gomma le haut du dessin et retravailla la tête de son sujet.

– J'espère que vous êtes prêts, déclara-t-il. Car pour moi, c'est une première !

Au début, Em distingua simplement un avion dans le ciel et ne pensa pas que le dessin de Matt s'était animé. Elle allait s'emparer d'un crayon quand le plus bel oiseau qu'elle ait jamais vu surgit du bleu. Ses ailes de velours lui donnaient l'air de sortir d'un rideau et Em décocha à son frère un sourire admiratif. Remarquant ses larges pupilles, son admiration se mua en panique.

Quelques touristes attroupés devant un marchand de glaces aperçurent l'oiseau et le pointèrent du doigt, bouche bée.

– Incroyable, commenta un vieil Anglais. Même les mouettes sont plus grandes ici.

Le caladrius planait maintenant au-dessus des jumeaux. Ses ailes créaient un courant d'air si puissant qu'Em faillit tomber. Matt se concentra sur son animation et l'envoya voler à travers la baie. Et à ce moment-là, Em comprit ce qui n'allait pas.

Zach, aide-moi.

Em tenait Matt par le coude en lui expliquant où poser les pieds. Zach s'empara du dessin et vit les yeux de Matt à la place de ceux du caladrius. Matt avait pourvu l'oiseau de sa propre vue.

– Je n'avais pas prévu ça, reconnut-il en avançant avec l'aide de sa sœur. Mais je dois faire avec.

– Et si c'est irréversible ? s'inquiéta Em.

– Je devais prendre ce risque, répondit Matt. Pour maman.

Chapitre 43

Dans la rue principale, Zach et Em guidèrent Matt jusqu'à l'arrêt de bus le plus proche. Au grand soulagement d'Em, il y avait peu de monde. *Il ne manquerait plus que des gens nous reconnaissent et rapportent nos exploits à Jeannie ou Simon*, songea-t-elle.

– Matt, tu es sûr que ça va ? demanda Em.

Ils n'avaient jamais mis une partie de leur corps dans leurs dessins. Renard ne le leur en avait jamais parlé et Em n'aurait jamais imaginé que c'était possible.

– Ça fait un effet bizarre, mais je ne me sens pas mal, répondit Matt.

Em le pinça.

– Comment as-tu pu faire une chose pareille ? C'est vraiment stupide !

Demande-lui si ça lui plaît de voler.

– Zach voudrait savoir si tu aimes voler, transmit Em.

– C'est super. Parfois le ciel est bas et la mer haute, mais ce qui me trouble le plus, c'est que je peux vous voir marcher vers l'arrêt du bus.

Matt s'interrompit pour rétablir son équilibre en s'appuyant sur Zach.

– Pardon. J'ai les jambes en coton et... la nausée.

Le caladrius survola la baie, rasa la surface de l'eau avant de s'élever dans les airs.

– J'ai la tête qui tourne, se plaignit Matt.

– Préviens-nous si tu as envie de vomir, répliqua Em.

Matt se redressa.

– Ça va aller, mais on devrait rentrer. Peu importe où passe le prochain bus du moment qu'il va vers le sud. Le caladrius a repéré l'étranger au-delà du terrain de golf.

Zach proposa de se poser sur un banc et de laisser l'oiseau suivre le rameur.

– Si l'animation ne peut pas atteindre une telle distance, il vaut mieux ne pas prendre le risque de le perdre, suggéra Em en empêchant son frère de basculer.

– J'ai l'impression que le caladrius s'amuse avec moi, confia Matt. Et qu'il fait exprès d'effectuer des piqués.

– Tous les oiseaux volent de cette façon, répondit Em sans la moindre compassion.

– Prenons le prochain bus.

Zach fit signe au bus qui arrivait et Em présenta son titre de transport ainsi que celui de Matt au chauffeur. Ils se serrèrent tous les trois sur deux sièges, à l'avant du véhicule.

Où est l'inconnu, maintenant, Matt ?

Il ralentit. Il se dirige vers le monument du Crayon.

Le monument du Crayon avait été construit sur le rivage de Largs pour commémorer une bataille contre les Vikings.

Soudain, Matt sursauta. La passagère assise derrière lui maugréa.

Il a repéré le caladrius. Il le regarde. Je vais gagner de l'altitude.

Zach se tourna vers Em.

On le connaît ?

– Tu sais qui est ce type, Matt ?

– Il a retiré sa capuche. On va descendre à l'arrêt du monument. Il s'approche de la plage. Je peux presque voir son visage... Il ne s'arrête pas au yacht-club. Il va accoster près des rochers, devant la tour.

Matt descendit plus facilement du bus qu'il n'y était monté. Il s'habituait à être physiquement au sol tandis que son imagination s'élevait au-dessus des nuages. C'était comme jouer à un jeu vidéo tout en marchant.

Bras dessus, bras dessous, ils franchirent le pont qui menait au yacht-club et au parc. Ils s'approchèrent d'une table de pique-nique envahie par la végétation. Matt dirigea le caladrius vers l'intérieur de l'île.

Em donna un coup de pied dans une pile de récipients en carton vides et de canettes de bière.

– Ça pue, ici !

Tandis que le caladrius effectuait des cercles dans les airs, Zach et Em observaient l'inconnu qui examinait le sol autour du monument de la même manière qu'il l'avait fait autour de la tour d'Era Mina.

– Qu'est-ce qu'il cherche ? questionna Em.

– Aucune idée, répondit Matt.

– Essaie de dessiner son visage.

– Comment ? Je ne peux pas voir le papier.

– Fais de ton mieux.

Animé par Matt, le caladrius se posa sur le monument. Matt jeta un œil sur l'inconnu et Em lui glissa le carnet de croquis entre les mains.

– Ne fais pas le malin, avertit Em en lui remettant un crayon. Contente-toi de dessiner son visage.

Matt se concentra et essaya de remuer les doigts. Le noir se fit dans son esprit. Puis, soudain, les ténèbres se dissipèrent. Mais au lieu de voir l'inconnu à la base du monument, Matt vit tout autre chose. Blessé, l'inconnu se trouvait dans une grotte, appuyé à Zach, également mal en point.

Il sauta de la table de pique-nique, trébucha et s'affala près d'un tas de déchets.

– Qu'est-ce qui se passe ? s'affola Em. On dirait que tu as vu un fantôme.

– Le type..., bredouilla Matt. Zach n'a rien ?

– L'inconnu regagne son skiff, répondit Em. Zach va bien. Pourquoi ?

– J'ai vu quelque chose qui ne s'est pas encore produit, je crois. Ça doit être grâce au caladrius qui voit l'avenir.

Zach et Em l'aidèrent à se relever. Matt tenta d'esquisser les traits du visage de l'inconnu, lequel, curieusement, lui était familier. La vision le déconcentrait. Zach et l'inconnu étaient allongés, blessés, à l'intérieur d'une grotte envahie par la marée, dans la crique des Moines d'Era Mina.

– Je suis malade, prévint Matt en se penchant.

Et cette fois, il restitua le contenu de son estomac.

Chapitre 44

Trente minutes plus tard, l'inconnu rapportait son skiff à un magasin de location au nord du port de Largs, pendant que Zach et les jumeaux descendaient d'un bus.

– Je ne peux pas aller plus loin, gémit Matt, nauséeux. Emmenez-moi derrière le muret de la plage. J'ai besoin de m'allonger.

Zach et Em s'exécutèrent et regardèrent l'étranger au visage dissimulé par une capuche monter sur une moto garée sur le parking. Étendu sur le sable, Zach maintenait le caladrius au-dessus des habitations.

– Il prend la rue principale, indiqua Em. Qu'est-ce qu'on fait ?

– Laissons le caladrius le suivre jusqu'à ce que je sois déconnecté.

Le motard et l'oiseau s'éloignèrent en direction d'Haylie Brae.

– Il retourne à Glasgow, dit Matt. Non ! Par pitié, non !

– Matt ? pressa Em. Qu'est-ce que tu vois ?

Matt adopta une position fœtale et couvrit son crâne de ses mains.

– Matt ! Tu m'entends ? Mattie !

Em s'agenouilla près de son frère sans savoir comment le soulager.

– Mes yeux me brûlent, gémit Matt. J'étouffe, je ne vois rien.

– C'est à cause de l'oiseau. Zach, va chercher le dessin !

Un couple se détacha de la foule de la promenade et se précipita vers eux. L'homme retira sa veste et la roula sous la nuque de Matt. Sa chevalière scintilla au soleil, éblouissant Em qui cligna des yeux. Puis elle reconnut la femme qui l'accompagnait. Il s'agissait du couple qui leur avait réclamé une représentation.

– Il a déjà eu une attaque ? questionna l'homme.

– Jamais, répondit Em en regardant son frère qui se tortillait dans le sable.

L'homme plaqua ses mains sur les épaules de Matt et fit un signe de tête à sa compagne. Em remarqua leur expression étrange.

– Qu'est-ce que vous faites ? demanda-t-elle.

– Je dois l'empêcher de se faire mal, répliqua l'homme pendant que la femme fouillait dans son sac.

Une petite foule s'était rassemblée. Les convulsions de Matt commençaient inquiéter les badauds. Em se sentait mal à l'aise. Le couple ne lui inspirait pas confiance.

– J'appelle le 999, annonça une baigneuse plantée devant la foule.

– Je suis médecin, répliqua l'homme. Et ma femme est infirmière. Nous pouvons l'emmener jusqu'à l'hôpital qui est de l'autre côté de la rue plus vite qu'une ambulance.

Zach, cet homme ment. Je peux le sentir. On ferait mieux de se méfier de ce couple. On les a déjà vus. Tu t'en souviens ?

Zach saisit le carnet de croquis et déchira le dessin du caladrius en petits morceaux. Les yeux de Matt roulèrent dans leurs orbites et son corps s'immobilisa. Terrifiée, Em se jeta sur lui et ne fut rassurée que lorsqu'elle sentit son souffle contre sa joue.

Tu m'entends, Matt ?

– J'appelle quand même une ambulance, décréta la baigneuse.

L'homme qui se prétendait médecin saisit Em par le bras et l'éloigna de Matt.

– Dans une minute, il ira mieux. La crise passe. Mais je vais quand même l'emmener à l'hôpital.

Zach, il faut sortir Matt de là. Ces deux-là sont dangereux.

Matt recouvra la vue. Étonné de voir un homme le clouer au sol, il s'écria :

– Lâchez-moi !

– Je suis docteur...

Matt, il ment.

Zach vit la femme du médecin sortir une seringue de son sac et la glisser à son partenaire dont les genoux reposaient maintenant sur la poitrine de Matt.

Cherchant à se dégager, celui-ci envoya un coup dans les parties génitales de son sauveur. Il put enfin rouler sur le côté et Em en profita pour jeter une poignée de sable à la figure de la femme.

Fuyons !

Chapitre 45

Zach, Em et Matt s'élancèrent sur la plage. Clignant des yeux sous la lumière du soleil, Matt était heureux d'avoir recouvré la vue. Et quand la première voiture de police arriva au port, la seule personne qui pouvait témoigner de ce qui s'était passé était la femme qui avait appelé le 999. Le soi-disant médecin et son épouse avaient décampé.

Zach éloigna les jumeaux du front de mer et les entraîna à l'intérieur d'un Abribus vide du centre-ville.

– Qui était ce couple ? questionna Em, essoufflée.

– Sans doute les gens dont Simon nous a parlé hier, ceux que la police recherche, répondit Matt d'une voix rauque.

Il avait une migraine et une douleur à la poitrine dès qu'il respirait.

Les mains sur les hanches, Em se tenait devant son frère.

– Et cette attaque, j'ai eu tellement peur ! lui reprocha-t-elle en le frappant sur le bras. Qu'est-ce qui s'est passé avec le caladrius ?

– Tu ne vas pas me croire, répondit Matt en se frottant le bras.

– Essaie toujours.

– L'inconnu m'a tiré dessus – enfin, sur le caladrius. En arrivant au sommet d'Haylie Brae, il s'est garé sur une aire de repos, a levé la tête, visé et tiré.

– Avec quoi ? demanda Zach en quelques signes.

– Je ne sais pas. Un fusil de chasse, je crois.

– C'est pour ça que tu as eu une attaque ? reprit Zach.

– Quand le caladrius a été touché, j'ai vu une explosion de couleurs et de lumière, puis c'était comme si j'avais aussi reçu les plombs. Ma poitrine brûlait, c'était horrible.

Em observa son frère un instant. Il avait les yeux injectés de sang et le teint livide. Elle s'assit près de lui et posa sa tête sur son épaule.

– À ton avis, pourquoi a-t-il tiré sur l'oiseau ? Il a compris qu'il était suivi ?

– Il aurait fallu qu'il soit vraiment perspicace pour s'en rendre compte, répondit Zach en langue des signes. Sauf si c'est un *Animare* ou un Gardien. Je suis content que tu t'en sois sorti, mais nous n'en avons pas fini avec les problèmes.

En face de l'Abribus, deux voitures de police venaient de se ranger sur le côté, et les officiers bavardaient, vitres ouvertes.

– Ils sont à notre recherche ? demanda Matt.

Se levant trop vite, il fut pris de vertiges.

– Ou à la poursuite du couple qui voulait t'enlever, répondit Em.

Zach leur expliqua qu'il ne parvenait pas à distinguer leurs lèvres et leur conseilla de ne pas s'attarder.

– En se dépêchant, on peut prendre le prochain ferry, suggéra-t-il. On récupérera nos vélos sur le quai.

Ils sortirent de l'Abribus et prirent un raccourci en empruntant les allées d'un jardin pour retourner au port. Ils se présentèrent avec dix minutes d'avance à l'embarquement du ferry.

L'inconnu sommeillait de l'autre côté d'Haylie Brae. Il s'était arrêté à une aire de repos pour regarder le caladrius effectuer des cercles dans le ciel. Après avoir tiré, il était descendu de sa moto, s'était étendu dans l'herbe, et, avec la chaleur du soleil sur sa figure, s'était endormi.

À présent, il se réveillait tandis qu'une boule orange naissait derrière les pics de Kintyre. Il enfourcha sa Harley et retourna à Largs.

Chapitre 46

– Bon sang ! s'exclama Jeannie en pressant Matt contre son ample poitrine. Qu'est-ce que tu t'es fait ?

Ils venaient d'entrer dans la cuisine de l'abbaye.

– Tu as une infection aux yeux ? s'inquiéta-t-elle en examinant Matt. Tu as de la fièvre ? reprit-elle en lui touchant le front. Ou c'est à cause de quelque chose qu'il ne vaut mieux pas que je sache ?

– Je préfère ne pas en parler, répliqua Matt en se dégageant. Si ça peut vous consoler, je vais bien et ça m'a donné une leçon.

– Oui, renchérit Zach en langue des signes. Tu tâcheras d'être une cible moins facile, la prochaine fois.

– Vous avez eu des nouvelles de grand-père ? demanda Em.

– Son état ne s'améliore pas, soupira Jeannie. Il est toujours dans le coma. Vous comptez lui rendre visite ?

– Oui, dit Matt. J'ai simplement besoin de m'allonger

quelques minutes. *Je suis épuisé, il faut que je dorme. Ne révélez rien de ce que nous avons fait aujourd'hui avant de savoir ce que contient la sacoche de maman.*

Em hocha la tête.

Sans Matt et Renard, l'ambiance fut plus calme durant le dîner. Après avoir rapporté à tous les détails concernant la santé de Renard, Mara se tut. Em et Jeannie évoquèrent une émission de télé qu'elles aimaient bien, et Zach, en langue des signes, parla à son père de l'orage, de la marée haute, du nombre d'arbres tombés au sol qu'ils avaient vus en traversant la forêt à bicyclette.

– Cela me fait plaisir que vous alliez voir votre grand-père, ce soir, déclara Simon aux jumeaux. Entendre vos voix lui fera du bien, j'en suis sûr.

– Il aura conscience de notre présence ? s'enquit Em.

– J'en suis certain, sourit Simon.

– La police a-t-elle avancé ? demanda Mara en aidant Jeannie à débarrasser la table. Que savent-ils au sujet de l'agresseur de Renard ?

– Selon Clarissa Bond, Sandie s'est volatilisée, rapporta Simon. Il n'y a de traces d'elle nulle part.

– Et toujours pas de demande de rançon, souligna Mara. Elle n'a peut-être pas été enlevée, après tout...

– Mais si elle est partie, ce n'est pas sans raison ! s'exclama Em.

– Non, bien sûr, la consola Mara. Néanmoins, il peut s'agir d'une raison que nous ne comprenons pas encore.

– Laquelle ?

Simon jeta sur Mara un regard assassin.

– Il serait déplacé de ma part de vous répondre à ce sujet, finit par dire Mara.

Une tension s'installa. De toute évidence, les adultes taisaient un certain nombre de choses, et cela exaspérait Em. Elle allait protester lorsque Zach pénétra ses pensées.

Nous non plus, nous ne leur disons pas tout, Em. Ne prononce aucune parole que tu risques de regretter ensuite.

Simon tendit une tasse de café à Mara.

– D'après le préfet, Sandie n'a été repérée à bord d'aucun avion, train, car, bus ou ferry, de John O'Groats à l'île de Wight, confia Simon. Si elle a quitté l'Angleterre, c'est en employant ses pouvoirs.

– En animant un dessin ? demanda Em en se resservant du jus de fruits. Les Gardiens en auraient conscience, si c'était le cas ?

– Pas forcément, répondit Simon. Depuis le départ de ton père, ta mère n'a plus le même Gardien. Renard l'a remplacé, mais il ne pourra guère nous aider tant qu'il ne sera pas rétabli.

– Et si on essayait de retrouver notre père sans lui ? lança Em, pleine d'espoir. Il pourrait peut-être nous dire si Sandie... va bien.

– C'est une excellente idée, approuva Mara.

Simon posa bruyamment son bol de pudding sur la table.

– Pourquoi tiens-tu tant à retrouver Malcolm, Mara ? Personne n'a entendu parler de lui depuis des années. Nous n'avons pas les moyens d'employer nos ressources – sans parler de celles de la police – à sa poursuite. Par ailleurs, s'il était proche, ce qui voudrait dire qu'il se sent concerné – ce qui m'étonnerait fort ! –, il se serait déjà montré pour nous aider, tu ne penses pas ?

– Désolée, Simon, dit Mara d'une voix calme. Mais je ne peux m'empêcher de penser qu'il existe un lien entre le départ de Malcolm il y a des années, et celui, récent, de Sandie.

Em avala de travers. Zach lui tapota le dos et lui tendit son verre d'eau. Furieux, Simon se leva.

– Tu ne devrais pas leur mettre des idées pareilles en tête ! Em, Mara se trompe. Je dois maintenant aller vérifier certaines choses et je vous prie de m'excuser. Accordez-moi une demi-heure et réveillez Matt, ensuite nous irons à l'hôpital.

Em nettoya la table plus vite que jamais. Elle ne donnait pas tort à Mara, même si c'était pénible à accepter, car elle et Matt avaient également songé à cela le soir de la disparition de leur mère.

Et s'il existait un lien entre ces deux abandons, que lui fallait-il en déduire ?

Chapitre 47

Zach et Em partirent chercher la sacoche dans l'atelier de Sandie. Em avait hâte de découvrir ce qu'elle contenait, surtout si cela lui permettait d'obtenir des éclaircissements sur ce qui était arrivé à sa mère et, éventuellement, à son père.

Avec un dessin de serrure et de clé qu'elle avait gribouillé dans sa main, Em marchait en tête à travers les jardins de l'abbaye. Zach avait emporté une lampe électrique. Pour l'instant, l'éclairage extérieur suffisait. Toutefois, dans la pénombre, il était plus facile de communiquer par télépathie qu'en langue des signes. *Est-ce que tu as une piste pour retrouver ton père, Em ? Tu te souviens de son départ ?*

Oui, il s'était disputé avec ma mère au milieu de la nuit. Matt s'en souvient aussi. Au matin, il n'était plus là. Il ne nous a pas dit au revoir, ni laissé un mot, rien. Mara peut peut-être nous aider ? Elle a connu mes parents quand ils étaient ensemble. Mais je dois l'interroger à l'insu de Simon.

Je sais.

Alors qu'il ne leur restait plus que la moitié de la pelouse à traverser, une panne de courant plongea l'abbaye et son domaine dans l'obscurité. L'unique lumière provenait du phare de la tour d'Era Mina.

Ils attendirent, comptant sur le groupe électrogène pour prendre le relais. Mais avant que l'éclairage ne revienne, Em entendit un bruit de verre brisé provenant des cloîtres.

Elle saisit Zach par le bras et l'entraîna derrière l'un des ateliers au moment où deux individus sortaient précipitamment de celui de Sandie en emportant quelque chose. Le phare d'Era Mina éclaira un instant l'installation de miroirs de Mara, donnant l'illusion de voir jaillir une foule à travers les arbres.

C'est le couple de la plage, Em.

Em envoya un message à son frère. *Matt ! Ils sont en train de voler la sacoche !*

Matt s'éveilla en sursaut. Il s'habilla, fila en bas, traversa la cuisine déserte et sortit. Il distingua Zach qui s'enfonçait dans la forêt. Em ralentit à la lisière des arbres pour laisser à son frère le temps de la rattraper.

Ayant grandi sur l'île, Zach connaissait chaque arbre, chaque ruisseau et chaque clairière. Au contraire, le couple de fuyards se trouvait en terrain inconnu, trébuchant et dérapant dans les sous-bois. Fatiguée, la femme lança un coup d'œil par-dessus son épaule.

Zach, ne les perds pas de vue. Avec Matt, on te rattrape dans une minute.

Devant Zach, l'homme contourna maladroitement un pin tombé au sol que la femme préféra enjamber. Puis ils disparurent.

Étonné, Zach s'approcha de l'endroit où il les avait vus disparaître et eut envie de rire. Enlisés dans la vase jusqu'à la taille, ils tendaient désespérément les bras vers les branches les plus proches afin de se dégager. Matt et Em arrivèrent hors d'haleine. Em et Zach échangèrent un regard complice. *Des sables mouvants.* Matt brandit un stylo et Em lui montra son bras sur lequel étaient dessinés la clairière et des sables mouvants. Zach les félicita. Le couple n'irait sans doute pas plus loin, contrairement à la sacoche. Puis il entendit l'avertissement d'Em.

La sacoche coule. Attrape-la !

Tandis que Matt le retenait fermement par les pieds, Zach tendit la main, saisit la poignée de la sacoche et la retira de la boue.

Le couple n'avait pas l'air surpris de les voir. La femme cherchait à s'extraire des sables mouvants, mais à chaque mouvement, elle s'enfonçait davantage. Matt s'accroupit au bord du marécage.

– Nous avons étudié l'histoire de cette île. Vous avez de la chance, on aurait pu vous plonger dans du goudron bouillant !

– Si vous ne bougez pas, ça devrait aller, conseilla Em.

– Qui êtes-vous ? questionna Matt.

– Aidez-nous d'abord, implora la femme en descendant d'un cran dans la vase. Ensuite, nous serons ravis de vous renseign...

– Vous n'êtes pas vraiment en position de négocier, il me semble ? souligna Matt.

– Nous sommes les seuls à savoir ce qui est arrivé à votre mère, dit la femme, irritée.

Em croisa le regard de Matt puis de Zach.

Elle ment, c'est dommage.

– Nous ne sommes pas idiots, dit Matt. Vous devez même savoir que nous sommes des *Animare*, puisque c'est plutôt sous les tropiques qu'on trouve ce genre de marécages.

L'homme leva les bras comme s'il se rendait.

– Tu as gagné. Je suis Tanan Olivier et ma partenaire s'appelle Blake Williams.

Em remarqua qu'il avait un léger accent français et des yeux vert jade.

– Quand votre mère a quitté Londres, elle a emporté quelque chose qui ne lui appartenait pas, reprit Tanan. C'est ce que nous sommes venus récupérer.

– C'est la raison pour laquelle elle est partie de l'abbaye ? demanda Em.

– Pas tout à fait, répondit Tanan.

Il dit peut-être la vérité, mais il s'efforce de cacher ses sentiments. Il ne me plaît pas.

– Vous avez essayé de me droguer cet après-midi, accusa Matt. Vous cherchiez à m'enlever ?

– Nous pensions que tu serais un otage convaincant pour procéder à un échange, mais finalement, cela n'a pas été nécessaire.

– Charmant, marmonna Em.

– Vous n'avez pas répondu à la question de ma sœur, insista Matt. Est-ce que notre mère est partie pour cette raison ? Que lui est-il arrivé ?

– Lorsque nous sommes entrés dans son atelier, la nuit de ces regrettables agressions, nous ne l'avons pas vue, répondit Tanan.

Blake s'approcha du bord du marécage.

– Nous sommes restés sur l'île au cas où elle aurait décidé de revenir après avoir appris que Renard avait été attaqué. Nous avons eu de la chance de trouver la sacoche en son absence.

– Ça suffit, Blake, coupa Tanan en se tournant vers les jumeaux. Quand nous avons fouillé l'abbaye, votre grand-père était déjà blessé au pied de l'escalier. Nous sommes partis quand nous avons entendu l'employée de maison arriver. Nous savions qu'elle avait prévenu la police.

Il ne ment pas, mais il continue à dissimuler le principal.

– Si vous n'avez fouillé que l'abbaye, comment saviez-vous que la sacoche se trouvait dans l'atelier de Sandie ? s'enquit Matt.

Tanan sourit.

– Grâce à la montre que vous portez tous les trois. Nous avons pu y introduire notre propre traceur de géolocalisation sans difficulté. C'était le jour où Blake bavardait avec vous au café du port pour tenter de vous convaincre de nous présenter votre spectacle.

Matt détacha rageusement sa montre et la fourra dans sa poche. Se figurant que cela n'avait plus d'importance, Em conserva la sienne. Derrière les jumeaux, la sacoche calée sur l'épaule, Zach éclairait les visages du couple enlisé.

– Pour qui travaillez-vous ? demanda Em.

Blake afficha un air méprisant.

– Vous en saurez plus quand vous nous aurez sortis de là. Mes chaussures sont fichues !

Em se tourna vers son frère.

– Qu'est-ce qu'on fait, Matt ?

– Laissons-les barboter dans la vase. On peut peut-être la porter à ébullition ?

Tanan et Blake écarquillèrent les yeux.

– Ils le mériteraient, répliqua Em. Ils ont trouvé grand-père blessé et l'ont abandonné.

– Allons chercher mon père ou Mara, proposa Zach en langue des signes. Ils pourront les persuader de parler davantage, je suis sûr.

– Vous n'allez pas nous laisser comme ça ! s'affola Blake.

– Oh si, répondit Em en lui montrant le dessin sur son bras. Au moins pour un moment.

Chapitre 48

Malgré ce qu'ils avaient déclaré devant Blake et Tanan, le trio n'arrivait pas à s'accorder sur la décision à prendre et hésitait entre passer un coup de fil anonyme à la police ou libérer le couple en effaçant le dessin. Ce dernier choix ne les obligerait pas à avouer à Simon qu'ils avaient de nouveau enfreint la Première Règle et leur semblait préférable. Mais dès que les jumeaux eurent traversé la terrasse et pénétré dans la cuisine, Simon et Mara se jetèrent sur eux, sans remarquer Zach, qui venait à la faveur de l'obscurité de glisser la sacoche derrière un tas de bois.

– Où étiez-vous passés ? se fâcha Simon.

– Pendant la panne de courant, on a vu deux personnes sortir de l'atelier de maman et on les a pourchassées. J'ai envoyé un message à Matt par télépathie et... je n'ai pas eu le temps de vous prévenir. On devait faire vite pour qu'ils ne nous échappent pas, alors on a décidé de les piéger. Et maintenant, on a besoin de votre aide.

– Vous avez décidé de les piéger, répéta Simon en marchant de long en large.

Em présenta son bras.

– Dans des sables mouvants dessinés par Matt.

Mara réprima un rire.

– Et vous les avez laissés dedans ? questionna Simon d'un air incrédule.

– On ne savait pas quoi faire, répliqua Matt. Mais ils ne sont pas en danger. La vase est tiède.

Simon explosa.

– Merveilleux ! Et quand ils parviendront à s'extraire de leur piège, ils iront raconter à tout le monde qu'ils ont pris un bain de boue au milieu de la forêt d'Auchinmurn. Or, nous n'avons vraiment pas besoin d'attirer davantage l'attention !

Zach s'interposa entre son père et les jumeaux.

– Je ne crois pas qu'ils vont en parler, expliqua-t-il à Simon. Ils avaient l'air de comprendre ce que Matt avait fait avec son dessin et ils nous ont dit qu'ils étaient venus récupérer quelque chose que Sandie leur avait pris.

– Ils doivent travailler pour sir Charles Wren, déclara Mara.

– C'est qui ? demandèrent les jumeaux de concert.

– Avec Renard, Wren possède les pouvoirs de Gardien les plus puissants du monde. Il préside le Conseil européen des Gardiens. Il est en désaccord avec votre grand-père depuis votre naissance. Renard veut modifier la règle concernant l'emprisonnement de l'imagination des *Animare* tandis que sir Charles tient à conserver nos anciens principes.

– C'est un homme redoutable, ajouta Simon. Que le rôle de Gardien ne satisfaisait pas.

– Comment ça ? s'enquit Matt.

– Un Gardien doit protéger son *Animare* sans rien attendre en retour. Renard et ses collègues n'ont jamais pu le prouver, mais, selon la rumeur, Wren s'est servi de plusieurs *Animare* pour s'enrichir.

– Comme Grace Fortescue ? demanda Em.

– Exactement, répondit Simon. Renard s'était rendu à une réunion de Gardiens vivant en Écosse et ces derniers lui ont rapporté que Wren complotait contre vous deux.

Mara consulta sa montre et sortit son portable de sa veste.

– Que fait-on au sujet du couple, Simon ? Si tu tardes trop, vous serez refoulés à l'hôpital. Nous pourrons expliquer aux jumeaux la suite de ces théories de conspiration à votre retour.

– Appelle le préfet, ordonna Simon. Donne-lui rendez-vous au marécage. On vous laissera le temps de vous y rendre avant qu'Em efface le dessin. Ensuite, le préfet se chargera d'eux.

– Vous pensez que ce Wren a enlevé ma mère ? questionna Matt.

– Si ce couple vous a dit la vérité, sir Charles voulait simplement obtenir quelque chose d'elle.

– Aucune idée de ce que ça pourrait être ? demanda Em d'un air innocent.

– Non, fit Simon. Je ne vois pas.

Et Em fut certaine qu'il ne mentait pas.

Chapitre 49

– Juste ciel ! s'écria Simon. Où est passée ta sœur ?

Ils attendaient dans la cour, à l'intérieur du véhicule de Simon.

– Elle voulait apporter quelque chose pour grand-père, répondit Matt.

Un instant plus tard, Em surgit avec un paquet aussi large qu'une petite table basse et un bouquet de marguerites du jardin de Jeannie.

– On ne peut pas y aller sans fleurs, annonça-t-elle en se glissant sur la banquette arrière.

Le voyage sur le ferry puis jusqu'à l'hôpital se déroula en silence. Matt et Em étaient perdus dans leurs pensées. Simon était inquiet des incidents qui entouraient la disparition de Sandie. Zach examinait leurs montres afin de s'assurer qu'elles ne contenaient plus de système permettant de les localiser.

À leur arrivée à l'hôpital, un médecin les accosta à l'extérieur de la chambre de Renard.

– On a administré de fortes doses de calmants à votre grand-père et il est relié à plusieurs appareils qui surveillent ses signes vitaux. La bonne nouvelle, c'est qu'il parvient à respirer seul.

À l'entrée de la chambre, à la vue de la jungle de tubes, de la pâleur et de la faiblesse de cet homme qu'elle adorait, Em faillit se détourner pour fondre en larmes.

– Je peux l'embrasser ? demanda-t-elle au médecin.

– Tout à fait, répondit-il en les entraînant dans la pièce. Il en sera ravi, je pense.

Près du lit, mal à l'aise, Matt et Zach s'appliquaient à dissimuler leur trouble. Em se blottit contre son grand-père et écouta, soulagée, les battements réguliers de son cœur.

Les garçons parlèrent du temps, de la prolifération des méduses dans la baie, de leur maquette qui ne progressait pas assez vite, puis allèrent se percher sur le rebord de la fenêtre pendant qu'Em rapprochait une chaise du lit de Renard.

– Je t'ai apporté un cadeau, déclara-t-elle en saisissant le paquet que Simon avait porté à sa place.

Elle le posa sur ses genoux, déchira l'emballage de papier kraft, révélant *Le Champ aux coquelicots,* de Vincent Van Gogh, que Renard avait acheté des années plus tôt.

– C'est le tableau qui était accroché dans le bureau de grand-père ? questionna Matt.

Sans répondre, Em installa l'œuvre d'art sur la commode, en face de Renard, afin qu'il puisse l'admirer dès qu'il ouvrirait les yeux.

– C'est un original, souligna Matt.

– Je sais, répondit Em.

– Tu ne peux pas laisser une peinture de cette valeur ici. Quelqu'un va la voler.

– Je m'en fiche. Ce tableau rend grand-père heureux. Je veux qu'il sente qu'il est près de lui. Peut-être que... ça l'aidera à sortir du coma.

– C'est gentil, dit Matt. Mais est-ce que tu as prévenu Simon ?

– Je l'ai aidée à l'emballer, intervint Simon en revenant dans la chambre. C'est une idée charmante, je trouve, ajouta-t-il en étreignant Em. Ce tableau est l'un des préférés de Renard. Il contient peut-être des pouvoirs que nous ignorons.

Alors qu'ils traversaient le parking de l'hôpital, Simon s'arrêta.

– Personne n'a envie d'une glace ? Il fait bon. On pourrait aller s'asseoir au port et regarder les pêcheurs partir.

Atterrés par cette suggestion qui retarderait davantage ce qu'ils attendaient avec impatience – découvrir ce que contenait la sacoche de Sandie –, ils secouèrent fermement la tête à l'unisson.

Simon parut surpris.

– Très bien. Comme vous voulez. Mais vous m'avez bien entendu prononcer le mot « glace » ?

– On est fatigués, répondit Em en glissant son bras sous celui de Simon. On aimerait se coucher tôt ce soir.

Sur le ferry, les enfants pouvaient difficilement contenir leur nervosité. Ils arpentaient le pont en se chamaillant, dérangeant les autres passagers, et Simon avait dû leur demander de se rasseoir à deux reprises.

À l'intérieur du garage de l'abbaye, les enfants descendirent de la voiture avant même qu'il ait coupé le contact. Ils enjambèrent les marches de l'entrée, crièrent « bonne nuit » à Jeannie et montèrent à l'étage après être convenus de se retrouver dès que les adultes seraient couchés.

Ce fut l'heure la plus longue de leur vie. Recroquevillée sur une chaise, près de la fenêtre, Em lisait un livre provenant de la pile de romans posée sur sa table de chevet et guettait l'extinction des lumières de la cuisine. À l'instant où le noir se fit, elle envoya un message par télépathie aux garçons.

La route est dégagée.

Au pied de l'escalier de service, Matt fit le guet pendant qu'Em surveillait la porte du couloir et que Zach se glissait dans les jardins.

Venez vite.

Em pâlit et regarda son frère.

– Il y a un problème. Zach veut nous voir.

Ils sortirent par la terrasse et trouvèrent Zach occupé à creuser près d'une pile de bûches.

– La sacoche a disparu, déclara-t-il en langue des signes.

QUATRIÈME PARTIE

Chapitre 50

Monastère d'Era Mina
Moyen Âge

Solon ! Solon, tu m'entends ?

– Je le répète, déclara Rurik. Je suis venu récupérer ce qui m'appartient de plein droit. Vous avez jusqu'à l'aube pour me le rendre ou je tiendrai parole : cela vous coûtera la vie des enfants.

Se croyant blessé par une flèche, Solon palpa sa tête avant d'ouvrir les yeux. Sa peau était intacte.

Solon ! Tu m'entends ?

Solon se souvint qu'il se trouvait dans le scriptorium de l'abbaye. Finalement, c'était le pouvoir des paroles de son maître qui lui avait fait perdre connaissance et non une flèche de Viking. Il rampa jusqu'au mur, se leva, et, par la meurtrière, entrevit la scène dans la cour.

Je suis là, maître. Que veut Rurik ?

Il veut ce qu'il ne peut, ce qu'aucun homme ne pourra

jamais plus posséder – mais c'est sans importance. Pour l'instant, il faut que tu nous aides à préparer une attaque avant l'aube.

Solon se détourna de l'anxiété de sa famille, de ses amis, et se concentra pour écouter la stratégie du vieux moine. Une fois qu'il fut sûr d'avoir compris ce qu'on attendait de lui, il se mit au travail.

Tout d'abord, il s'empara des pages inachevées du *Livre des bêtes* et les cacha sous sa tunique. Ensuite, il rassembla les encriers du vieux moine et les rangea dans un sac en peau de chèvre qu'il fixa à son épaule. Il sortit du scriptorium, ferma la porte à clé, et, plaqué contre le mur de pierre glacé du couloir, descendit l'escalier en colimaçon et emprunta le passage qui menait au hall de l'abbaye. Une sentinelle viking marchait de long en large devant les portes qui donnaient sur la cour, mais de l'autre côté du hall, la porte orientée face à la mer n'était pas surveillée.

Solon se glissa derrière une tapisserie pour réfléchir. Il devait atteindre l'autre extrémité du hall et gagner le rivage. Devait-il profiter de l'instant où la sentinelle avançait le dos tourné pour courir le plus vite possible, ou ramper lentement au sol en se cachant parmi les pieds des fauteuils et les tapis en fourrure ?

Solon s'élança. Sans s'arrêter pour reprendre haleine, il poussa la porte, traversa les jardins de la cuisine et fonça jusqu'à la plage. Les encriers rebondissaient contre sa poitrine et les pages lui grattaient le ventre, lui rappelant sa mission.

Il monta à bord d'une barque dont les moines se servaient pour naviguer entre les îles et s'éloigna du rivage. Grâce aux courants, il eut à peine à ramer pour atteindre Era Mina. Une fois sur le sable, il contourna la pointe de l'île jusqu'à une crique abritant des grottes. Mais au lieu de se diriger vers les grottes, il retira les peaux de phoque qui enveloppaient ses pieds et entreprit d'escalader la paroi de la falaise. Durant son ascension, les pages du *Livre des bêtes* se mirent à lui picoter la peau.

Tu te rapproches ?

Oui.

La lumière de l'aube baignait l'île. La brume s'enroulait autour de pics lointains comme le souffle de Dieu. En progressant, Solon mesurait la distance qui lui restait à parcourir à l'aide de la largeur de ses mains. Treize mains plus haut, il s'arrêta. En arrachant la mousse qui tapissait la roche d'ardoise, Solon dévoila une ouverture, une galerie creusée dans la falaise.

Je suis à l'intérieur.

Bien. As-tu confiance en moi, Solon ?

Oui... Oui, maître, toujours et éternellement.

Car tu vas devoir me livrer ton imagination totalement. Souviens-toi de tout ce que je t'ai enseigné.

Solon installa son matériel, ses encriers, les pages de parchemin. Puis il s'accroupit à l'intérieur de la grotte et attendit le lever du soleil.

À l'aurore, la lumière illuminait la grotte. Solon avait entendu parler de son existence à travers les histoires des moines, mais ne s'y était jamais rendu. Seuls le vieux moine et l'abbé étaient autorisés à venir dans ce lieu humide et dangereux, et, vu leur âge, aucun d'eux ne s'y était aventuré depuis des années.

Époustouflé, Solon contempla les immenses et magnifiques gravures sur les parois d'ardoise. Elles figuraient des êtres monstrueux, aussi anciens et mystérieux que l'île elle-même. Si l'auteur de ces images extraordinaires était le vieux moine, il ne l'avait pas dit à Solon. Les détails, l'intensité des couleurs et la beauté de chaque gravure forçaient l'admiration.

De son doigt nu, il effleura les lignes des fresques gravées et sentit de nouveau un picotement. Toute sa vie, il avait entendu les ménestrels évoquer des monstres mythiques à travers leurs chansons et affirmer qu'un jour, en Écosse, une ou plusieurs de ces créatures surgiraient des entrailles de l'île quand le besoin s'en ferait sentir. Il se demanda s'il deviendrait lui aussi le personnage d'une histoire contée autour d'un feu. Les ménestrels chanteraient-ils sa bravoure ? Cette possibilité le fit sourire.

Il étala la feuille de parchemin au sol et se tint prêt.

Le moment est venu, Solon. Peins ! Nos vies en dépendent.

S'adossant à une gravure particulière selon les instructions de son maître, Solon ferma les yeux et commença. Son pinceau plongeait dans différents encriers et s'animait à toute allure sur la page. Il laissa l'image prendre forme dans son esprit, livrant son imagination au moine. Le picotement gagna ses membres, lui donnant envie de danser. Mais lorsqu'il augmenta, Solon eut alors l'impression d'être tombé sur un lit d'orties. Sa peau le brûlait et il fut pris de nausée. Ravalant sa bile, il continua son œuvre. Derrière lui, il sentit la paroi de la grotte bouger, comme si la peinture gravée s'en détachait pour pénétrer son corps et son cœur. Secoué de spasmes, il lâcha son pinceau.

Ne laisse pas l'image te dominer, Solon. Si tu cèdes, tu échoueras. Nous échouerons.

Les larmes aux yeux, Solon expira lentement et ramassa son pinceau. Le dos plaqué à la paroi, il reprit le contrôle de son imagination. Ses brûlures s'atténuèrent et ses convulsions cessèrent. Quelques minutes plus tard, son nez se mit à saigner, mais il persévéra, laissant les gouttes de sang se mêler à son dessin comme une encre rouge.

Dans la cour du monastère, Rurik s'impatientait.

– Amenez-moi cette enfant ! rugit-il en désignant de son épée Mary, la nièce de Solon.

Margaret se rua sur Rurik en criant. Deux gardes vikings l'interceptèrent tandis qu'un troisième jetait

Mary aux pieds de leur chef, comme une vulgaire poupée de chiffon.

L'aube s'était levée.

De la pointe de son arme, Rurik écarta une natte du visage de Mary, exposant sa nuque fine. Au loin, on entendit le chant d'un coq. Un silence écrasant s'abattit sur la cour. Même les pleurs des mères et les chants funèbres des moines s'étaient arrêtés.

L'abbé observa le vieux moine affalé au sol. La sueur perlait au front de ce dernier, il peinait à respirer, ses paupières s'agitaient comme si le vent lui soufflait à la figure, et ses mains attachées derrière le dos semblaient manier une plume imaginaire. L'abbé regarda la mère de Mary. Agenouillée entre ses ravisseurs, elle priait.

L'épée brandie au-dessus de sa tête, Rurik s'apprêtait à tuer Mary, quand l'ombre d'un homme vêtu d'une cotte de mailles tomba sur la fillette. Le soleil, bien que bas, projetait au sol la longue ombre de Rurik, mais en la regardant avec attention, le Viking fronça les sourcils. Il s'agissait bien de son ombre, mais... ailée.

Au-dessus de Rurik, un grand cerf blanc pourvu de larges ailes descendit dans la cour, planta ses bois dans le torse du chef des Vikings et le souleva dans les airs. L'épée tomba par terre, près de Mary. Sa mère se releva et entraîna sa fille à l'abri.

Rurik ne lutta même pas. Les bois du cerf lui avaient transpercé le cœur. Frappés de stupeur, les villageois observaient l'ombre de Rurik le Rouge sur les pavés de la cour se métamorphoser en celle d'un gigantesque cerf ailé.

– Solon le chevauche ! cria quelqu'un.

À la vue de Solon perché sur le péritio, de Rurik le Rouge empalé sur les bois de la créature, les gens oublièrent leur peur. Saisissant leurs fourches, leurs pics et leurs faux, ils attaquèrent les envahisseurs qui s'enfuirent, terrifiés, dans la forêt.

L'abbé consola le vieux moine comme seul un Gardien savait le faire.

– Frère Renard, qu'avez-vous fait ?

Ils regardèrent Solon guider le péritio vers Era Mina.

– Il me revenait d'animer les fresques de la grotte car je suis le plus âgé, soupira frère Renard, la tête posée sur les genoux de son ami. Et bien que Solon soit fort doué, il n'est pas encore en mesure d'animer seul, et j'avais besoin de ses pouvoirs imaginatifs.

– Vous vous êtes servi de Solon comme d'une plume ? demanda l'abbé en tapotant les mains tremblantes du vieux moine. Et à travers lui, vous avez invoqué l'une des bêtes emprisonnées dans les fresques sacrées de la grotte ?

Frère Renard acquiesça.

L'abbé parut peiné.

– Frère Renard, cette animation a un prix. Vous avez enfreint la Première Règle en animant une bête qui a été visible aux yeux de tous. Et regardez dans quel état vous êtes. Vous avez peut-être détruit votre propre cerveau.

Tu t'es bien débrouillé, Solon.

Merci, maître.

Animer le péritio à travers l'imagination de Solon avait vidé frère Renard de ses dernières forces.

– La vie d'une enfant était en jeu, murmura-t-il, les yeux rivés sur une mère berçant sa fille. Et sa vie est bien plus importante que la mienne.

– Pourquoi avoir choisi le péritio, mon ami ?

Dans son esprit, frère Renard vit défiler toutes les créatures qu'il avait animées, comme si celles-ci revivaient.

– Le péritio est une créature pure et noble. Je ne pouvais pas prendre le risque de libérer l'une des pires.

– Bien sûr, répondit l'abbé, comprenant enfin tandis qu'il regardait Solon et le péritio s'éloigner à l'horizon. Vous avez poussé Solon à remplacer l'ombre de Rurik par celle du cerf ailé, car le péritio ne tue qu'une seule fois au cours de son existence, et uniquement pour reprendre son ombre.

Chapitre 51

Île d'Auchinmurn
Aujourd'hui

– On aurait dû regarder à l'intérieur de la sacoche quand c'était encore possible, se lamenta Em, marchant de long en large devant la cheminée du salon situé à l'étage.

Frustrée, elle donna un coup pied dans le canapé.

– On aurait dû, mais on ne l'a pas fait, répliqua Matt en faisant griller une tranche de pain dans les flammes à l'aide d'une fourchette.

– Il y a un grille-pain, lui rappela Zach en langue des signes, posant le morceau noirci que Matt lui tendait sur l'accoudoir de son fauteuil. C'est plus efficace et bien meilleur.

– Mais c'est bon quand c'est un peu brûlé ! s'exclama Em en s'emparant du pain. C'est comme ça que maman l'aime et nous aussi.

Où était leur mère à l'heure actuelle ? Était-elle en

sûreté ? La reverraient-ils un jour ? D'après Em, Matt semblait éviter d'y penser tandis qu'il avançait une nouvelle tranche de pain dans les flammes. Zach rapprocha son fauteuil du feu. L'humidité de l'orage matinal avait imprégné l'abbaye et le retour du soleil en fin d'après-midi n'avait pas suffi à réchauffer les pièces.

– Si Simon avait découvert la sacoche, il nous en aurait parlé, dit Zach en langue des signes.

– Sauf s'il veut nous en cacher le contenu, répondit Em.

Matt croqua une bouchée de pain brûlé.

– Non, je suis d'accord avec Zach, répliqua Matt.

– Alors qui l'a prise ? s'enquit Em en couvrant ses jambes d'une couverture.

– Mara ? fit Zach.

Les jumeaux le regardèrent d'un air sceptique.

– Elle tient peut-être aussi à nous cacher des choses ? reprit Zach.

– Si c'est ce que tu penses, alors on peut aussi soupçonner Jeannie, répondit Em.

Matt se laissa choir près de sa sœur au moment où Zach se levait.

– Allons au moins jeter un œil dans la chambre de Mara, insista ce dernier.

– Maintenant ? gémit Matt.

– Pourquoi pas ? Si c'est elle qui l'a trouvée, la sacoche est soit dans sa chambre, soit dans son atelier.

Profitons de son absence : elle est encore avec la police et le couple dans le marécage.

– Je ne sais pas si je me sens d'attaque à me lancer dans d'autres aventures ce soir, avoua Matt.

– Moi non plus, renchérit Em.

Elle s'enfonça davantage dans le canapé et saisit le journal de Grace Fortescue, son livre de chevet actuel. À regret, Zach changea de sujet. Il ouvrit son ordinateur, bien qu'il n'ait plus le droit de s'en servir, et demanda en quelques signes :

– Que va-t-il arriver à Tanan et à Blake ?

– La police va peut-être les arrêter pour violation de propriété et les renvoyer à Londres, répondit Em.

Matt s'élança à travers la pièce et sauta au-dessus du canapé, ratant de peu la tête d'Em. Elle le frappa de son livre.

– Ce n'est pas le seul meuble de la pièce ! râla-t-elle.

– Je sais, mais c'est le seul qui me permette de t'embêter.

Ignorant les jumeaux, Zach se plongea dans l'informatique jusqu'à ce que le livre d'Em vienne le heurter à l'épaule en volant à travers le salon. Il leva le nez et découvrit Matt et Em, une lampe électrique à la main, postés près de la porte.

– On a changé d'avis. On va aller inspecter la chambre de Mara. Tu viens avec nous ?

Chapitre 52

Les garçons étaient venus moins souvent qu'Em dans la chambre de Mara. Ils avaient oublié le luxe tapageur des lieux. Un lit à baldaquin drapé de rideaux de velours rouge et parsemé de coussins brodés dominait la pièce. Près de la fenêtre, des chaises inconfortables, un canapé étroit et une table ronde en acajou composaient un coin salon. Des peintures dont l'or des cadres luisait tapissaient un mur entier. Certaines brillaient avec le rayonnement de l'art des *Animare*. Telles des sentinelles, deux penderies bien garnies flanquaient la porte de la salle de bains de Mara, et un secrétaire rutilant équipé de dizaines de tiroirs reposait contre le mur du fond.

– Em a de la chance de monter la garde, commenta Matt. De notre côté, on risque de passer des heures à fouiller cette chambre.

Les garçons commencèrent par les penderies, estimant que c'était l'endroit le plus profond pour une cachette. Matt choisit celle de gauche et Zach s'approcha de celle de droite. Après avoir déplacé quelques vêtements, il se mit à glousser.

– Content que ça t'amuse, grogna Matt. Je n'ai jamais vu autant de jeans à l'extérieur d'un grand magasin.

– Em ne pourrait jamais dormir ici, remarqua Zach.

– Pourquoi ?

Zach rit.

– Parce qu'elle animerait ces habits en les transformant en personnages de *La Belle et la Bête*.

– Concentre-toi, Zach. Essaie d'oublier Em au moins cinq minutes, d'accord ?

Vous en êtes où, Matt ?

On n'a rien trouvé.

Se résignant à accepter l'omniprésence de sa sœur, Matt reprit ses recherches. Mais les deux garde-robes contenaient uniquement des vêtements.

– On a perdu trop de temps, décréta Zach dans sa langue. La sacoche est cachée ailleurs. Sortons.

Cependant, juste avant de quitter la pièce, il remarqua les pieds sculptés du lit et ajouta :

– Sous le lit. Entre le moment où elle a déniché la sacoche et celui où elle a dû partir rejoindre la police et le couple, elle ne devait pas avoir beaucoup de temps. Le plus rapide était sans doute de la glisser sous le lit.

Soulevant le rabat de l'épais couvre-lit en brocart, Matt coula un regard et distingua une boîte plate, en bois, trop petite pour contenir la sacoche. Il la saisit quand même et sortit le paquet qu'elle renfermait. Sur celle-ci, Matt lut :

Matt et Emily Calder
L'abbaye
Île d'Auchinmurn
Ayrshire

Matt replaça la boîte sous le lit.

– Pourquoi Mara nous adresserait-elle un paquet ? questionna-t-il.

Il examina le timbre et le cachet de la poste. Cela provenait de la National Gallery et avait été expédié un jour avant leur arrivée sur l'île.

Toujours rien, Matt ?

Si, Em. Rejoins-nous dans le salon. Essaie de retarder Mara si tu la croises. Elle ne devrait pas tarder à rentrer.

Pendant que Zach s'assurait qu'ils n'avaient rien dérangé, Matt soupesait la lourde enveloppe dans sa main.

– Em va nous tuer si on l'ouvre sans elle, fit Zach.

Tu es où, Matt ?

On s'apprête à sortir de la chambre de Mara. Pourquoi ?

Parce qu'elle est de retour. Elle se dirige vers vous.

Matt entendit le cliquetis des talons de Mara retentir depuis l'escalier.

– Elle arrive, dit-il à Zach.

Il fourra l'enveloppe sous son tee-shirt.

– Viens, ajouta-t-il.

Il se glissa sous le lit gigantesque, suivi de Zach. Ce faisant, il bouscula la boîte qui dépassa du sommier, la rendant soudain visible sur le parquet. À l'extérieur de la porte, il entendit Mara qui cherchait ses clés dans son sac.

À toi de jouer, Em ! On ne peut pas sortir de la chambre.

Je monte le plus vite possible, je ne veux pas réveiller Simon.

On a ouvert sa porte avec un dessin. Elle va se rendre compte que quelqu'un est dans sa chambre !

Sous le sommier, Matt écarta légèrement le rabat du couvre-lit afin de voir les lieux. Il donna un coup de coude à Zach. Mara était entrée et examinait la serrure d'un air perplexe.

– Mara ! cria Em. Vous pouvez venir une seconde ?

Ignorant Em, Mara balaya la pièce du regard. Elle marcha en direction du lit. Cette fois, ils étaient cuits. Mais au dernier moment, de son pied, elle repoussa la boîte sous le lit et ressortit.

– Qu'est-ce qu'il y a, Em ?

Tremblants, Matt et Zach rampèrent à découvert et allèrent se cacher derrière la porte en attendant de pouvoir progresser de nouveau.

Mara me rend un petit service ; un truc de filles. Sortez de la chambre car je suis très mal à l'aise.

Le paquet sous son tee-shirt, Matt saisit Zach par le bras et décampa.

Dix minutes plus tard, Mara regagna sa chambre en ayant parfaitement conscience que les enfants y avaient fouiné. Elle sourit. Sans doute avaient-ils trouvé le paquet qu'elle avait intercepté le jour de leur arrivée. Elle devait remercier Arthur Summers. Sa confession adressée aux jumeaux représentait l'ultime confirmation de ce qui était arrivé à Malcolm.

Mara entendit la porte de sa chambre s'ouvrir tandis qu'elle contemplait son mur de tableaux. Elle pivota pour accueillir son invité avec un sourire complice.

Chapitre 53

Devant les braises mourantes de la cheminée, alors que tout le monde dormait, Matt, Em et Zach contemplaient le paquet.

– À toi l'honneur, Matt, dit Em.

Il le renversa, laissant tomber sur la table une boîte en bois et une lettre.

Matt ouvrit la boîte et y découvrit une feuille de papier sur laquelle figurait l'esquisse d'un tableau familier.

– J'ai vu cette peinture dans le caveau de l'abbaye. Je me souviens des tourbillons noirs, jaunes et verts.

Il tendit le dessin à Em et Zach.

– Il y a une inscription au dos, dit Em.

À nos fils et filles,
N'oubliez jamais que l'imagination est le monde du réel
et de l'éternel. C'est Hollow Earth.
Duncan Fox, Édimbourg, 1848

Em fronça les sourcils. Où avait-elle entendu parler de Hollow Earth ?

– Qu'est-ce que ça signifie ? s'enquit Matt.

Zach ouvrit son ordinateur portable et appuya sur quelques touches avant d'afficher sur son écran un dessin identique à celui qu'Em tenait à la main, accompagné de la légende suivante :

Hollow Earth. *Le célèbre tableau de l'artiste écossais Duncan Fox évoque l'entrée d'un purgatoire mythique où sont enfermés toutes les bêtes et démons jamais imaginés.*

– Maman et ce type qui était venu nous retrouver dans un café, à Londres, avaient évoqué Duncan Fox et Hollow Earth ! s'exclama Em. Cette histoire est vraiment dingue, mais Duncan Fox croyait à l'existence de ce monde. Il a fondé une société pour le protéger.

– Ça ne me dit rien... j'étais là ? questionna Matt.

– Tu étais parti écouter le joueur de vielle. C'était une journée tellement chaotique que j'avais oublié de t'en parler.

– Duncan Fox devait être un *Animare*, devina Matt. Sinon, son tableau ne se trouverait pas dans le caveau.

Zach tapa sur la table pour attirer leur attention. Il pointa le doigt vers la lettre.

– Tu as raison, Zach, répondit Em. Il faut la lire.

Et elle le fit à voix haute :

Chers Matt et Em,

Votre mère et moi sommes des amis de longue date. Elle a effectué un travail admirable sous ma direction, mais le moment est venu pour elle de recouvrer sa liberté. Quand vous serez plus grands, vous comprendrez qu'elle n'avait pas d'autre choix que de commettre certains actes répréhensibles. Elle a agi ainsi à cause d'un secret concernant votre père, un secret que j'ai découvert par hasard avec sir Charles Wren, et qui l'a asservie à nous trop longtemps. Pour cela, je suis sincèrement désolé.

Arthur Summers

– Des actes répréhensibles ? répéta Matt. Un secret concernant notre père ?

– Il veut certainement dire par là que votre mère a été contrainte de commettre quelque chose d'illégal, fit Zach. Qui est Arthur Summers ?

– On l'appelait simplement le Blond, répliqua Matt, sentant la colère l'envahir. Elle travaillait pour lui. Elle faisait de la restauration de tableaux.

Zach effectua une recherche en ligne avec le nom Arthur Summers. Les dix premiers résultats relataient tous la même affaire.

– Il a été assassiné, exposa Zach en quelques signes, avant de s'asseoir entre les jumeaux pour leur permettre de voir l'écran.

– D'après cet article, il a été tué pendant le cambriolage qui a eu lieu dans le laboratoire de restauration du musée, commenta Em, interloquée.

– Regarde la date du meurtre, dit Matt stupéfait. C'était le jour de notre départ de Londres.

– D'après les sources, résuma Em à voix haute, Summers faisait partie d'un réseau international de contrefaçon d'œuvres d'art. Son assassinat va peut-être permettre de faire tomber cette organisation mondiale de faussaires.

– Maman faisant de fausses œuvres d'art ? déclara Matt. Impossible.

– Réfléchis, répondit Em. On ne sait pas trop comment elle gagnait sa vie à Londres. Et on vivait dans un bel appartement.

Incapable de maîtriser son anxiété, Matt se mit à marcher de long en large derrière le canapé.

– Très bien. Elle était peut-être victime d'un chantage, ce qui expliquerait la phrase du Blond à propos du fait qu'elle n'avait pas le choix.

– Je le pense aussi, dit Zach en quelques signes.

– Mais qu'est-ce qu'elle pouvait bien savoir au sujet de notre père pour accepter de subir un chantage ? demanda Em avec inquiétude.

Matt donna un coup de poing dans le mur.

– Si seulement on pouvait questionner grand-père ! Il doit être au courant, lui !

– Assieds-toi, Matt ! ordonna Em. Tu vas réveiller tout le monde. Zach, montre-moi le reste de l'article sur le cambriolage.

– Un seul tableau a été volé. Celui-ci.

Quand Em vit le tableau s'afficher à l'écran, elle poussa un cri. Elle avait la chair de poule et le cœur battant. Les garçons la dévisagèrent.

– Qu'est-ce qu'il y a ? s'enquit Matt.

– La créature de ce tableau… c'est ma terreur nocturne – celle qu'on a aperçue dans la bibliothèque !

Chapitre 54

Le lendemain matin, quand les jumeaux entrèrent dans la cuisine, Jeannie déplaçait bruyamment des casseroles qui n'avaient pas besoin d'être rangées et Zach terminait son petit déjeuner. Em reçut son avertissement.

Attention. Jeannie est de mauvaise humeur.

– Vous aussi, vous voulez déjeuner, j'imagine ? bougonna-t-elle en jetant un torchon sur le comptoir. Vous avez vu l'horloge ? Il est plus de dix heures. Votre anniversaire n'est que demain, donc pas de faveurs. Ce n'est pas un restaurant ! Je ne sers pas de petits déjeuners toute la matinée, j'ai mieux à faire, figurez-vous !

Qu'est-ce qui l'a mise dans cet état, Zach ?

Personne n'est venu déjeuner ici ce matin.

– Pardon Jeannie, murmura Em. On a veillé tard hier soir. On était plongés dans des... jeux vidéo.

– Il n'y a aucune raison de ne pas respecter les horaires des repas en l'absence de Monsieur R., grommela-t-elle.

Em s'aperçut qu'un calme inhabituel régnait dans l'abbaye. Aucune musique ne s'échappait du bureau de Simon. Par la fenêtre, elle remarqua que les volets et la porte de l'atelier de Mara étaient fermés.

– Où sont les autres ? questionna-t-elle.

Non ! Tais-toi, Em.

– Je vais te dire où ils sont ! s'emporta Jeannie. Au nouveau café qui vient d'ouvrir au port !

Elle détacha son tablier, le roula en boule et, d'un geste hostile, le jeta dans le panier à linge.

– Comme si payer leur petit déjeuner lui donnait un meilleur goût que le mien !

Elle sortit son manteau et ses sacs de courses d'un placard.

– Cela m'étonnerait ! Je suis sûre qu'il n'y a pas un gramme de beurre écossais dans leurs scones.

Elle sortit par la porte donnant sur la terrasse et se dirigea vers le garage en ronchonnant.

– On va pouvoir manger ce qu'on veut, commenta Matt.

– Alors personne n'est venu ici ce matin ? s'étonna Em. Pas même Simon ? ajouta-t-elle en découpant une banane dans son bol de céréales. C'est bizarre, non ?

Zach posa sa cuillère et ses mains s'animèrent.

– Simon doit être à l'hôpital, sa voiture n'est pas là. Mara aussi. Ce qui est étrange, c'est qu'il soit parti avant de nous avoir vus. Cela ne lui ressemble pas.

Assis à côté de sa sœur, Matt ouvrit un pot de crème glacée et se servit généreusement.

– De la glace ? commenta Em. Vraiment ?

– Ça contient du lait, répondit-il en passant le pot à Zach, qui se servit également.

Em s'empara du quotidien de Glasgow posé sur la table devant la place habituelle de Renard. De toute évidence, Jeannie continuait à faire comme si rien n'avait changé.

Em parcourut les pages à la recherche d'un éventuel article sur une femme non identifiée ayant été retrouvée. Les garçons lui reprochèrent d'être morbide et de perdre son temps, mais elle rétorqua qu'au moins elle se sentait utile.

– C'est bien que tous les adultes soient absents, finit-elle par déclarer. On devrait en profiter pour essayer de trouver la peinture de ma terreur nocturne.

– Tu penses vraiment qu'elle est ici ? questionna Zach en quelques signes.

– Absolument. Ce serait logique. Cette créature hante mes rêves depuis des semaines et ce n'est pas un produit de mon imagination.

– Alors qui pourrait bien être l'*Animare* qui la manipule ? reprit Zach.

– On a appris pas mal de choses sur les *Animare*, répondit Em. Ils doivent respecter plusieurs règles. La première : ne jamais animer quoi que ce soit en public. La deuxième : toujours maîtriser son imagination. La troisième : un *Animare* peut être emprisonné dans son œuvre d'art, la rendant ainsi enchantée, en quelque sorte.

– *Enchantée* ? ricana Matt. À t'entendre, on a l'impression d'être entourés de nymphes et de lutins. Si cet horrible gnome et cette personne encapuchonnée proviennent d'une peinture-cage et que cette peinture a un lien avec le meurtre d'Arthur Summers, nous ne sommes pas vraiment dans le merveilleux.

– Alors quel mot emploierais-tu pour la qualifier ?

– Maléfique, répliqua Matt.

– Diabolique, proposa Zach.

– Porteuse du mauvais sort !

– Très bien, ça suffit ! coupa Em. Peu importe. Si cette peinture est dans l'abbaye ou quelque part à Era Mina, c'est dangereux.

– Mais quel est le rapport avec la disparition de maman ? questionna Matt.

– On devrait téléphoner à Violet et à Anthea, suggéra Em. Elles connaissent bien maman. Elles auront peut-être une idée de ce qu'elle manigançait quand on vivait au manoir.

– Bonne idée, reconnut Matt. On ne leur a pas parlé depuis des semaines. Leur numéro est dans le bureau de Simon, je vais les appeler.

– Attends, Matt, protesta Em. Tu ne peux pas simplement dire : « Bonjour Violet, j'ai juste une petite question. Tu savais que Sandie était un escroc ? » Tu vas leur faire peur !

Matt s'éloignait déjà.

– Ce n'est pas ce que je compte faire, rétorqua-t-il par-dessus son épaule. Par ailleurs, Simon leur a téléphoné hier pour les informer de la disparition de maman. Je vais leur demander si elles ont eu de ses nouvelles et si elles connaissent quelqu'un en qui Sandie ait confiance, qu'on pourrait contacter pour obtenir des informations.

Après son départ, Em se remit à feuilleter son journal. Au bout d'un moment, elle allait le refermer quand sur la dernière page, le cliché d'une femme qu'on aidait à monter à l'intérieur d'une voiture de police attira son regard. Elle s'apprêtait à examiner la photo de plus près lorsque Matt ressurgit dans la cuisine.

– Violet t'embrasse, annonça-t-il en se rasseyant. Elle n'a eu aucune nouvelle de maman, mais elle m'a raconté quelque chose de très intéressant. Il y a deux jours, en aidant un nouveau locataire à emménager dans notre ancien appartement, elles ont vu que la vitre du vasistas manquait.

– Quelqu'un serait entré par le toit ? demanda Em.

Matt acquiesça.

– Des objets ont été volés ?

– Rien, répondit Matt. C'est ça qui les étonne.

– Tu penses que c'est ta mère ? demanda Zach en quelques signes, avant de se lever pour aller ranger son assiette dans le lave-vaisselle.

– Cela ne m'étonnerait pas, déclara Em.

– J'ai demandé à tante Violet si Sandie avait des amis qu'on pourrait contacter, mais elle ne m'a rien appris de nouveau : maman fréquentait peu de gens, hormis ceux avec qui elle travaillait au musée. Et Violet avait déjà donné cette liste de personnes à Simon.

– Dommage, soupira Em.

– Je propose de faire ce qui était prévu, dit Matt. Profiter de l'absence des grands pour chercher ce tableau répugnant.

Zach réclama leur attention en frappant sa cuillère sur la table.

– Pendant ce temps-là, je pourrais aller faire un tour à Era Mina pour essayer de comprendre ce que cet homme en skiff cherchait. Peut-être la même peinture que nous. Je pourrais aussi jeter un œil sur notre matériel, dans la grotte.

Matt se souvint du caladrius, et la vision de Zach blessé à l'intérieur d'une grotte envahie par la marée lui traversa l'esprit. Il frissonna.

– Non, ne nous séparons pas, dit-il. Allons tous à Era Mina. On reviendra chercher le tableau plus tard.

Em baissa les yeux vers la photo de la femme, sur la dernière page du journal.

– Regardez ! lança-t-elle aux garçons.

– Elle ressemble à la femme enlisée dans les sables mouvants, hier, commenta Matt par-dessus l'épaule de sa sœur.

– « Amnésique, elle ne sait pas qui elle est et errait dans les rues de Glasgow, lut Em. Elle a été conduite à l'hôpital. » La police a contacté les forces de l'ordre américaines à cause de son accent, ajouta Em.

– Elle savait qui elle était quand on l'a laissée dans les sables mouvants, intervint Zach dans sa langue.

– Elle doit être manipulée, déclara Matt. Les Gardiens ont le pouvoir d'effacer la mémoire des *Animare*.

– Mais il faut être un Gardien puissant pour y parvenir, souligna Em. Même Simon n'en aurait pas le pouvoir.

– C'est peut-être ce qui est arrivé à maman, dit brusquement Matt. Quelqu'un la manipule comme une marionnette !

Chapitre 55

Le trio se tenait sur la jetée, chacun enfilant un gilet de sauvetage. Leur angoisse grandissante les empêchait d'admirer la beauté de la baie et les pics lointains de Kintyre et de l'île de Bute, pourtant majestueux dans le soleil matinal.

– Essaie d'envoyer un nouveau texto à ton père, suggéra Em à Zach.

Elle installa leur matériel de pêche – qui constituait leur couverture – et leurs sacs dans une barque. Matt regarda le hors-bord de l'abbaye.

– Et si..., commença-t-il.

– Non, coupa Em. Le hors-bord attirera l'attention, sans compter qu'on n'a pas le droit de s'en servir.

À contrecœur, Matt s'empara des rames rangées sur une étagère et les glissa sous leurs sièges.

– Toujours pas de réponse de papa, les informa Zach. Mes textos s'empilent. Et je tombe sur sa messagerie quand j'appelle.

– Idem avec Mara, constata Matt en touchant le

cadran de sa montre pour interrompre la communication en cours.

Em monta à bord. Matt s'assit derrière elle. Zach détacha la corde et s'installa près d'Em.

– Prêt ? lui demanda Em.

Zach opina du chef.

– Un jour, on va payer cher pour ce qu'on est en train de faire.

Matt sortit un carnet du sac de Zach et, sur une page vierge, esquissa leur barque ainsi qu'une petite vedette. Derrière lui, dans un éclair bleu et argent, le bois céda la place à un moteur. S'emparant de la barre, Matt les guida hors de la baie.

– J'ai du mal à croire que Simon et Mara soient toujours à ce café, déclara Em.

– Pas moi, répondit Matt. Les adultes font des choses étranges dans les moments les plus inattendus. Et ils gardent des secrets. Ils préparent tous quelque chose et ne veulent pas qu'on s'en mêle.

– Sans doute, reconnut Em. Mais Simon ne s'éloigne jamais plus d'une demi-heure sans vérifier où nous sommes. C'est la raison pour laquelle il nous a donné ces montres.

La mer agitée obligeait Matt à se concentrer sur son cap tandis qu'Em et Zach cherchaient du regard un garde-côte ou quelqu'un du coin susceptible de les reconnaître à bord d'un engin motorisé.

À l'ouest d'Era Mina, Matt mouilla dans la crique des Moines.

– Tu entends ? demanda Em en inclinant la tête sur le côté. On dirait de la musique de foire. Ça provient des grottes.

Matt écarquilla les yeux.

– Notre cachette a été découverte.

Après avoir expliqué la situation à Zach, les jumeaux se dirigèrent vers les grottes. À l'entrée de celles-ci, une empreinte laissée par le sel indiquait qu'on ne pouvait y accéder à marée haute. Zach tapota sur le cadran de sa montre.

– Nous avons à peu près quatre heures devant nous avant la marée haute, calcula-t-il. Ça va.

Il enfila son casque de mineur équipé d'une lampe et son sac à dos. Les jumeaux firent de même et suivirent Zach à l'intérieur de la grotte, se servant des fissures et des reliefs pour grimper. Ce n'était pas particulièrement haut, mais la pluie avait rendu la roche glissante.

On continue à entendre la musique, Zach.

On a peut-être oublié de l'éteindre la dernière fois ?

Em en doutait. Ils s'étaient montrés prudents en quittant leur cachette, avaient tout éteint et rangé. Les adultes savaient qu'ils avaient exploré les grottes de la crique des Moines récemment, mais ignoraient lesquelles et combien.

Plus ils progressaient, plus le malaise d'Em grandissait. Sans crier gare, elle s'arrêta brusquement, et Matt la percuta.

J'ai un mauvais pressentiment, Zach. Faisons demi-tour.

Zach se retourna. Il perdit une seconde l'équilibre et lâcha sa lampe électrique, qui atterrit avec un bruit d'eau.

– Qu'est-ce qui se passe ? s'inquiéta Matt en voyant Zach redescendre.

– Je n'en sais rien, répondit Em. Mais j'ai la nausée et le volume de la musique a augmenté.

La vision de Zach dans la grotte envahie par la marée ressurgit à l'intérieur de l'esprit de Matt. Cette fois, il ne put la chasser, ce qui signifiait qu'Em pouvait la voir aussi. Elle faillit tomber.

– C'est ce que le caladrius t'a montré de l'avenir ? lui reprocha-t-elle. Tu avais dit que ce n'était pas grave, que Zach était simplement blessé !

– Oui, mais écoute...

– Le caladrius t'a transmis une image de Zach en train de se noyer et tu l'as laissé venir ici ? On doit rebrousser chemin et sortir de cette grotte au plus vite !

– Il serait venu sans nous ! cria Matt. Tu le sais très bien ! Au moins, comme ça, on peut intervenir, animer si nécessaire...

– Animer ? C'est ta solution à tous les problèmes ?

Furieux, Matt dépassa sa sœur.

– Je refuse de redescendre. Je veux savoir qui est là-haut.

Plusieurs mètres au-dessus de leur tête, un homme les interpella.

– Vous allez vous disputer encore longtemps ? Parce que j'aimerais bien un sandwich si vous en avez un. Et ça m'embêterait de venir le chercher.

Chapitre 56

Zach entra le premier à l'intérieur de la cachette. Les jumeaux le rejoignirent. L'inconnu qu'ils avaient pourchassé avec le caladrius se tenait devant eux, une lampe électrique à la main.

– C'est vous qui m'avez abattu ! s'écria Matt.

L'inconnu leva les mains.

– J'ai abattu une animation. Très beau travail, d'ailleurs. J'espère néanmoins que vous avez compris pourquoi il était dangereux et stupide d'animer une créature aussi voyante en public.

– Vous saviez que ça allait me faire mal à ce point quand vous avez tiré ? s'indigna Matt.

L'inconnu haussa les épaules.

– Tu avais peut-être besoin d'expérimenter ce genre de douleur.

Matt voulut se jeter sur lui, mais sa sœur et Zach le retinrent.

Attends, Matt. On l'a déjà vu quelque part. Est-ce qu'on pourrait au moins l'identifier avant que tu te défoules sur lui ?

L'inconnu se déplaça avec prudence sur le sol inégal de la grotte où, sur un canapé, un sac de couchage roulé côtoyait un casque de moto et des sacoches en cuir noir.

– J'aime bien comment vous avez aménagé cet endroit, commenta-t-il. Hormis l'humidité et l'odeur de poisson pourri, je n'ai pas passé une trop mauvaise nuit. J'avais de quoi me distraire, c'est certain.

Le vieux canapé faisait face à deux tables sur tréteaux sur lesquelles gisaient un ordinateur, une série de cartes électroniques, des disques durs démantelés et au moins deux consoles vidéo.

– Je me demande comment vous vous y êtes pris pour transporter ce matériel jusqu'ici, ajouta l'inconnu.

Zach et Em sourirent d'un air penaud.

– Et donc, qui êtes-vous ? interrogea Matt, s'appliquant à maîtriser sa rage.

– Nous nous sommes vus il y a quelques mois, tu ne t'en souviens pas ? Je m'appelle Vaughn.

Vaughn s'installa sur le canapé et étendit ses longues jambes devant lui. Il ne s'était pas rasé depuis plusieurs jours, ses cheveux avaient poussé et son allure débraillée ne correspondait pas au costume impeccable qu'il portait lorsqu'il les avait rejoints au café de Covent Garden. Mais Em le remit aussitôt.

– Vaughn ! s'exclama-t-elle. L'ami de maman.

Zach paraissait perplexe. Le visage de Matt s'illumina.

– Vous savez où elle est ?

Vaughn secoua la tête.

– Non, Matt. Mais j'ai des hypothèses sur ce qui a pu lui arriver, répondit-il. C'est la raison pour laquelle j'ai décidé de venir de Londres. Je suis désolé pour votre grand-père. C'était un ami de ma mère. Ils se sont entraînés ensemble à l'abbaye lorsque Renard était étudiant.

Je le crois, Matt.

N'importe quelle fille le croirait.

Em fusilla son frère du regard.

– Comment nous avez-vous localisés ? questionna Matt en s'installant sur une chaise pliante.

Vaughn sourit.

– Quand je me promenais autour de l'île, hier, j'ai repéré le câble dont vous vous êtes servis pour détourner l'électricité de l'abbaye. Très ingénieux.

– C'était l'idée de Zach, déclara Em avec fierté.

Zach s'assit à un endroit d'où il pouvait lire sur les lèvres de tous.

– Bravo, le félicita Vaughn en langue des signes.

Zach hocha la tête avec étonnement.

– Tu ne dois sans doute pas te souvenir de moi, Zach, tu étais trop petit, mais j'habitais à l'abbaye quand Simon est arrivé avec toi. Nous avons appris la langue des signes ensemble.

Les mains de Zach s'agitèrent.

– Et ma mère, vous l'avez connue ?

La question surprit les jumeaux. Leur ami évoquait rarement sa mère, morte à sa naissance.

– Non, répondit Vaughn. Renard venait de recruter Simon et vous n'étiez que tous les deux.

– Et la musique de foire, c'était vous ? demanda Zach dans sa langue.

Vaughn saisit un instrument caché sous son sac de couchage.

– C'est une vielle à roue, expliqua-t-il en jouant quelques notes. Quand as-tu entendu ce son pour la dernière fois, Matt ?

– À Covent Garden, répondit Matt. Vous pensiez que le musicien voulait m'enlever.

– S'il en avait eu l'occasion, il l'aurait fait. Ou plutôt « elle », car cette femme était très bien déguisée et vous surveillait depuis longtemps.

– C'est qui ? s'exclamèrent les jumeaux de concert.

Au même instant, les montres des trois enfants émirent un bip.

– Vous arrivez à recevoir un texto à l'intérieur de cette grotte ? s'étonna Vaughn. Comment est-ce possible ?

Les jumeaux regardèrent le message affiché sur le cadran.

Revenez immédiatement.
Il est arrivé quelque chose à Simon.

Matt regarda Em. Em regarda Zach. Zach indiqua quatre lettres : « Mara ».

Chapitre 57

Zach saisit son sac à dos et mit son casque de mineur. Suivi des jumeaux, il se dirigea vers l'ouverture de la grotte.

– Avant de vous précipiter à l'abbaye, vous devez savoir une chose, lança Vaughn. C'est important !

Matt et Em s'arrêtèrent. Incapable de l'entendre, Zach s'engouffra dans la galerie.

– Ne faites pas confiance à Mara. J'ai trouvé cette vielle dans sa chambre. Le jour de notre rendez-vous au café, elle s'était déguisée en musicien de rue afin de pouvoir mieux vous épier. Sinon, Sandie l'aurait reconnue. Je pense même qu'elle se trouvait à la National Gallery, un peu plus tôt. Mara n'est pas celle que vous imaginez.

Em ne savait comment réagir.

– On doit vraiment partir, répondit-elle d'un ton hésitant. Si Simon a eu des ennuis, notre place est près de lui. Il nous a traités comme ses propres enfants. Est-ce que vous pouvez nous attendre ici pour qu'on en reparle plus tard ?

Vaughn acquiesça.

– Mais promettez-moi de vous méfier de Mara. Soyez à l'écoute de vos instincts de Gardiens, d'accord ?

– Tu viens, Em ? lança Matt.

En regardant à l'intérieur de la galerie, il s'aperçut que Zach était déjà descendu assez loin. Vaughn retint Em par la main.

– Quand vous vous êtes enfuis d'Auchinmurn, Renard m'avait envoyé travailler à Londres. Ma mission était de garder un œil sur Sandie, toi et ton frère. Aujourd'hui, Sandie a disparu et Renard est à l'hôpital, alors vous risquez fort d'avoir besoin de mon aide. Mara est sûrement impliquée dans ce qui est arrivé à votre mère.

Em savait que son frère avait dû s'arrêter à l'intérieur de la galerie pour écouter. Avoir déniché la lettre dans la chambre de Mara avait éveillé leurs soupçons.

– Mara a été amoureuse de votre père, reprit Vaughn. Elle l'est peut-être encore. Je crois qu'elle n'a jamais pardonné à Sandie, qu'elle tient pour responsable de l'éloignement de votre père.

– Même si c'est vrai, pourquoi voudrait-elle faire du mal à grand-père... ou à nous ?

– Ça, je l'ignore, avoua Vaughn. C'est l'une des raisons qui m'ont poussé à revenir en Écosse. Lorsque j'ai assisté au Conseil des Gardiens, à Londres, en tant qu'espion – cela faisait aussi partie de mes activités –, j'ai découvert que Mara espionnait ici pour le compte de sir Charles Wren. Tu sais que je ne mens pas ?

Ses yeux verts et perçants soutenaient le regard fixe d'Em.

Les jumeaux se turent en descendant la paroi rocheuse. Poussés par l'adrénaline, ils progressaient à toute allure. Zach les attendait en bas.

– Qu'est-ce qui vous a retardés ? s'enquit-il en quelques signes.

Em lui résuma l'accusation de Vaughn.

– On ne peut rien affirmer, répondit Zach.

Il était de plus en plus inquiet pour son père et percevait aussi l'angoisse d'Em.

– Et pourquoi faire confiance à un inconnu ? souligna Matt. Il m'a quand même tiré dessus.

– Il avait raison à propos d'une chose, intervint Zach. On ne pouvait recevoir ni textos ni messages dans la grotte. Cela devait être...

– Une animation, dirent les jumeaux de concert.

– De qui ? demanda Em. De Mara ou de quelqu'un d'autre ?

Ils pataugèrent dans la mer qui montait, gagnèrent la plage et se couvrirent les yeux un instant face au soleil éblouissant avant de grimper dans leur bateau.

Zach s'installa à l'avant tandis qu'une vague lui éclaboussait la figure et Matt lança le moteur. Toutes les dix secondes, il consultait ses messages sur sa montre et envoyait un texto à son père. Le dessin du bateau de Matt serré dans sa main, Em s'efforçait d'adresser à Zach un sourire rassurant.

Il va s'en sortir.

Mais elle savait qu'il n'était pas dupe. En franchissant le sillage écumant d'un bateau de pêcheurs qui naviguait vers l'Atlantique, Matt regagna la pointe d'Era Mina et traversa la baie deux fois plus vite que d'habitude. Lorsqu'ils furent proches de la jetée, Em déchira le dessin. Le moteur se mit à vibrer, puis disparut dans une pluie d'étincelles argentées, forçant les jumeaux à ramer jusqu'à la jetée.

Dans leur empressement fébrile, aucun des trois ne remarqua le personnage encapuchonné qui descendait d'un skiff près de la tour d'Era Mina. Le bas de sa robe balayant le sable, il se glissa dans la grotte et s'arrêta au pied des marches naturelles conduisant à la cachette des enfants. La tête inclinée, à l'écoute des sons provenant du haut, il sortit un carnet à la couverture ornementée de la manche de son froc et commença à dessiner. Pendant que sa main volait sur la page, le mur de la grotte se mit à trembler et bougea. Une fissure de lumière surgit dans la roche, fracturant la paroi en deux.

Vaughn n'avait nullement l'intention de laisser les jumeaux sans surveillance. Saisissant ses sacoches sur le canapé, il les fit passer sur une épaule et suivit l'itinéraire des enfants pour descendre le long de la paroi.

À mi-chemin, ses doigts se mirent à picoter tandis que sous lui, le massif rocheux tremblait. Il voulut aller plus vite. Impossible. Dès qu'il distinguait un point d'appui, une crevasse lui permettant de caler ses pieds, l'instant d'après celle-ci disparaissait, laissant la surface lisse et glissante. Vaughn bascula en arrière et atterrit sur le dos dans un bassin où la marée s'engouffrait.

À l'extérieur de la grotte, le personnage encapuchonné déchira son dessin et monta à bord du skiff.

Chapitre 58

En entrant dans la cuisine de l'abbaye, la première personne que vit le trio fut Mara. Les jumeaux hésitèrent, mais Zach prit les devants.

– Qu'est-ce qui est arrivé à papa ? s'enquit-il en langue des signes.

– Je vais vous emmener à mon atelier, répondit-elle. Ce que j'ai à vous montrer vous permettra de comprendre ce qui lui est arrivé, ajouta-t-elle en regardant les jumeaux d'un air sombre.

– Jeannie n'est pas encore revenue de Largs ? questionna Em.

– Oh, elle ne va pas rentrer avant un moment, je pense, dit Mara en allumant le téléviseur. Pas d'après les infos de la BBC.

D'un geste, elle pointa l'écran. Un journaliste se tenait sur le quai de Largs, où des centaines de gens regardaient la mer. Le reportage montrait le ferry, comme emprisonné dans un filet de méduses roses.

– L'inévitable devait arriver, commenta Mara en riant. Un banc de méduses a bloqué le bateau.

Zach fronça les sourcils et ses mains s'animèrent.

– C'est impossible. Seule une animation peut aboutir à ce résultat.

– Exact, fit Em. Mais dans quel but ?

– Et savoir qui est l'auteur de cette animation ne vous intrigue pas ? demanda Mara.

Elle me fait peur, Matt.

– Venez avec moi, ordonna Mara. Vous comprendrez mieux ensuite.

En songeant à l'avertissement de Vaughn, le trio demeura immobile.

– C'est vous qui avez animé les méduses ! accusa Em. Nous n'avons pas besoin d'explication. Vous cherchez à nous manipuler, je peux le sentir.

– Voyons, fit Mara en s'appuyant au comptoir de la cuisine. Si je voulais vous nuire, j'aurais pu le faire depuis longtemps. Cela n'a aucun rapport avec vous.

– Où est Simon ? interrogea Matt en se rapprochant de sa sœur.

Mara ouvrit la porte de la terrasse.

– Pour l'instant, il va bien. Avant d'entrer dans mon atelier, je vais vous demander de vider vos poches. Je ne veux pas de surprises avec d'éventuels dessins.

Matt posa son carnet et des crayons mâchonnés sur le comptoir. Em brisa un fusain en deux à l'intérieur de sa poche et n'en remit qu'un morceau à Mara.

– Vos montres, s'il vous plaît.

Matt et Em s'exécutèrent. À l'insu de Mara, Zach toucha deux fois l'écran de la sienne avant de la déposer sur le comptoir.

Puis, à regret, ils la suivirent dehors.

Chapitre 59

Lorsque Mara poussa les doubles portes de bois de son atelier, les enfants eurent l'impression d'entrer dans une chambre de torture. Hormis un four géant dernier cri, le matériel servant à la fabrication du vitrail n'avait guère changé depuis le Moyen Âge : chalumeaux, brûleurs à gaz, fers à souder, outils de gravure et une table, équipée de scies circulaires. Un ancien four à céréales, une touraille, servait encore. *Lugubre, comparé à sa luxueuse chambre*, se dit Matt. Sur les murs de briques sombres, l'unique élément décoratif était un vitrail coloré en forme d'arche, réalisé par Mara. Planté au centre de ce lieu oppressant, il se demanda s'il savait qui était la véritable Mara.

Le long des murs, Em remarqua des cartons remplis de fournitures.

– Vous comptez partir quelque part ? questionna-t-elle.

Mara ignora sa question et les guida vers un chevalet recouvert d'un drap autour duquel étaient disposés quelques tabourets. Du coin de l'œil, Zach vit l'un des personnages du vitrail s'élever dans les airs puis regagner sa place. Il toucha le coude d'Em.

Essaie de maîtriser tes craintes, ça va aller.

En se rapprochant du chevalet, Em fit un bond. Une décharge électrique venait de lui traverser la plante des pieds.

Tu as senti ça, Zach ?

Ils entendirent les lourdes portes s'ouvrir et se refermer. Le moine aperçu à la bibliothèque s'avança dans l'atelier.

Em en resta bouche bée. Matt se figea. Zach écarquilla grands les yeux. Instinctivement, Matt voulut éloigner sa sœur et Zach du moine. Il se cogna contre une table en les poussant tous deux jusqu'au mur du fond.

Le moine ne luisait pas.

Em, ce n'est pas une animation. C'est un être humain.

C'est bon signe ou mauvais signe ?

Le visage dissimulé par les plis de sa capuche, l'homme marcha vers les enfants. Mara lui tendit trois attaches en plastique.

– Asseyez-vous par terre, ordonna-t-elle.

Effrayés par le moine, les enfants obéirent. La première attache fut fixée autour du tuyau du radiateur et du poignet de Matt. La deuxième autour de sa cheville et de celle de Zach. La troisième autour de l'autre cheville de Zach et du poignet d'Em. Tandis que l'homme encapuchonné se penchait sur elle, Em huma un parfum de menthe et de savon. Puis une odeur de feu de bois s'y mêla.

Mara poussa un cri de rage et se précipita vers une table où un brûleur à gaz lançait des boules de feu dans les airs. Les garçons se tournèrent vers Em.

Désolée. Je fais des efforts, mais j'ai vraiment la trouille.

Mara décrocha un extincteur et arrosa le brûleur. Des braises retombèrent comme des confettis sur l'homme encapuchonné.

– Contrôlez-vous ! brailla-t-il.

Mara avait éteint l'incendie, mais en baissant les yeux, Em s'aperçut que l'ourlet du pantalon de son frère brûlait.

– Matt !

Elle tira sur un bout de chiffon posé sur un banc à côté de son frère et s'en servit pour étouffer les flammes. La peau de sa cheville était à vif. Matt la repoussa.

Laisse tomber. Occupe-toi de Zach.

Livide, Zach fixait le moine.

Zach, arrête !

Quelque chose d'horrible a dû arriver à mon père. Autrement, il serait ici pour nous aider.

Prendre conscience qu'ils étaient seuls face à l'ennemi leur procura soudain plus d'effroi que l'homme en froc qui les dominait.

– C'est toi qui provoques ces incidents, Emily, grogna ce dernier. J'aimerais que tu te calmes. Si tu persistes, je peux me charger moi-même de réduire ton frère en cendres.

Il sortit son luxueux carnet de sa manche et, sur une page, commença à dessiner un brouillard de cercles et de lignes. Une puissante flamme jaillit du mur, juste au-dessus de la tête de Matt, manquant de lui brûler une oreille. Le trio se recroquevilla au sol, attendant la suite avec terreur.

– J'ai besoin de toute ta concentration, ma petite, reprit le bourreau. Est-ce que je peux l'obtenir ?

Reconnaissant son accent français, Em se pétrifia. Zach lui pressa la main.

– Pourquoi vous nous traitez comme ça, Mara ? demanda Em.

– Jouer les innocentes ne te mènera nulle part, rétorqua Mara. Je me suis engagée à servir une autre cause bien avant votre arrivée sur cette île. Et sincèrement, cela me soulage de le faire au grand jour.

Em poussa un long soupir. Elle regrettait de ne pas être restée dans la grotte avec Vaughn.

– De quelle cause parlez-vous ? questionna Zach dans sa langue.

– Tu ne vas pas tarder à le découvrir, répondit l'homme encapuchonné. Mais si vous voulez aider Simon et Sandie, il va falloir vous montrer coopératifs.

Chapitre 60

Tanan retira sa capuche et déclara :

– Tout d'abord, vous allez cesser d'animer quoi que soit, consciemment ou inconsciemment, quand vous avez peur. Je ne veux plus me retrouver enlisé dans des sables mouvants.

Il darda ses yeux vert jade sur Em, qui répondit :

– Mais si vous êtes un *Animare*, pourquoi n'avez-vous pas créé une animation pour sortir du marécage ?

Tanan laissa courir ses doigts sur le drap qui recouvrait le chevalet.

– Vous m'amusiez. En vous laissant m'interroger, j'ai appris des choses qui m'ont aidé à accomplir ma mission.

– Comment avez-vous réussi à échapper à la police ? s'étonna Em. Mara avait téléphoné au préfet et...

Face aux sourcils haussés de Mara, Em comprit qu'elle n'avait pas appelé la police.

– Avant de retourner à l'abbaye avec Mara, nous avons renvoyé Blake chez elle. Grâce à un Gardien de Glasgow, elle ne conservera presque aucun souvenir de ses aventures en Écosse.

Em reçut un message télépathique de son frère.

Continue à le faire parler, Em. J'ai une idée.

– Pourquoi lui avez-vous fait ça ? questionna Em, cherchant désespérément à prolonger la conversation. Les Gardiens effacent la mémoire des gens uniquement quand une animation créée en public doit être oubliée.

– Blake m'accompagnait parce que sir Charles Wren craignait que je n'arrive pas à trouver seul ce qu'il cherchait, répliqua Tanan. Elle était devenue trop encombrante.

Em avait conscience que Matt déplaçait ses mains derrière son dos afin d'atteindre sa poche.

– Que cherchait-il ? s'enquit Em.

– Quelque chose que ta mère lui a volé en quittant Londres.

– La sacoche ? demanda Em. Que contient-elle qui puisse être aussi important ?

– Son contenu est d'importance secondaire, déclara Tanan en se rapprochant du chevalet. Comparé à vos dons.

Em, dis à Zach de se préparer à sortir d'ici pour aller chercher Vaughn à Era Mina.

Em avisa la main libre de son frère. Il serrait un outil de gravure pointu qu'il avait dû prendre en heurtant la table de Mara.

Qu'est-ce que tu dessines ?

Une ouverture dans le mur derrière nous.

Em transmit le message à Zach.

Matt va devoir se dépêcher. Dès qu'ils auront un soupçon, ça sera fichu.

Il le sait.

– Qu'est-ce que vous attendez de nous ?! cria Em, essayant de garder l'attention des deux adultes sur elle. Et vous, Mara, vous faisiez partie de notre famille ! Comment pouvez-vous nous faire ça !

– Tu as toujours été si sensible, Em, commenta Mara avec un sourire malveillant. Ça doit venir de tes gènes de Gardien. Je n'ai jamais fait partie de ta famille. Pas vraiment.

Matt continuait à graver le mur en se concentrant sur une image. À chaque mouvement, sa peau râpait contre la pierre et les jointures de ses doigts saignaient. Craignant que leurs ravisseurs ne finissent par remarquer ses efforts, Zach prit littéralement les choses en main.

– C'est vous qui êtes responsables de ce qui est arrivé à Renard ? demanda-t-il. *Reste calme, Em, quelle que soit leur réponse. Le but est de retenir leur attention.*

Mara soupira, comme si la question la peinait profondément.

– Ce soir-là, nous voulions simplement récupérer la sacoche pour sir Charles et questionner Sandie à propos d'une autre affaire. Mais elle a disparu sans nous laisser l'occasion de lui parler.

– Nous n'avions pas l'intention de plonger Renard dans le coma, ajouta Tanan, sans pour autant exprimer le moindre repentir.

Em avait envie de hurler, de se jeter sur Mara et de la frapper.

Ne bouge pas, Em.

– Bien sûr, pour ne pas éveiller les soupçons, il fallait que je donne l'impression d'avoir été moi aussi agressée, ajouta Mara.

– Vous vouliez questionner ma mère à quel sujet ? croassa Em.

– Blake avait découvert quelque chose qui l'intéressait dans le manoir de la rue Raphael Terrace, le jour de votre départ à Londres, répondit Mara en tournant autour du chevalet. Elle n'avait eu aucun mal à le prendre à cette vieille dame, Violet, laquelle ignorait ce que c'était ; et en toute honnêteté, nous aussi. Ce n'est que lorsque j'ai intercepté la lettre d'Arthur qui vous était adressée que j'ai eu la preuve de ce que j'avais toujours suspecté. Avec Tanan, nous savions enfin où Malcolm était allé.

Tanan toucha les contours du chevalet.

– Et entre votre grand-père qui nous a fait obstacle le soir où nous avons voulu récupérer la sacoche et la disparition imprévue de votre mère, disons que vous représentez notre plan B.

À ce moment-là, Em se dit qu'il existait forcément un rapport entre le secret de leur mère, celui dont

Arthur Summers s'était servi pour la faire chanter, et le départ de leur père.

– Je suis vraiment désolée pour Renard, déclara Mara en tapotant la tête d'Em comme celle d'un chien. Il m'a appris beaucoup de choses.

Détends-toi, Em. Reste contre le mur.

Mais Em était à bout. Elle se mit à genoux et hurla :

– Comment avez-vous pu vous en prendre à lui ? Il vous faisait confiance, Mara, il vous aimait !

– Mara n'a rien fait à ton grand-père, intervint Tanan en retirant le drap qui recouvrait le chevalet. Cette peinture est responsable des plus gros dégâts.

L'enfant diabolique de la sorcière au châle était encore plus laid que lorsqu'ils l'avaient aperçu à la bibliothèque. La sorcière bougea légèrement en serrant contre elle la créature assise sur ses genoux. Le front bulbeux et proéminent de l'enfant se mit à palpiter comme un cœur battant. Horrifiés, les garçons détournèrent les yeux, suivis par les prunelles jaunes de la créature. Em n'arrivait pas à détacher son regard du tableau qui l'aimantait, et où elle voyait les personnages lui tendre les bras. Elle pouvait percevoir qu'ils étaient avides de sa chaleur et de son réconfort. La sorcière l'appelait d'une voix mélodieuse et rassurante. *Em, Em...*

Em avait envie de ramper jusqu'à ses bras.

Tourne la tête, Em ! Ne regarde pas le tableau !

Chapitre 61

Zach pressa la main d'Em. *Regarde-moi ! Regarde-moi !*

Au bout d'une interminable minute, Em finit par tourner la tête vers lui, les larmes aux yeux.

– Il s'agit donc de l'œuvre qui a été volée au musée le jour où on a quitté Londres ? demanda Em quand elle fut en mesure de parler.

D'une main, Tanan tenait le cadre ancien du tableau et semblait ne pas vouloir le lâcher.

– Cette peinture devait servir à assassiner Arthur Summers, je l'ai ensuite donnée à Mara.

– On aimait bien le Blond, dit Em en évitant de regarder le tableau. Ma mère aussi. Sa mort nous fait de la peine.

– Comme c'est touchant, sourit Tanan. Ce jour-là, au musée, en dépit de son serment sacré, il a trahi la Société Hollow Earth.

La Société Hollow Earth. Em tenta de se rappeler les propos de Sandie et de Vaughn. L'artiste Duncan Fox l'avait fondée pour protéger Hollow Earth – si tant est qu'un tel endroit existât – ce qui semblait absurde.

– Summers avait informé Sandie qu'il avait rapporté à Wren que vous aviez animé un tableau du musée. Les efforts du Conseil des Gardiens pour vous récupérer et la protection de Renard, ici, à Auchinmurn, ne nous ont vraiment pas facilité la tâche. Nous vous avions perdus avant même d'avoir eu le temps de nous servir de vos pouvoirs. Arthur est mort à cause de son incompétence.

Préviens Zach de se tenir prêt, Em. Et j'ai besoin d'une secousse de taille.

Zach, prépare-toi.

Ne sachant trop à quoi s'attendre, Zach se recroquevilla contre le mur.

Sans fermer les yeux, Em laissa grandir en elle la pire de ses peurs, celle qu'elle chassait de son imagination depuis maintenant des jours. La terreur lui emplissait l'esprit comme un tambour battant de plus en plus fort, jusqu'à ce qu'elle finisse par se manifester autour d'elle.

Dans un craquement assourdissant, les portes de l'atelier cédèrent et un fleuve déchaîné entra. Simultanément, des torrents glacés jaillirent par les fissures des murs de plâtre et des jets d'eau par les fentes du sol. En quelques secondes, les adultes eurent de l'eau jusqu'aux genoux. Tanan se retrouva projeté contre le four. Le chevalet oscillait sur ses trois pieds.

– Mon tableau ! s'écria Tanan.

En essayant d'atteindre les enfants, Mara perdit l'équilibre et tomba. Dans son dos, Matt espérait que sa main continuait à graver l'image qu'il avait à l'esprit. Zach le protégeait de son corps.

Tu n'y es pas allée de main morte, Em.

J'ai pensé que ma mère ne reviendrait peut-être jamais. Que je risquais de ne plus la revoir.

Pendant que l'eau montait en tourbillonnant autour de lui, Tanan maintenait le tableau au-dessus de sa tête.

– Contrôle cette gamine, Mara ! brailla-t-il.

Mara la saisit par les épaules et lui plongea la tête sous l'eau. Em se mit à suffoquer.

Détends-toi, Em. Arrête ce déluge.

Em essaya de visualiser sa mère en train de regarder un film avec elle, de l'aider à décorer sa nouvelle chambre, et entendit la voix gaie de Sandie résonner dans sa tête. En un instant, l'eau se retira.

Trempé, incapable de maîtriser sa rage, Tanan poussa Mara au sol, près d'Em.

– Nous devons contrôler son imagination pour qu'elle accomplisse avec son frère ce que nous voulons. Détache-la !

Mara s'apprêtait à couper l'attache qui liait Em à Zach quand elle prit conscience de l'absence de ce dernier.

– Où est-il passé ? cria-t-elle à Matt en secouant sa sœur.

Tanan saisit un outil tranchant sur une table et se rua sur Matt, qui se couvrit la tête de son bras libre. Em tenta de se dégager de l'emprise de Mara. Tanan redressa Matt, trancha l'attache autour de son poignet et entendit quelque chose craquer sous son pied. Il jeta un œil et vit les restes de l'attache en plastique de Zach. En scrutant le mur, il remarqua ensuite la gravure d'un trou tout juste assez large pour qu'un enfant puisse s'y glisser et celle, grossièrement achevée, d'une paire de ciseaux.

– Tu vas le regretter, menaça Tanan, entraînant Matt vers le chevalet où *Sorcière avec un enfant démon* scintillait dans la pénombre.

Chapitre 62

Zach sortit du trou imaginé par Matt, traversa la pelouse en courant, puis s'arrêta net. Il retourna à la cuisine, saisit sa montre, son sac et des clés accrochées à l'intérieur du placard, avant de filer jusqu'à la jetée où il retira la housse du hors-bord de l'abbaye.

Désolé papa, où que tu sois. Tu pourras me priver d'informatique aussi longtemps que tu le voudras, mais à la fin de cette journée.

Zach s'éloigna en marche arrière de l'abri à bateaux, mit le cap sur Era Mina et accéléra.

Tanan jeta Matt au pied du chevalet.

– J'ai passé dix ans à faire semblant de soutenir les opinions de sir Charles Wren afin que deux enfants puissent me permettre d'échapper à mon destin.

Mara conduisit Em près de son frère, arracha une feuille de papier d'un carnet et commença à dessiner. Des barres d'acier surgirent du sol, à quelques centimètres des jumeaux, les encerclant progressivement avant de se muer en cage étroite. Blottis l'un contre l'autre, Matt et Em se sentaient comme deux oiseaux terrifiés.

– Approche-toi des barreaux, Em, ordonna Mara.

Obéis. Il faut laisser à Zach le temps d'atteindre l'île. Sans nous, il va être obligé de ramer à travers la baie.

– Les bras à l'extérieur, reprit Mara.

Après avoir lié les poignets d'Em avec une attache en plastique, elle s'occupa de ceux de Matt. Dehors, un bruit de bateau à moteur se fit entendre. Tanan se précipita à l'entrée de l'atelier et aperçut Zach bondissant sur les vagues en direction d'Era Mina.

Il a trouvé mieux, Em.

Tanan revint se poster devant le tableau. Durant quelques minutes, il le contempla en se massant les tempes, perdu dans ses pensées. Puis il sortit son carnet et commença à dessiner. En une explosion de couleur jaune, l'enfant démon bondit des genoux de la sorcière et trottina jusqu'à la cage. Répugnée par son haleine fétide et glacée, Em détourna la tête. La créature s'approcha de son oreille et fit claquer ses dents de poisson, puis s'éloigna vers les portes.

Préviens Zach !

Em transmit un message télépathique à Zach, mais après plusieurs tentatives, n'obtenant toujours pas de réponse, elle se demanda ce qui lui était arrivé. Savait-il vraiment piloter un hors-bord ?

Il va s'en sortir, Matt ?

S'il parvient à rejoindre Vaughn, tout ira bien.

– Il faut régler le problème de Zach, dit Mara à Tanan, d'une voix tendue.

– Inutile, répliqua Tanan. Lorsqu'il aura atteint les grottes, il découvrira avec effroi le terrible accident dont Vaughn a été victime et subira le même sort.

La vision du caladrius se présenta à l'esprit des jumeaux au même moment. Tanan savait où était Vaughn.

Je vais avoir un malaise.

Non, Em. Tiens bon. On va leur obéir jusqu'à ce qu'on trouve un moyen de s'évader de cette cage. Ensuite, on ira secourir Zach et Vaughn à Era Mina. Réfléchis à une solution !

Tanan remit sa capuche.

– Peux-tu les surveiller quelques minutes, Mara ?

– Bien sûr, répondit-elle. Où vas-tu ?

– À l'atelier de Sandie. J'y ai laissé quelque chose le soir où nous sommes entrés pour récupérer la sacoche.

Il se tourna vers les jumeaux et ajouta :

– Il est temps que je vous présente votre père.

Chapitre 63

Em ne s'était pas trompée. Elle avait les mains moites, des gouttes de sueur dégoulinaient le long sa colonne vertébrale, et un battement de tambour résonnait dans sa tête.

Je le savais ! C'était lié à nos parents !

Je sais. Je sais...

Matt redouta soudain ce qui allait se produire.

La présence de leur père à l'abbaye ne pouvait signifier que deux choses : soit il était venu les aider à retrouver Sandie, et Mara et Tanan l'avaient fait prisonnier ; soit, caché dans l'atelier de Sandie, leur père faisait partie de la stratégie de Mara et Tanan, et patientait en attendant de pouvoir se servir de ses propres enfants afin d'accomplir un but mystérieux. Cette seconde option lui faisait froid dans le dos, mais Matt reconnaissait que c'était la plus plausible.

Mara plaça le tableau près des portes de l'atelier, laissant le chevalet vide. Les mains de la sorcière ne serraient plus la créature, mais les plis de sa robe. À travers le son inquiétant du battement de tambour, Em aurait juré entendre ses pleurs.

Il faut intervenir avant le retour de Tanan, Matt.

Il a l'air plus dangereux que Mara.

Les jumeaux observèrent celle-ci emballer des pièces de vitrail et les ranger dans des boîtes emplies de paille.

Copions quelque chose, Matt, ça serait plus facile à animer.

De toute façon, sans papier ni crayon, je ne vois pas comment on va pouvoir dessiner.

Em fusilla son frère du regard.

Alors tu renonces ?

Mara et Tanan avaient quasiment tué Renard, et Em n'osait même pas imaginer ce qu'ils avaient fait à Simon. Mais elle savait que sa mère n'aurait pas voulu qu'ils abdiquent aussi vite.

Matt pouffa. *J'aime bien quand tu penses comme maman.*

– Qu'est-ce qui te fait rire ? questionna Mara.

Elle inspecta du regard la pièce, redoutant de toute évidence une nouvelle animation des jumeaux.

Une odeur de poisson et d'algues s'infiltra par les portes ouvertes de l'atelier. En contemplant la tour nord de l'abbaye et les nuages de mouettes perchées sur les balustrades, tandis que les deux drapeaux de l'abbaye battaient au vent, Matt eut une idée.

Les jumeaux entendirent le pas de Tanan sur les dalles, dehors. Em se tendit. Matt se redressa.

Tanan transportait un tube en aluminium servant à protéger un dessin, le même que celui que leur mère avait donné à Violet avant leur fuite. Em se remémora les propos de Mara : « Blake avait découvert quelque chose qui l'intéressait dans le manoir de la rue Raphael Terrace, le jour de votre départ à Londres. Elle n'avait eu aucun mal à le prendre à cette vieille dame, Violet, laquelle ignorait ce que c'était ; et en toute honnêteté, nous aussi. » La bouche sèche, Em regarda son frère.

Prépare-toi, Em.

Chapitre 64

Matt comprit l'importance du tube dès que Tanan en eut révélé le contenu, une toile roulée, et oublia aussitôt son idée d'évasion.

Papa est prisonnier de cette peinture, Em ! Je parie qu'ils veulent qu'on trouve un moyen de le libérer. Est-ce que tu perçois sa présence ? Est-ce que tu sens et entends quelque chose ?

Em secoua la tête. *Rien.*

Tanan fixa la peinture sur le chevalet à l'aide de pinces. Dos tourné aux enfants, les deux adultes se placèrent devant l'œuvre comme devant un autel. Ils la contemplèrent si longtemps que les jumeaux crurent un instant qu'on les avait oubliés.

La peinture avait la taille d'un cahier, mais représentait un démon vraiment monstrueux. Son corps, aussi large que trois hommes, laissait transparaître le squelette et les ligaments des muscles, visibles sous une peau rouge et squameuse. Matt songea à un dessin d'anatomie. Em trouvait cela horrible.

Sans se retourner, Tanan déclara :

– Il s'agit d'une copie du *Démon intérieur* de Duncan Fox, exécutée par votre mère. Fox était un brillant *Animare* du XIXe siècle. C'est, selon ses affirmations, le premier monstre qu'il ait vu dans Hollow Earth.

Matt et Em prirent un air stupéfait. Mara resta de marbre.

– Oui, Fox a fondé la Société Hollow Earth, murmura Tanan.

Satisfait de l'effet produit sur les jumeaux, il toucha la figure du monstre de la peinture.

– C'est une créature perturbante, vous ne trouvez pas ? Pas étonnant que Fox soit devenu fou.

Matt lança un regard à sa sœur.

Toi qui pensais que Hollow Earth était un mythe !

Em déglutit, troublée. Ils songèrent tous deux au dessin de tourbillons jaunes, verts et noirs qu'Arthur Summers leur avait envoyé. Matt se souvint du tableau du caveau. L'ordinateur de Zach l'avait décrit comme indiquant l'entrée d'un purgatoire mythique...

Les deux adultes s'écartèrent de la peinture et marchèrent jusqu'à la cage. Les jumeaux firent de leur mieux pour conserver leur dignité, ce qui, avec leurs poignets liés et leurs crânes touchant le sommet de la cage, n'était pas évident.

– Quand vous étiez très jeunes, votre mère a emprisonné votre père à l'intérieur de cette peinture, dit Mara. Nous avons besoin de vos dons pour le libérer.

– Mais pourquoi notre mère aurait-elle fait ça ? interrogea Em d'une voix chevrotante.

– Parce qu'elle ne partageait pas la vision d'avenir de votre père, répondit Tanan.

Soudain, la cage se mit à trembler et Em tomba à genoux. Matt perdit l'équilibre, se rattrapa à un barreau qui se mua en serpent, sifflant et lui crachant son venin à la figure. Il retira sa main et dévisagea sa sœur.

– C'est toi ?

– Je ne sais pas, gémit Em en regardant la peinture sur le chevalet. Peut-être. Ce monstre me fait peur.

Le sol de l'atelier se fendit sous la cage et les jumeaux tombèrent dans une large fissure.

– Tu m'avais dit que tu la contrôlais ! hurla Tanan. Amène-les ici !

Mara fit évacuer les jumeaux de la cage tordue et brisée, coupa leurs attaches en plastique et les poussa vers le chevalet. Matt et Em se prirent par la main.

– Avec votre père, Mara et moi avons ressuscité la Société Hollow Earth juste après votre naissance, confia Tanan. Car nous croyions comme Duncan Fox à l'existence de ce monde et nous savions que seuls les pouvoirs combinés d'un Gardien et d'un *Animare* en ouvriraient les portes. Cependant, notre objectif est différent de celui de Fox qui voulait protéger la terre de ses créatures.

Sur ses traits, on pouvait lire une expression proche de l'extase tandis qu'il psalmodiait :

– À nos fils et filles. N'oubliez jamais que l'imagination est le monde du réel et de l'éternel. Ceci est Hollow Earth.

Les jumeaux se souvinrent des phrases inscrites au dos du dessin d'Arthur. Em regarda la copie du *Démon intérieur*, sur le chevalet. Elle n'avait jamais rien vu d'aussi impressionnant.

– Maman a enfermé papa dans cette peinture afin qu'il puisse trouver l'entrée de Hollow Earth ?

Tanan se rapprocha d'Em.

– Non, afin de l'en empêcher !

Em reçut un message télépathique de Zach.

À l'aide !

Un instant, elle crut qu'il venait d'entrer dans l'atelier. Elle se retourna, s'attendant à le voir, mais il n'y avait personne.

Zach est en danger, Matt. Il faut qu'on parte d'ici.

– Quand vous aurez réussi à libérer votre père de cette peinture, la Société pourra poursuivre sa mission, reprit Tanan d'un air menaçant. Il devra trouver l'entrée de Hollow Earth et vous devrez l'ouvrir.

Tanan est fou, Matt.

Matt se concentra sur leur évasion et regarda de nouveau les drapeaux de l'abbaye.

– Si vous voulez revoir Sandie ou Simon, je vous conseille d'obéir, ajouta Tanan.

– Mais on ne sait pas ce que vous attendez de nous ! cria Em.

– Concentrez-vous sur vos perceptions, essayez d'entrer en contact avec votre père...

– On peut y arriver ! coupa Matt, en pressant le bras de sa sœur. *Fais-moi confiance et fais le vide dans ton esprit, Em.*

Troublée, Em suivit son conseil, et les images produites par ses émotions se traduisirent par des traînées de couleurs et des filets de lumière, qui, en quelques secondes, emplirent l'atelier. Elles explosèrent en un million d'étincelles, luisant comme des braises avant de s'éteindre. Em entendit la voix de sa mère, mais l'éjecta de son esprit.

– Parfait, dit Tanan en se détendant. Maintenant que vous êtes calmes, on va pouvoir commencer.

Les jumeaux se placèrent dos à dos... Tanan et Mara se prirent par les mains, incapables de contenir leur joie. Sur le chevalet, la peinture bougeait, les doigts rétractiles et couverts d'écailles du monstre s'animaient.

Au lieu d'envoyer des phrases par télépathie à Em, Matt lui transmettait des lignes, des courbes, des points, des taches de noir, de blanc et d'argent. Le rythme de sa voix était remplacé par une image qu'Em laissait naître dans son esprit.

Soudain, on eut l'impression qu'un hélicoptère survolait l'atelier. Mara leva la tête et regarda d'un air inquiet le vitrail qui ne laissait plus filtrer la lumière du jour et s'obscurcissait. Dès que Matt eut confié son imagination à Em, la peinture s'immobilisa. Il n'y avait plus de scintillement, ni d'explosion de couleurs, ni d'énergie créatrice. Il n'y avait plus de Malcolm.

– Il y a un problème, déclara Tanan.

– Ils ont l'air en transe, remarqua Mara avec anxiété.

Elle prit le pouls de Matt.

Toujours dos à dos, tête contre tête, les jumeaux avaient les paupières closes. Leur cœur battait au même rythme et leurs cerveaux créaient à l'unisson.

– Je sais comment les arrêter ! brailla Tanan en se ruant sur eux.

Mais un gigantesque cerf blanc ailé traversa avec fracas le vitrail et vint se poser sur la cage des jumeaux qu'il brisa de ses sabots.

– Un péritio ! s'exclama Mara.

Tanan était pétrifié. Ébahis, les jumeaux contemplèrent un instant leur animation. Puis Mara poussa un cri de rage et saisit un tuyau de métal posé près des caisses, pendant que Tanan s'emparait de son carnet de croquis. Trop lentement.

Le péritio baissa ses énormes bois blancs, encorna une caisse emplie de pièces de vitrail et l'envoya valser à travers la pièce. La caisse atterrit sur eux et Tanan perdit son carnet sous une pluie de morceaux de verre.

Les jumeaux s'élancèrent vers le cerf ailé. Matt fit la courte échelle à Em pour la hisser sur le dos de la créature, puis se plaça devant elle. Le péritio s'envola par le vitrail brisé.

– Bien joué avec le tremblement de terre pour nous sortir de là, Em ! cria Matt à travers le vent. Mais j'aurais pu me passer du barreau métamorphosé en serpent.

Chapitre 65

Débarrassant les plis de sa robe noire de débris de bois et de verre coloré, Tanan poussa un hurlement de fauve en voyant le cerf ailé emporter les jumeaux à travers la fenêtre cassée. Il donna un coup de pied dans le chevalet et Mara s'empressa de récupérer le démon de Fox. Tanan sortit son carnet de croquis de sa manche et le brandit comme une arme.

– Malcolm n'était pas prisonnier de cette peinture et les jumeaux s'en sont rendu compte. Sandie a dû faire une autre copie.

Soudain, Tanan se demanda si ses ambitions ne l'avaient pas aveuglé. Depuis le début, Sandie avait une longueur d'avance sur lui.

Mara lui remit la toile et recula. Tanan baissa les yeux vers le démon, observa sa peau corail squameuse, les tissus des muscles, le crâne chauve et la lueur de démence dans les yeux enfoncés. Si Malcolm n'était pas enfermé dans cette peinture, alors où se trouvait la première copie ? La sacoche...

– Je vais rattraper les jumeaux, annonça Mara.

Elle s'apprêtait à ranger la toile dans le tube quand Tanan posa la main sur son bras.

– Attends, murmura-t-il. J'ai une meilleure idée. Pourquoi se déplacer ? Envoyons-leur plutôt le démon de Fox.

Le péritio se posa avec grâce sur un affleurement de rocher dans la crique des Moines à Era Mina.

– À ton avis, notre animation va durer combien de temps ? s'enquit Em, en caressant les ailes de la bête avec émerveillement.

– Je ne sais pas. Je ne peux pas déchirer le dessin vu que ton imagination m'a servi de page. Cette animation est différente des autres, tu ne trouves pas ? Comme si elle était éternelle.

Sous la pleine lune, des milliers de minuscules méduses illuminaient la surface de l'eau comme autant de chandelles. Avant d'atterrir, les jumeaux avaient aperçu le hors-bord de l'abbaye près de la tour, ils savaient donc que Zach était là, même si Em ne recevait toujours aucune réponse à ses messages télépathiques. Les jumeaux laissèrent le péritio se lisser les plumes et filèrent vers les grottes en bondissant d'un rocher à l'autre. Le faisceau lumineux de la tour éclairait l'entrée de celle-ci d'une lumière spectrale, mais l'obscurité se fit dès qu'ils s'enfoncèrent dans la cavité.

Derrière eux, de la voûte, une paire de prunelles jaunes les surveillait. Si les jumeaux s'étaient concentrés, ils auraient pu entendre s'aiguiser de petites dents tranchantes.

Matt gravit les rochers jusqu'aux abords de l'entrée de la grotte. Sa main heurta un objet lourd.

– J'ai trouvé le sac de Zach ! cria-t-il à Em.

Et il sentit autre chose.

– Son casque !

La lumière du phare pénétra les lieux, éclairant soudain la pire de ses craintes. Sous lui, deux corps flottaient au bord d'un bassin empli d'eau de mer.

– Em ! hurla-t-il. Viens voir !

Adossé à un rocher, inanimé, le menton contre son torse, le crâne entaillé, Zach avait les bras passés sous ceux de Vaughn. Malgré la marée montante, il avait réussi à lui maintenir la tête hors de l'eau, lui épargnant ainsi la noyade. Cela soulagea un instant les jumeaux, avant qu'ils ne remarquent les marques de morsures sur le cou et les bras de Zach et de Vaughn.

Chapitre 66

Le cœur battant, Em s'agenouilla près de Zach et lui releva le menton. Zach gémit, eut un faible sourire, puis laissa retomber sa tête sur l'épaule de Vaughn.

– Il faut évacuer Vaughn, déclara Matt en pataugeant dans l'eau.

Avec peine, les jumeaux le hissèrent sur les rochers, au bord du bassin. Vaughn saisit le poignet de Matt.

– Vous devez sortir d'ici, marmonna-t-il.

– Oui, promit Matt. Et nous allons obtenir de l'aide.

Mais Vaughn avait à nouveau perdu connaissance.

En plus de sa blessure au crâne, Zach s'était foulé ou cassé la cheville. Em se mit à pleurer. Les larmes roulaient sur ses joues tandis qu'elle le transportait avec Matt pour le placer près de Vaughn.

Et là, alors qu'ils se croyaient à l'abri, l'attaque les prit par surprise.

L'agresseur bondit des ténèbres et atterrit sur les épaules de Matt. Les dents de l'enfant démon claquaient près de son oreille et son haleine fétide lui donnait la chair de poule. Em poussa un cri et frappa le monstre, tentant désespérément d'arracher son frère à son emprise. Accroupi, Matt essaya de s'en débarrasser contre la paroi de la grotte. Mais la créature continuait à lui mordre le cou.

Em se sentait impuissante. La créature s'agrippait au dos de Matt. Elle recula jusqu'au sac de Zach, avec pour unique éclairage la lueur des prunelles jaunes de l'enfant démon, lequel lui souriait dès que la lumière du phare passait sur son front bulbeux.

Matt s'affaiblissait. La créature changea de place, se plaqua sur son torse et entreprit de l'étouffer.

Fouillant dans le sac de Zach à la recherche d'un crayon et d'un carnet, Em se sentait paralysée par la peur. Dès qu'elle palpait le contour d'un stylo, celui-ci lui glissait des doigts. Elle savait que pour aider Matt et Zach, elle devait conserver son sang-froid. Soudain, elle se souvint du fusain caché dans la poche arrière de son jean. En un instant, elle se mit à dessiner sur la paroi de la grotte.

Roule sur le dos. Maintenant !

Matt obéit juste à temps. Une large méduse tomba de la voûte sur l'enfant démon et l'enveloppa entièrement. Surpris, ce dernier lâcha Matt, qui en profita pour se dégager et rejoindre sa sœur.

La méduse avait recouvert le corps de la créature d'un liquide gluant, rose et brillant. Plus l'enfant démon se débattait, plus la méduse s'adaptait pour retenir ses bras et ses jambes entre ses épais filaments. Quand Em constata que le monstre aux dents aiguisées avait été totalement absorbé par la méduse, elle prit de l'eau de mer dans le creux de sa main et effaça son dessin sur la paroi. La méduse éclata en jets rose vif et vert putride.

Em n'eut pas le temps de se réjouir de la destruction de la créature. La montre de Zach se mit à sonner. Il essayait d'attirer leur attention.

Les jumeaux marchèrent sur les rochers jusqu'à Zach et s'accroupirent près de lui. Il tentait désespérément de regarder au-dessus de l'épaule d'Em, en direction de l'entrée de la grotte. Em entendit son avertissement télépathique.

Le phare clignote.

Oui, et alors ?

C'est du morse.

Em fronça les sourcils. *Tu en es sûr ? C'est peut-être un problème d'électricité.*

Certain. C'est un code. Je connais les codes.

Qu'est-ce que tu as compris ?

Pas le temps de t'expliquer. Allez vous cacher dans la grotte. Tout de suite !

Em relaya l'information à Matt.

– On n'a pas le temps de mettre tout le monde à l'abri, répondit-il, en contemplant Zach et Vaughn, le cœur brisé.

– Grimpez ! ordonna Zach en langue des signes. Si Tanan et Mara débarquent, c'est vous qu'ils voudront attraper.

Em regarda Zach. *C'est ton père qui t'a transmis ce message ?*

Zach hocha la tête. *J'espère.*

– Il a raison, Em. Grimpons.

Matt avait les yeux rouges et Em, la gorge nouée.

On ne peut pas t'abandonner, Zach.

Il le faut.

Matt se releva et hissa Em sur ses pieds. Il l'entraîna vers les crevasses qui formaient des marches conduisant à leur cachette.

– Attends ! hurla-t-elle soudain.

Elle ressortit son fusain et esquissa une couverture noire sur la paroi rocheuse. Matt l'anima et l'étala ensuite sur les deux blessés, désormais camouflés, fondus dans la pénombre de la grotte.

La lumière du phare se remit à clignoter.

Cache-toi.

Cache-toi.

Cache-toi...

Chapitre 67

Quand Simon avait ouvert les yeux, souffrant d'une douleur lancinante au crâne, il avait pris quelques minutes pour remettre de l'ordre dans ses pensées. Mara avait un problème. Il pouvait percevoir ses sentiments mais n'arrivait pas à déterminer s'il s'agissait de rage, de frustration, d'excitation ou de douleur.

En s'asseyant, il s'aperçut qu'il était pieds nus et, à son grand étonnement, encore en pyjama. Il avait les poings liés derrière le dos et se trouvait sur la banquette arrière de son véhicule. Le front appuyé à la vitre, il risqua un œil à l'extérieur. Il faisait sombre et il était dans la forêt.

Comment était-il arrivé là ? Il ne lui semblait pas être blessé, mais il mourait de soif.

Il se souvenait de s'être levé à l'aube ou même avant. Dans la chambre de Mara, il avait entendu des voix, alors qu'elle n'attendait pas de visiteurs. Simon pouvait se rappeler le moment où il avait marché dans le couloir jusqu'à la chambre du Mara, ensuite, sa mémoire lui faisait défaut.

Ce qu'il savait, c'était que ceux qui avaient agressé Renard et enlevé Sandie étaient retournés à l'abbaye et l'avaient drogué. S'agissait-il du couple que les jumeaux avaient piégé dans les sables mouvants ?

Simon fit passer ses poings liés entre les deux sièges avant et ouvrit la boîte à gants. Il dénicha son couteau suisse et se servit de la plus petite lame pour trancher l'attache en plastique qui lui serrait les poignets. Puis il passa derrière le volant et mit le contact.

Rien. Plus de batterie.

Les émotions de Mara s'intensifiaient et brouillaient la perception de Simon. S'il voulait l'aider, il fallait qu'il regagne l'abbaye avant de perdre le reste de ses facultés. Et cette fois, les jumeaux et Zach n'étaient pas à ses côtés.

Il était en train d'inspecter la boussole de son téléphone portable quand il remarqua la longue liste de textos de Zach. Il lui suffit de lire le dernier pour comprendre que les enfants étaient en danger.

Il sauta de la voiture et s'élança vers l'ouest à travers la forêt.

Essoufflé, les pieds écorchés et sanguinolents, Simon interrompit sa course après avoir franchi les murs de l'abbaye. Une émotion de Mara le fit chanceler. Quand la douleur se fut apaisée, il longea la muraille en direction de l'arrière du domaine avant d'aller se cacher dans l'écurie.

De cet abri, il pouvait distinguer la cuisine de l'abbaye, éclairée mais vide. Les cloîtres étaient plongés dans la pénombre, hormis l'atelier de Mara. Il ne restait de sa magnifique fenêtre que quelques morceaux de vitrail.

Selon le dernier texto de Zach, les jumeaux étaient prisonniers de Mara et d'un dénommé Tanan – l'homme des sables mouvants, supposa Simon. Il n'arrivait pas à y croire. Comment Mara avait-elle pu le tromper pendant si longtemps ? Elle avait certainement dû masquer ses véritables émotions durant des années. Il lut un autre texto. Zach s'était échappé grâce à une animation de Matt et se dirigeait vers Era Mina pour obtenir l'aide de Vaughn. *Vaughn !* Quand était-il revenu sur l'île ? La trahison de Mara le rendait malade et ce Tanan l'effrayait, mais le retour de Vaughn le soulageait. Vaughn était un homme bien.

Simon courut en longeant les arbres. Une fois sur la jetée, il distingua un homme vêtu d'un froc de bure, debout sous la lumière du phare d'Era Mina. *Tanan*, songea-t-il.

Simon pouvait sentir que l'homme s'apprêtait à animer quelque chose. Il téléphona aux jumeaux et à Zach. Pas de réponse. Il devait les prévenir qu'un danger se préparait... avant qu'il ne soit trop tard.

Chapitre 68

Les jumeaux grimpaient vite et se hissèrent au-dessus du rebord rocheux puis à l'intérieur de la cavité. Matt tira sur le cordon de la lumière. Il leur fallut quelques instants pour ajuster leur vue à la pénombre. Rien n'avait changé dans leur cachette. Ils en déduisirent que Vaughn avait dû être attaqué en en sortant. Matt s'approcha du canapé et se baissa pour regarder dessous.

– Qu'est-ce que tu fais ?

– Je suis une piste.

La sacoche était coincée derrière l'un des pieds. Matt s'en empara.

– Comment savais-tu qu'elle était là ? s'étonna Em.

– Je me suis dit que Vaughn devait l'avoir dénichée dans la pile de bûches, l'autre soir. Il n'y a que lui dont on n'avait pas tenu compte. Mara ne l'a jamais eue, en fait. Et c'est le seul endroit où il pouvait la cacher : il n'y a même pas un placard, ici.

– On aurait dû fouiller avant, soupira Em.

Soudain, la lumière s'éteignit, plongeant la grotte dans les ténèbres.

– Quelqu'un a dû couper..., commença Matt.

Tais-toi. Tu vas nous faire remarquer. Remets la sacoche sous le canapé et allons nous cacher.

On se sépare ?

Oui.

Matt palpa le plateau de la table en quête d'un carnet et d'un feutre et les fourra sous son tee-shirt. Il monta sur le canapé afin d'atteindre l'entrée d'une galerie souterraine qu'ils avaient découverte quelques mois plus tôt sans vraiment l'explorer. Em se dirigea vers le coin opposé et grimpa jusqu'à un rebord creusé dans la roche.

Ils attendirent.

Tu penses que le péritio est encore là, Matt ?

Si c'est le cas, j'aimerais bien voir la tête des pêcheurs.

Em apprécia son sens de l'humour. Ils n'avaient pas besoin de se laisser accabler davantage par la situation.

La pénombre de la grotte la gênait moins que l'humidité. Elle pouvait la sentir s'infiltrer à travers ses bottes et monter le long de son dos. Elle tenta de changer de position pour améliorer son confort, sans grand succès.

Em n'était pas certaine de pouvoir rester à cet endroit. Elle avait mal aux genoux et ses orteils s'engourdissaient.

Tu crois qu'il va bientôt arriver ? J'ai tellement froid.

Oui, Em, je le sens.

Devant eux, l'écran plat de l'ordinateur posé sur la table explosa, répandant une lumière bleue aveuglante ainsi qu'une pluie d'éclats de plastique et de verre sous la voûte de la caverne. La lumière brilla trente secondes puis s'affaiblit, de même que celle des étincelles qui jaillissaient des prises et des fils du matériel informatique. Un poing traversa l'écran de l'ordinateur. L'angoisse d'Em fit presque chanceler Matt.

Le démon de Fox !

Le démon ouvrit lentement son poing. Les muscles et les tendons de son avant-bras étaient si bien définis qu'ils semblaient avoir été façonnés dans l'argile. Il fit craquer les jointures de ses doigts les unes après les autres.

Comment cette... chose peut-elle sortir d'un ordinateur ?

C'est vraiment ça qui t'inquiète, Em ? On possède des pouvoirs que d'autres ne peuvent même pas imaginer. Zach est blessé parce qu'une œuvre maudite l'a attaqué. Et toi, tu te demandes comment un monstre peut surgir de notre ordinateur ?

Sois gentil, Matt. J'ai peur et tu ne m'aides pas.

De leurs cachettes respectives, alarmés, ils regardèrent les griffes effilées du démon labourer la table avec fureur et envoyer voler le clavier à travers la grotte.

Baisse-toi, Em !

Matt sentit son propre cri d'avertissement exploser à l'intérieur de son crâne et une douleur passa sous ses paupières. Le clavier percuta la paroi rocheuse, ratant de peu la tête de sa sœur.

La main du monstre avait finalement réussi à s'agripper au rebord de la table. Ses muscles palpitaient tandis qu'il avançait une épaule gigantesque à travers les étincelles bleues de l'écran pulvérisé.

Est-ce qu'on peut l'empêcher d'aller plus loin ?

Matt aurait été ravi de faire ce que sa sœur suggérait, de saisir un morceau de verre et de transformer le monstre en sushis. À la place, il proposa à Em de prendre la fuite.

Courons tant qu'il est encore temps.

Une bouffée d'air fétide les assaillit. Le colosse avait réussi à faire passer entièrement son épaule, et son crâne chauve suivait. Ses yeux fouillèrent la pénombre. Ses narines frémirent. Il inclina la tête vers la cachette d'Em et renifla. Une langue noire et fourchue de reptile se glissa à travers sa bouche fissurée. Plaquées de chaque côté de sa tête, ses oreilles ressemblaient à des ailes repliées de chauve-souris, et les os de son squelette étaient visibles tandis qu'il grognait, hurlait et tirait pour extraire le reste de son corps de l'ordinateur.

Il s'accroupit au bord de la table.

– Bonsoir, chers amis.

C'était la voix de Tanan.

– Sors de là, Em ! cria Matt.

Chapitre 69

Em sauta du rebord, glissa sur le sol moussu et tomba sur sa hanche. Le démon fit volte-face pour lui barrer la route et se frotta les mains. Il bloquait la sortie. Mais sa peau squameuse irradiait un halo lumineux, comme une animation, permettant à Em de mieux voir autour d'elle.

Matt semblait avoir reculé à l'intérieur de sa galerie souterraine. Em s'empara d'un débris d'ordinateur et le lança comme un Frisbee. Le démon leva une main griffue, le saisit au vol et le pulvérisa. Il fit un pas vers Em. Un autre. Elle se jeta sous la table et, à quatre pattes, fila dans la direction opposée.

Trop lentement.

En deux grandes enjambées, le monstre atteignit l'autre extrémité de la grotte et l'attendit. Em recula contre la paroi rocheuse. Fébrile, elle cherchait un moyen de rejoindre son frère quand elle sentit un picotement au bout de ses doigts. Puis sa paume entière la brûla. Baissant les yeux, elle vit, stupéfaite, une épée étincelante de Viking prendre forme dans sa main. Sans hésiter, elle saisit la poignée à deux mains et planta l'arme dans la cuisse du démon. Ce dernier gémit.

Matt déchira aussitôt le dessin. Laisser une épée à un démon était une mauvaise idée. La lame se rompit en son centre et se désintégra en une pluie d'étincelles dorées, aveuglant le monstre un instant.

Em en profita pour courir jusqu'au canapé afin d'atteindre la galerie où se cachait son frère. Matt la saisit par les poignets et commença à la hisser jusqu'à lui. Le démon chargea.

– Trouve un moyen de boucher l'entrée ! hurla Em.

Le démon lui attrapa un pied et la tira lentement hors de la galerie. Em cria. De sa jambe libre, elle se mit à lui décocher des coups de pied dans la tête. En se contorsionnant, elle aperçut ses prunelles vert jade. *Les yeux de Tanan*. Il avait animé le démon de la même façon que Matt avait animé le caladrius. Sa main se resserrait autour de sa cheville tandis qu'il parvenait à éviter ses coups. Plus elle se débattait, plus Tanan s'amusait. Elle se sentait comme une pelote de laine entre les pattes d'un chat déterminé.

Derrière toi, Em.

Une bombe aérosol roula sur son dos. Elle la saisit et aspergea la figure du démon de gaz lacrymogène. Il hurla et lâcha prise.

Entre, maintenant ! Je vais bloquer l'accès.

Em retira son pied de sa botte et se hissa entièrement à l'intérieur de la galerie. Aussitôt, une porte d'acier tomba devant l'entrée comme une guillotine. De ses griffes, le démon se mit à creuser sous la porte, cherchant à se frayer un autre chemin.

– Cela ne va pas le retenir longtemps, soupira Matt. Allons voir où mène ce tunnel.

Em contempla sa paume douloureuse couverte d'ampoules. Matt la considéra d'un air navré.

– Désolé pour ta peau. C'est à cause de l'épée. Il fallait qu'elle sorte directement de ta main, sinon notre ennemi aurait pu s'en emparer.

À quatre pattes, ils continuèrent à grimper, s'enfonçant plus profondément dans l'île. Em sentit soudain une odeur de feuilles en décomposition. Au bout de quelques minutes, les jumeaux entendirent le monstre frapper contre la porte d'acier et l'arracher comme une dent branlante. Elle tomba avec fracas sur le sol d'ardoise. En se retournant, Matt et Em virent le démon sauter à l'intérieur de la galerie souterraine et s'accroupir un instant, emplissant l'espace de sa carrure massive. Puis son corps s'allongea comme celui d'un serpent et il glissa vers eux.

Dessine un effondrement !

On risque de finir ensevelis !

Dès qu'elle bougeait, Em sentait une douleur lancinante à la hanche et les doigts de Matt saignaient de nouveau. À chaque expiration, la langue noire et fourchue du monstre effectuait une longue trajectoire et lui piquait la plante du pied. Terrifiée, elle se demanda s'il pouvait ainsi lui injecter du venin.

Soudain, alors qu'ils s'approchaient de l'autre extrémité de la galerie, le sol se déroba sous eux et ils dégringolèrent dans l'obscurité.

Chapitre 70

Simon avait réussi à apaiser les émotions de Mara et ses propres craintes à l'égard des jumeaux. Dans un cagibi de l'abbaye, il avait déniché la clé qu'il cherchait. Il s'était ensuite rendu à l'abri à bateaux où il avait ouvert le placard contenant l'installation de contrôle du phare. En dénudant les fils électriques afin de modifier les signaux lumineux, il avait espéré que Zach se souvenait des rudiments de morse qu'il avait appris.

Il avait d'abord tenté d'attirer l'attention de son fils à l'aide d'un clignotement. Ensuite, après l'avoir exhorté à se cacher en envoyant le même avertissement pendant dix minutes, il avait voulu prendre le hors-bord, mais celui-ci avait disparu.

Mara. Il avait besoin des dons d'*Animare* de Mara pour traverser la baie. Il était son Gardien ; il devrait pouvoir la raisonner.

Il piqua un sprint vers l'atelier de Mara. À mesure qu'il se rapprochait, la douleur s'intensifiait dans son esprit et son corps. Quand il atteignit les marches de l'atelier, l'angoisse le suffoquait.

– Mara ? croassa-t-il. Tu es là ?

Les lieux semblaient déserts, mais Simon percevait sa présence. En entrant, il remarqua aussitôt les morceaux de vitrail brisé et les débris de bois. Au centre du chaos, une petite toile était exposée sur un chevalet. Simon eut la nausée. Avant sa disparition, sans que nul ne comprît pourquoi, Malcolm était fasciné par Duncan Fox et cette peinture. Simon ne l'avait pas vue depuis des années et elle n'avait en rien perdu de son pouvoir.

Une violente douleur l'obligea à s'agenouiller. Puis il entendit Mara pleurer dans un coin, derrière le four. Quand il la vit, il se figea.

– Qui t'a fait ça ?

Penchée devant *Sorcière avec un enfant démon*, Mara avait le bras pris à l'intérieur du tableau. La sorcière souriait à Simon d'un air malveillant tout en serrant la main de Mara dans la sienne.

– Tanan, hoqueta Mara. Je croyais... je croyais que c'était mon partenaire. Que nous travaillions ensemble. J'ai fait tout ça pour Malcolm.

– Tanan est doué de pouvoirs d'*Animare* suffisamment puissants pour emprisonner quelqu'un à l'intérieur d'une peinture ?

– En partie seulement.

Simon saisit la main libre de Mara. Son contact physique apaisa aussitôt celle-ci et Simon se sentit un peu mieux.

– Que veut Tanan ? questionna-t-il.

– Le retour de Malcolm. On pensait qu'il était captif de cette copie du démon de Fox et que seuls les jumeaux pouvaient le libérer.

Ses sanglots redoublèrent. Simon ferma les yeux et se concentra pour la calmer. C'était difficile. L'anxiété de Mara provenait d'un endroit profondément enfoui en elle, qui débordait d'amertume, de fiel et de rage.

– Pourquoi toi, Mara ? Pourquoi as-tu voulu faire du mal à Matt et Em ?

Son regard s'enflamma.

– Parce que j'aime Malcolm. Je l'aimais avant qu'il ne fasse la connaissance de Sandie. Je ferais n'importe quoi pour lui. Nous devons nous servir des jumeaux pour...

– Malcolm n'aurait jamais mis en danger ses propres enfants ! coupa Simon.

Mara lui jeta un regard glacial.

– Dès leur naissance, ces enfants ne représentaient qu'un moyen de parvenir à ses fins. Il pensait qu'un jour, ils seraient en mesure de lui ouvrir les portes de Hollow Earth. C'est ce qui a poussé Sandie à intervenir. Nous savions qu'elle lui avait fait quelque chose, mais nous ignorions quoi. Nous avons enfin percé ce mystère il y a quelques semaines.

Simon puisa dans ses dernières forces de Gardien et ordonna :

– Crée une animation qui me permette d'atteindre Era Mina. À mon retour, les jumeaux pourront te libérer de cette toile.

Par terre, près du four, il ramassa un bout de papier qu'il posa avec un feutre sur les genoux de Mara.

– Dessine ! la somma-t-il. Il est peut-être déjà trop tard.

Chapitre 71

Les jumeaux ne tombèrent pas trop bas, mais atterrirent brutalement. Matt avait amorti la chute de sa sœur qui le suivait de près, mais son cri fit craindre à Em de lui avoir cassé le bras. Il roula sur le côté et toucha son coude en grimaçant.

– Ça fait mal, gémit-il.

Em retira son sweat et noua les manches derrière la nuque de Matt. Puis, avec délicatesse, elle l'aida à placer son bras à l'intérieur de la bandoulière, ce qui le soulagea.

– On est où ? s'enquit-elle d'une voix chevrotante.

Les larmes aux yeux, Matt préféra se taire. Au-dessus de leurs têtes, une lumière ambrée éclairait le reste de la galerie. Le démon n'était pas tombé. Au bord du précipice, sa langue fourchue apparaissait et disparaissait. Dès qu'il bougeait, il laissait une traînée lumineuse dans la pénombre.

Tanan se demande où on est.

Le plus discrètement du monde, ils reculèrent et heurtèrent la paroi froide de la grotte.

Si on bouche la galerie où il se trouve, on le piégera, comme le type au bras coincé dans le mur, à Londres. Donne-moi du papier et un crayon, Em.

Je ne les ai plus. J'ai dû les perdre en tombant.

Affolée, Em se mit à palper le sol de ses mains en prenant soin de rester hors de la vue du démon. Ce dernier se pencha au-dessus du précipice, hochant la tête comme s'il réfléchissait au meilleur moment pour fondre sur ses proies.

Le fusain ! Tu l'as encore, Em ? On peut dessiner sur le mur.

Dans un halo doré, le démon sauta et atterrit sur son arrière-train. Puis il se redressa de toute sa hauteur, et le rayonnement de sa peau squameuse illumina les lieux.

Les jumeaux demeurèrent bouche bée. Derrière le démon, une gravure époustouflante représentant un chien à trois têtes, un cerbère, comme les gargouilles de l'abbaye, décorait la roche jusqu'à la galerie d'où ils avaient chuté.

Ils avaient découvert la grotte de Solon.

L'histoire du jeune apprenti qui avait sauvé le monastère lors d'un raid de Vikings avait été leur source d'inspiration principale pour le spectacle qu'ils avaient présenté aux touristes d'Auchinmurn. Et à présent, ils se trouvaient sur le lieu de son acte héroïque.

Le démon gratta le sol d'ardoise, pareil à un taureau.

Puis il chargea.

Em ferma les yeux et serra la main de son frère. Matt se plaça devant sa sœur pour la protéger, mais le démon éclata en milliers de projectiles de lumière cuivrée, lesquels ricochèrent sur les murs, répandant une épaisse poussière rouge sur les jumeaux.

D'une main tremblante, Em chassa les résidus d'animation de sa figure.

– Qu'est-ce qui s'est passé ?

– Quelqu'un a dû détruire le dessin de Tanan, répondit Matt.

Il commençait à se sentir très faible et la douleur irradiait dans son bras.

Em parcourut la grotte, profitant des particules luisantes du démon pour examiner les murs en quête d'une issue quelconque. Elle s'arrêta pour suivre du doigt les lignes profondément gravées du cerbère. À son contact, les têtes du chien bondirent hors du mur et mordirent l'air. Une décharge électrique traversa le bras d'Em et la projeta en arrière.

Sonnée, elle se releva.

– Tu as vu ça, Matt ?

Elle se tourna vers son frère et poussa un cri. Il avait perdu connaissance, assommé par le courant électrique qui l'avait également traversé.

Em sortit son fusain et esquissa un dessin sur la paroi. Des marches en surgirent, formant un escalier menant au bord du précipice puis à l'intérieur de la galerie. S'ils pouvaient repartir en suivant l'itinéraire emprunté à l'aller, ils parviendraient quitter ce gouffre. À présent, il ne lui restait plus qu'à trouver un moyen pour transporter son frère.

Chapitre 72

Zach n'avait pas pu communiquer par télépathie avec Em depuis un moment. Mais lorsque les jumeaux avaient disparu dans les ténèbres, il avait senti de fortes vibrations sonores descendre le long de la paroi de la grotte. Puis comme si un fil ténu les eût reliés, il avait perçu le déplacement d'Em qui s'enfonçait à l'intérieur du massif rocheux.

Zach se rapprocha de Vaughn et ajusta la couverture qui les enveloppait. Il grelottait. Sa cheville le faisait moins souffrir mais avait triplé de volume.

La respiration sifflante de Vaughn l'inquiétait. Finalement, ce dernier reprit connaissance et se redressa en grimaçant.

– J'ai dû me casser une côte en tombant, annonça-t-il.

– Est-ce que vous avez été attaqué par la même créature que moi ? questionna Zach en langue des signes.

– Non, répondit Vaughn.

Puis il examina ses marques de morsures et ajouta :

– Mais cette créature a dû en profiter pour me mordre en t'attendant ici.

Zach lui rapporta ce qui s'était passé et, surtout, qu'il pouvait maintenant sentir les jumeaux progresser à l'intérieur de la grotte.

– Si nous voulons les aider, il faut arrêter Tanan, déclara Vaughn. Pour libérer Malcolm, sa meilleure stratégie est de les prendre en otages jusqu'à ce qu'il retrouve Sandie et la bonne copie.

– Comment l'arrêter ? demanda Zach. Je ne suis pas un *Animare*.

Vaughn sortit un carnet de croquis de sa veste.

– Moi, si. Je vais t'expliquer comment nous allons nous y prendre.

Tanan avait animé un bateau pour se rendre à Era Mina. Mara lui avait fourni des informations très utiles à propos des jumeaux. Avec un pinceau et de l'encre, dérobés dans l'atelier de Sandie, il avait ensuite animé le démon de Fox à l'intérieur de la cachette des enfants, en se servant de leur ordinateur. Ensuite, il lui avait suffi de les pourchasser d'une grotte à l'autre. Le démon voyait à travers les yeux de Tanan, qui parvenait néanmoins à distinguer de façon assez vague son propre environnement à l'extérieur des grottes.

Quand il avait enfin réussi à piéger les jumeaux dans la deuxième grotte, le grondement d'un moteur lui était parvenu. Le bruit provenait de la jetée de l'abbaye. Il en avait déduit que quelqu'un venait à la rescousse. Trop tard...

Pendant que le démon grattait le sol, prêt à charger les jumeaux, Tanan avait contourné la crique des Moines. Il comptait rejoindre la cachette des enfants et attendre que le démon les lui amène.

Soudain, Tanan perçut un déplacement au-dessus de lui. Il leva le nez de sa peinture. Posté sur les rochers, armé d'un arc, Zach le visait. Tanan n'eut pas le temps de réagir. La flèche de Zach transperça la toile, anéantissant le démon dans la grotte de Solon, puis alla se planter juste au-dessus du cœur noir de Tanan.

Em essaya de traîner Matt au pied de l'escalier qu'elle avait créé dans la grotte de Solon. Il était conscient mais son bras le faisait tellement souffrir qu'elle finit par renoncer.

– Laisse-moi là et va chercher du secours, balbutia Matt. Tu iras plus vite seule.

Pour une fois, Em ne protesta pas. Elle était en train de l'installer dans une position plus confortable lorsqu'elle entendit des grattements de l'autre côté de la paroi rocheuse. L'oreille plaquée contre la surface dure et froide, elle ferma les yeux. Quelqu'un ou quelque chose se trouvait plus haut.

– On est là ! cria Em.

Elle vit apparaître lentement une lueur à travers une fissure. Puis la fissure s'agrandit et bientôt, le faisceau lumineux d'une lampe électrique éclaira la grotte entière. Vaughn se pencha au-dessus du trou qu'il avait creusé et demanda, essoufflé :

– Vous êtes sains et saufs ?

Em s'illumina.

– Oui. Matt a le bras cassé, je pense, mais sinon ça va. Je suis tellement soulagée de vous voir ! Comment avez-vous fait pour nous localiser ?

– Ça, c'est une autre histoire, haleta Vaughn. Quand nous serons sortis de ce gouffre, tu comprendras.

Chapitre 73

Simon laissa le jet-ski que Mara lui avait dessiné sur le sable, au pied de la tour d'Era Mina. Fourrant le dessin dans sa poche, il parcourut la plage rocheuse en direction des grottes, puis s'arrêta en voyant le hors-bord de l'abbaye. Il avança, caché par les rochers, et balaya du regard la crique des Moines.

À l'entrée des grottes, le phare de la tour illuminait une scène qui l'emplit de joie. Une couverture sur les épaules, un arc en bandoulière, Zach riait, frappant de sa paume celle de Vaughn. Perchés sur un splendide cerf ailé, les jumeaux survolaient les bassins foisonnant de méduses.

Dès que Simon les rejoignit, il constata l'importance de leurs blessures. Il étreignit Zach, prit son portable et appela Clarissa Bond pour lui donner rendez-vous à Era Mina.

– Où est Tanan ? questionna-t-il ensuite.

– Il est parti, répondit Zach en langue des signes.

Vaughn ne voulait pas passer sous silence l'héroïsme

de Zach et tendit à son jeune ami le morceau de papier sur lequel figuraient un arc et une flèche.

– Zach est un sacré archer ! Je n'étais pas en état de me servir d'une arme. Il s'est débrouillé comme un chef !

– Cela ne m'étonne pas, commenta Em, faisant rougir Zach.

Simon contempla son fils avec fierté.

– Quand je suis arrivé avec les jumeaux, Tanan avait disparu, expliqua Vaughn. Zach ne l'a pas tué.

Simon porta son attention sur l'extraordinaire péritio. La bête replia ses ailes de chaque côté de ses flancs et fléchit ses pattes arrière, permettant à Matt de descendre plus facilement. Les deux garçons échangèrent un sourire malgré leur douleur.

– C'est parce qu'on a animé le péritio d'une façon inhabituelle que notre animation dure encore, confia Em en mettant pied à terre. Il a réussi à nous retrouver. Merci, ajouta-t-elle, la joue posée contre le large poitrail du cerf ailé.

Puis elle se jeta dans les bras de Zach.

Malgré ses difficultés à respirer, Vaughn poursuivit les explications :

– Après avoir vaincu Tanan, Zach a repéré le péritio, au-dessus de lui, qui plantait ses bois dans la falaise. La bête savait qu'une galerie souterraine existait à cet emplacement. J'ai escaladé la paroi et découvert une mince ouverture, mais j'étais trop faible pour aller plus loin.

– Le péritio semblait savoir qu'il y avait une entrée plus large dans la falaise, poursuivit Em. Il s'y est précipité et j'ai aidé Matt à grimper sur son dos. Et nous voici ! ajouta-t-elle en souriant à son frère.

Simon caressa l'énorme tête blanche du cerf ailé et laissa courir ses doigts sur son imposante ramure d'ivoire. Son pelage épais prenait des reflets argent sous la lune. Simon s'inclina.

– Oui, merci, dit-il.

Le péritio secoua ses bois et s'ébroua. Et Simon s'aperçut qu'il ne sentait plus la douleur de Mara.

La créature gratta les rochers de ses sabots, forçant Simon et Em à s'éloigner. Puis il bondit, galopa sur le sable, déploya ses ailes et s'éleva vers le ciel noir criblé d'étoiles. Il y demeura un moment, puis, dans une explosion de lumière blanche, se volatilisa.

Quelques minutes plus tard, ils virent Clarissa Bond descendre d'un hélicoptère de la Royal Air Force. Le bateau de sauvetage du garde-côte l'accompagnait. En un rien de temps, Matt, Zach et Vaughn furent transportés à l'hôpital par voie aérienne pendant que Simon et Em retournaient à Auchinmurn avec le hors-bord, suivis par Clarissa Bond dans le bateau du garde-côte.

– On ne peut pas aller directement à l'hôpital avec ce hors-bord ? supplia Em, tandis que Simon manœuvrait près de la jetée. Je ne veux pas rentrer à l'abbaye.

Simon accosta.

– Le préfet va nous y emmener dans quelques minutes. Avant, nous devons passer voir Mara qui a besoin de nous.

Em le suivit à contrecœur.

L'atelier était dans un état aussi chaotique que lorsqu'ils l'avaient quitté. Em resta en retrait, près de la porte. Elle n'était pas certaine de vouloir aider Mara.

– Viens, Em, l'exhorta Simon en la prenant par la main. C'est ce que souhaiterait ton grand-père.

Derrière le four, *Sorcière avec un enfant démon* était de nouveau identique à la peinture d'origine. La sorcière tenait sur ses genoux l'horrible créature. Mara s'était volatilisée. Em frissonna.

– Cette peinture est diabolique.

– Oui, approuva Simon.

Il sortit son couteau suisse, coupa la toile le long du cadre. Em appuya sur le clavier numérique du four pour actionner le mécanisme d'ouverture des lourdes portes et Simon jeta la peinture dans les flammes.

Chapitre 74

Quand ils revinrent à l'aube, après leur visite à l'hôpital, Jeannie les attendait avec impatience. Elle n'avait pas pu rentrer à l'abbaye avant la réparation de la panne de moteur du ferry, provoquée par les méduses. En arrivant, elle avait trouvé les jardins de l'abbaye vides et la porte de la cuisine grande ouverte. Un ouragan semblait avoir soufflé dans l'atelier de Mara. Rongée d'inquiétude, elle avait fini par réussir à joindre Simon à l'hôpital ; il s'était aussitôt excusé de ne pas l'avoir informée plus tôt des derniers événements.

– Elle est furieuse ! confia Simon tandis qu'ils accostaient avec le bateau que Clarissa Bond avait laissé à leur disposition. Au moins, vous serez prévenus.

Claudiquant sur des béquilles, Zach entra dans la cuisine le premier. Le bras en bandoulière, Matt le suivait. Em avait un bleu à la hanche, mais rien de cassé. Avec Simon, elle aidait Vaughn à franchir le seuil de la pièce. Un bandage thoracique protégeait ses côtes et des points de suture refermaient ses entailles. Les mains sur les hanches, Jeannie leur cachait la table.

– Vous êtes tous coupables ! leur reprocha-t-elle. Toi particulièrement ! ajouta-t-elle en se tournant vers Vaughn. Pas un coup de fil toutes ces années. Pourquoi tu n'es pas venu ici plus tôt pour nous aider ? Tu auras du porridge pendant une semaine.

Puis elle fit un pas de côté.

– Mais d'abord, le gâteau d'anniversaire !

Vingt-six bougies illuminaient une pièce montée de trois étages parsemés de noix de coco – treize pour Em et treize pour Matt.

Jeannie les embrassa en les étouffant presque.

– Vous croyiez que j'allais laisser quelques *Animare* détraqués gâcher ce moment ? Joyeux anniversaire, les jumeaux !

Em et Matt échangèrent un sourire tandis que Jeannie serrait Zach un peu trop fort contre elle. Vaughn comprit que c'était son tour. Il se dit que le mieux était de rappeler à Jeannie qu'il avait les côtes brisées, et de profiter de l'instant car il était vraiment heureux d'être de retour.

Après avoir dévoré les trois quarts du gâteau, ils se rassemblèrent devant la cheminée, où Jeannie leur servit des tasses de chocolat fumant.

– Oh, j'allais oublier, dit-elle en ouvrant un placard.

Elle en sortit un sac et confia :

– Un policier de l'équipe de Clarissa Bond est venu le déposer ici. Ils l'ont trouvé dans les grottes.

Simon ouvrit le sac et en extirpa la sacoche de Sandie. Il regarda tour à tour Em et Matt.

– À qui l'honneur ? demanda-t-il.

– On va le faire ensemble, répondit Em.

Maman devrait être là. On n'a jamais fêté notre anniversaire sans elle.

Je sais. Le contenu de la sacoche va peut-être nous aider à la retrouver.

Em prit la sacoche des mains de Simon et s'installa entre Zach et Matt, sur le canapé.

– Attention à mon bras ! glapit Matt.

– Tu es trop douillet, répliqua Em.

En manipulant la serrure de la sacoche, elle s'aperçut qu'elle était verrouillée.

Vaughn décrocha une petite clé dorée de son trousseau.

– Le jour où vous avez quitté Londres, votre mère m'avait demandé d'aller chercher cette sacoche dans son coffre à la banque et de la lui apporter. Je conserve toujours un double de la clé sur moi.

– Vous savez ce qu'elle contient ? questionna Matt.

– Non, répondit Vaughn. Selon votre mère, une sorte de « moyen de pression » pour se protéger. J'ai toujours pensé qu'il s'agissait d'une preuve contre le réseau de faussaires dans lequel sir Charles Wren l'avait impliquée. J'ignorais qu'Arthur Summers faisait également chanter Sandie. J'ai récemment appris que les rumeurs concernant la renaissance de la Société Hollow Earth étaient fondées. J'ignore ce que Wren sait à ce sujet.

Matt et Zach se penchèrent au-dessus de l'épaule d'Em tandis qu'elle ouvrait la sacoche sur la table basse. À l'intérieur, elle trouva une clé en bronze, verdie, revêtue des armoiries de l'abbaye, qu'elle tendit à Simon. Il jeta un œil sur la clé, haussa les épaules et la posa sur la table. Puis Em sortit une boîte en métal, aussi mince et deux fois moins grande qu'un ordinateur portable. Le couvercle portait l'inscription :

N'oubliez jamais que l'imagination provient du monde du réel et de l'éternel. C'est Hollow Earth.

Simon s'empara de la boîte.

– Habituellement, les musées s'en servent pour transporter des pages de manuscrits enluminés, précisa-t-il.

Il posa la boîte sur la table, retira le cachet de cire avec précaution et souleva le couvercle. Tout le monde regarda à l'intérieur.

– C'est simplement la page d'un vieux livre, commenta Matt, déçu.

Une feuille de calque protégeait la page enluminée d'un manuscrit ancien. La page commençait ainsi :

Cet ouvrage traite de la nature des bêtes.
Lisez-le à vos risques et périls, car elles peuvent libérer
les créatures de Hollow Earth.

Décorées à la feuille d'or, les lettres majuscules luisaient. La plume du scribe avait répandu une traînée de gouttelettes noires pareilles à de minuscules larmes sur le papier. Em souriait d'un air perplexe.

– C'est drôle, dans mon esprit, chaque lettre de ces phrases dégage le rayonnement d'une animation.

– D'où vient la page ? demanda Zach dans sa langue.

Simon traversa le couloir, disparut dans la bibliothèque et en ressortit avec un ouvrage relié de cuir. En le feuilletant, il trouva ce qu'il cherchait et installa le livre devant eux. Ils purent voir une image du *Livre des bêtes*.

– Un des plus anciens bestiaires, réalisé par un ordre de moines au monastère d'Era Mina, censé avoir été détruit au XIXe siècle, déclara Matt en lisant la légende.

– Qu'est-ce qu'un bestiaire ? demanda Zach en quelques signes.

– Celui-ci est un traité sur les bêtes imaginaires présentées par ordre alphabétique, expliqua Vaughn.

– Et donc ? lança Em tandis que Simon rangeait la page dans la boîte.

– Je ne sais pas, reconnut Simon.

Furieux, Matt s'écria :

– Alors après tout ce qu'on a enduré, après avoir découvert que notre propre mère avait été obligée d'enfermer notre père à l'intérieur d'un tableau pour l'empêcher de nous nuire, nous sommes incapables de comprendre pourquoi cette feuille est aussi importante et nous n'avons toujours aucune piste pour retrouver notre mère ?

D'un air pensif, Vaughn fit tourner la clé de bronze entre ses doigts.

– Votre mère pensait qu'il fallait conserver cette clé et cette page hors de votre portée. De la portée de tous, d'ailleurs. Et la connaissant, je crois qu'elle a tout fait pour vous protéger, quoi qu'ait pu lui coûter le chantage de sir Charles Wren et d'Arthur Summers.

Jeannie récupéra les tasses et décocha un coup de coude à Simon en pointant le menton vers les enfants. La tête posée sur le bras du canapé, Zach dormait presque. Les jumeaux tombaient de sommeil.

– Une fois que nous nous serons tous reposés, nous pourrons mieux réfléchir, suggéra Vaughn en se levant. Je suis certain que cette page de manuscrit et cette clé ont un rapport avec Hollow Earth et avec la disparition de Sandie.

Chapitre 75

Matt et Zach déjeunaient dans la cuisine en compagnie de Vaughn lorsque Em surgit dans l'escalier. Derrière elle flottait son double, une jeune guerrière vêtue d'une cotte de mailles blanche et armée d'une large épée.

– Seigneur ! fit Vaughn en recrachant son café. Qu'est-ce que c'est ?

Ni Zach ni Matt ne levèrent le nez. Ils continuèrent à engloutir leur déjeuner.

– Tu t'habitueras à vivre avec une fille, confia Matt à Zach. Leurs rêves sont vraiment bizarres.

Jeannie claqua des doigts près de la tête d'Em et le rêve se désintégra en un nuage de poussière blanche. Em bâilla et s'assit à la table à côté de Vaughn. Jeannie fit glisser un bol devant elle.

– Non, protesta Em. Pas du porridge, Jeannie. C'est encore mon anniversaire.

– Je ne plaisantais pas quand je vous ai demandé de me tenir informée de vos déplacements, souligna Jeannie.

– On était fatigués, répliqua Matt.

– Mangez, conseilla Vaughn en plongeant sa cuillère dans le bol d'Em. Simon a des projets pour vous, ce matin.

Deux heures plus tard, les jumeaux et Simon se tenaient à devant la chambre d'hôpital de Renard.

– Il n'y a eu aucun changement, leur annonça le médecin. Mais dans le cas d'un traumatisme crânien comme le sien, c'est parfois une bonne chose.

Em posa son carnet de croquis et ses feutres sur la table de chevet. Elle se pencha pour embrasser son grand-père. Matt tira une chaise.

– Parlez doucement, surtout, déclara le médecin, pendant que Simon la chassait poliment de la pièce. Votre grand-père a besoin de tranquillité pour guérir.

Dès qu'elle fut partie, Simon referma la porte et baissa les stores. Em ouvrit son carnet et Matt installa le tableau que sa sœur avait apporté lors de leur précédente visite – *Le Champ aux coquelicots* de Van Gogh.

– Prêts ? s'enquit Simon.

Les jumeaux acquiescèrent. Ils prirent chacun une main de leur grand-père et commencèrent à dessiner. Matt souligna habilement le sentier clair du tableau et la maison au toit de chaume. Em utilisa du rouge, du violet et du noir pour créer le champ de coquelicots et la végétation luxuriante. Ensemble, les jumeaux imaginèrent l'été merveilleux de Van Gogh à Saint-Rémy-de-Provence.

Em regarda son frère au-dessus du lit de Renard. Matt se tourna pour dire quelque chose à Simon, puis Em se retrouva à côté de lui sur le sentier du tableau, tandis que Renard venait à leur rencontre à travers le champ de coquelicots aux couleurs vives. Il les étreignit tous les deux. *J'ai toujours adoré ce tableau. Merci de l'avoir apporté, Em.*

Nous n'avons peut-être pas beaucoup de temps devant nous, grand-père. Et nous avons des questions au sujet de notre père.

Marchons vers l'horizon, mes enfants.

Main dans la main, ils avancèrent parmi les coquelicots bercés par la brise. Em insista.

On veut savoir ce qui lui est arrivé.

Renard soupira. *J'avais prévu de vous l'expliquer le jour où je vous ai emmenés au caveau. Votre mère n'y tenait pas, et quand je repense au malaise que tu as eu ce jour-là, Em, il me semble hélas que Sandie avait raison.*

Malgré le soleil qui lui chauffait la peau, Em avait froid.

Mon plus grand regret est de ne pas avoir remarqué le changement de mon fils. Il était attiré par le pouvoir et la richesse.

Le lourd parfum de la garrigue et le soleil aveuglant rendaient Em nauséeuse.

Il croyait à Hollow Earth ?

Oui. Ta mère aussi.

Un banc vert se tenait sous un arbre, en face de la maison au toit de chaume. Ils s'y installèrent.

C'est la raison pour laquelle j'ai accepté de l'aider à enfermer votre père à l'intérieur d'une copie de Fox, afin qu'il ne puisse pas se servir de vos pouvoirs pour satisfaire ses ambitions personnelles.

Les jumeaux demeuraient sans voix. Em se rapprocha de son grand-père.

Comme vous le savez, seuls un Animare *et un Gardien peuvent emprisonner une autre personne. Avec Sandie, nous avions compris que votre père devenait dangereux. Il pensait qu'un jour vos dons lui permettraient d'accéder à Hollow Earth.*

La conversation épuisait Renard. Matt pâlissait.

Nous avons donc accompli notre mission. Ensuite, Sandie s'est enfuie à Londres avec vous et a raconté à tout le monde que Malcolm vous avait abandonnés.

Pourquoi n'est-elle pas restée à l'abbaye ?

Sandie avait peur de vous laisser sous le même toit que lui, même s'il était captif d'une peinture. Et cette peinture qui se trouve dans le caveau de l'abbaye est celle qui t'a procuré un malaise quand tu l'as vue, Em.

Abasourdis par ces informations, les jumeaux commencèrent à perdre le contrôle de leur animation. Autour d'eux, le paysage se mit à saigner, comme si quelqu'un versait de l'eau sur la toile. Le rouge des coquelicots imprégnait les cailloux blancs du sentier. Em pouvait entendre les battements de cœur de Renard résonner dans sa tête. À travers les couleurs délavées, elle regarda Matt.

Tanan devait se douter que maman emporterait cette peinture partout où elle irait pour l'empêcher de tomber entre de mauvaises mains.

Matt se baissa, ramassa une poignée de cailloux et les fit rouler dans sa paume, réfléchissant à la remarque de sa sœur.

Sir Charles Wren et Arthur Summers savaient que Sandie avait emprisonné Malcolm illégalement. Cette opération nécessite l'approbation du Conseil. Incarcérer quelqu'un qui n'est pas un Animare *représente une grave infraction aux règles du Conseil, et c'est pire si le captif est un Gardien.*

Sir Charles est bien président du Conseil ?

Oui, Em. Mais les talents de ta mère pouvaient rapporter gros et Sandie subissait un chantage. Pour préserver sa liberté et la vôtre, elle a été contrainte de commettre des forfaits qu'elle seule pourra vous confier un jour.

L'alarme des moniteurs surveillant les signes vitaux de Renard leur déchirait les tympans. Leur grand-père ramassa des brassées de coquelicots fanés et en glissa un dans la poche du tee-shirt de Matt avant de tendre le bouquet à Em. Puis il les étreignit tous deux.

Joyeux anniversaire. Soyez courageux. Je serai bientôt de retour.

Em n'était plus assise sur le banc. Matt ne sentait plus le parfum de la Provence. Une odeur d'antiseptique imprégnait la chambre. Leur animation s'était effacée avec l'arrivée précipitée du docteur et d'une infirmière.

– Qu'est-ce qui se passe ici ? demanda le docteur au son de l'alarme des moniteurs. Cet écran affiche une fréquence cardiaque élevée.

Elle se tourna pour tancer Simon et les jumeaux. Et vit alors l'infirmière stupéfaite devant le lit vide couvert de coquelicots.

En sortant de l'hôpital, Simon prit la direction du port. Il avait coincé le tableau sous son bras et les jumeaux marchaient à ses côtés.

– Tu ne veux pas savoir ce qu'on a appris ? s'enquit Matt.

– Je suppose que votre grand-père vous a avoué qu'il avait aidé Sandie à enfermer votre père à l'intérieur d'un tableau, répondit Simon.

Il les guida à grandes enjambées vers le quai noir de monde. Em trottina pour les rattraper.

– Comment le savez-vous ? lui demanda-t-elle.

– Quand vous êtes allés vous coucher, hier soir, j'en ai discuté avec Vaughn. Comme moi, il sait qu'un *Animare* a besoin de quelqu'un d'autre pour réussir cette opération. D'après les révélations de Tanan, un Gardien l'avait assisté. Ce ne pouvait être que Renard.

– Vous pensez que Mara va bien ? questionna Em.

– Oui, je peux le sentir, déclara Simon en lui pressant la main. Je crois que Tanan a réussi à regagner l'abbaye dès que le péritio est apparu. C'est probablement lui qui a libéré le bras de Mara du tableau avant de quitter Auchinmurn avec elle. J'espère que Mara lui échappera et reviendra vers nous, un jour.

Autour d'eux, des touristes achetaient des glaces, des hot-dogs et des sandwichs qu'ils emportaient à la plage. Au bout du quai, cernés de seaux et de sacs emplis de glaçons, des pêcheurs surveillaient leurs lignes, tandis que des mouettes effectuaient des cercles au-dessus d'eux. Simon pointa du doigt une table de pique-nique sur laquelle Zach et Vaughn déballaient un déjeuner de Jeannie.

– Tu penses que Renard va s'en sortir, Simon ? demanda Em en glissant sa main dans la sienne.

– Oui, répondit-il. Grâce à ce que tu as fait avec Matt ce matin.

– Comment sais-tu qu'on a pu l'entraîner à l'intérieur du tableau ? questionna Matt, les yeux rivés sur les sandwichs de Jeannie, hors de sa portée.

– Vaughn l'avait suggéré. Il savait que vous pouviez vous imaginer dans une peinture malgré votre manque d'entraînement. Et donc, la possibilité que vous soyez capables d'y introduire quelqu'un d'autre existait.

Incapable de résister davantage à la tentation, Matt serra son bras cassé contre lui et courut vers la table de Vaughn et de Zach.

– J'aime bien Vaughn, déclara Em. Et je pense qu'il aime ma mère.

– Oui, il l'aime. Et je suis heureux que tu le trouves sympathique.

Ils atteignirent la table de pique-nique. Simon ébouriffa les cheveux de son fils en guise de bonjour.

– Car tant que Renard ne sera pas rétabli, Vaughn sera ton nouveau tuteur, ajouta Simon.

Vaughn leur tendit des sandwichs.

– Malgré les révélations intrigantes de ces derniers jours, les cours reprendront demain.

Les enfants grimacèrent.

Après le déjeuner, pendant que Simon allait chercher sa voiture, Zach nettoya la table avec Vaughn et les jumeaux jetèrent les miettes aux mouettes.

– À ton avis, où est maman ? demanda Em à son frère. Tu crois qu'elle peut nous sentir ? Tu crois qu'on va la revoir ?

Sa voix se brisa et elle s'obligea à regarder la mer.

– J'ignore où elle est mais on la retrouvera, Em. J'en suis certain. Simon et Vaughn ont promis de nous aider et quand grand-père ira mieux, il nous enseignera tout ce que nous devons savoir concernant Hollow Earth. À la prochaine attaque, nous serons prêts.

– Comment peux-tu être aussi sûr de toi ?

– Parce qu'on a survécu à des choses incroyables. On peut tout surmonter, maintenant. Maman a toujours dit que nous étions uniques, ajouta-t-il avec un sourire.

Em acquiesça. Le développement de leurs pouvoirs l'excitait. Elle faisait partie d'un monde fantastique aussi ancien que les îles. Mais cela l'inquiétait aussi. Elle se demandait ce que lui réservait l'avenir.

En lançant dans les vagues une poignée de miettes, Em éclata de rire en voyant les mouettes plonger.

– La prochaine fois qu'on pénétrera dans un tableau, on emmènera Zach, dit-elle. On lui doit bien ça. Son talent d'archer nous a permis d'échapper au démon de Tanan.

– On pourrait aller dans une peinture de Dalí, ou même dans une œuvre d'art numérique ? proposa Matt, enthousiasmé.

Em roula des yeux.

– Tu veux lâcher un as de l'informatique dans une œuvre numérique ? Tu imagines ce que ça peut donner ?

Ils pouffèrent.

– Oui, répondit Matt. Tout à fait.

Vaughn siffla et leur fit signe tandis que Simon garait son véhicule. Matt écrasa le reste de ses miettes dans les cheveux de sa sœur, se leva et courut vers Vaughn et Zach.

Em secoua la tête et bondit sur ses pieds.

– J'espère que tu cours vite, Matt Calder, car unique ou pas, je vais te tuer !

Remerciements

C'est lors d'un voyage en voiture de Londres à Cardiff que nous est venue l'idée de ce livre. Il y avait un embouteillage sur la route et nous n'avancions pas. Quand nous sommes enfin arrivés au pays de Galles, nous connaissions déjà les personnages principaux et le début de l'intrigue. À partir de là, notre histoire a vraiment décollé et nous remercions tous ceux qui nous ont aidés à atteindre cet endroit.

Merci à toute l'équipe de Michael O'Mara Books et à celle de Buster Books – Alison Parker, Philippa Wingate, Liz Scoggins. Philippa nous a prodigué son affection et ses encouragements, et les éditeurs Michelle Misra et Lucy Courtenay méritent une ou plusieurs poignées de main enthousiastes.

Comme toujours, Gabin Barker continue à être le meilleur conducteur assis à l'arrière (merci G) et merci à l'équipe Barrowman et à Georgina Capel.

Nous avons pris quelques libertés avec la géographie, renommant et resituant certains lieux et, tout en espérant que ce livre vous incitera à aller visiter le musée le plus proche de chez vous, sachez que vous n'y trouverez ni *Sorcière avec un enfant démon*, ni œuvres de l'artiste écossais Duncan Fox. Les horribles créatures de *Titania et Bottom*, réalisé par Henri Fuseli en 1791, nous ont inspiré *Sorcière avec un enfant démon*, et *Le Fantôme d'une puce* (1819-1820) de William Blake nous a inspiré la composition du *Démon intérieur*. Ces deux œuvres sont exposées à la Tate Britain de Londres.

L'un des plus célèbres manuscrits du Moyen Âge, *The Aberdeen Bestiary*, a inspiré notre *Livre des bêtes*. La phrase « L'imagination est le monde du réel et de l'éternel » est du poète William Blake, lequel croyait à l'existence d'un autre monde.

Pour plus d'informations concernant les œuvres d'art du livre, vous pouvez consulter notre site :

www.hollow-earth.co.uk

L'île d'Auchinmurn, l'abbaye et ses habitants ont uniquement existé dans notre imagination. Nous sommes heureux qu'ils prennent vie dans la vôtre.

Carole et John
2011

D'autres livres Wiz / Albin Michel

Rafael ÀBALOS, *Grimpow, l'élu des Templiers*
Rafael ÀBALOS, *Grimpow, le chemin invisible*
Rafael ÀBALOS, *Gótico*
Rafael ÀBALOS, *Poliedrum*
Rafael ÀBALOS, *Poliedrum, la prophétie du héros*
Nina BLAZON, *Jade, fille de l'eau*
Stephen COLE, *Code Aztec*
Fabrice COLIN, *La Malédiction d'Old Haven*
Fabrice COLIN, *Le Maître des dragons*
Fabrice COLIN, *Bal de Givre à New York*
Neil GAIMAN, *Coraline*
Neil GAIMAN, *L'Étrange Vie de Nobody Owens*
Neil GAIMAN, *Odd et les géants de glace*
Rachel HAWKINS, *Hex Hall*
Rachel HAWKINS, *Hex Hall, le Maléfice*
Rachel HAWKINS, *Hex Hall, le Sacrifice*
Jackson PEARCE, *Sisters Red*
Angie SAGE, *Magyk, Livre Un*
Angie SAGE, *Magyk, Livre Deux : Le Grand Vol*
Angie SAGE, *Magyk, Livre Trois : La Reine maudite*
Angie SAGE, *Magyk, Livre Quatre : La Quête*
Angie SAGE, *Magyk, Livre Cinq : Le Sortilège*
Angie SAGE, *Magyk, Livre Six : La Ténèbre*
Angie SAGE, *Magyk Book*
Jonathan STROUD, *La Trilogie de Bartiméus I. L'Amulette de Samarcande*
Jonathan STROUD, *La Trilogie de Bartiméus II. L'Œil du Golem*
Jonathan STROUD, *La Trilogie de Bartiméus III. La Porte de Ptolémée*
Jonathan STROUD, *L'Anneau de Salomon*
Jonathan STROUD, *Les Héros de la vallée*
Ulrike SCHWEIKERT, *Nosferas*

www.wiz.fr
Logo Wiz : Cédric Gatillon

Composition Nord Compo
Impression CPI Bussière en avril 2013
à Saint-Amand-Montrond (Cher)
Éditions Albin Michel
22, rue Huyghens, 75014 Paris

ISBN : 978-2-226-24924-1
ISSN : 1637-0236
N° d'édition : 20305/01 – N° d'impression : 2001903
Dépôt légal : mai 2013
Loi n° 49-956 du 16 juillet 1949 sur les publications destinées à la jeunesse.
Imprimé en France.